레이첼소이어 2
Rachel Sawyer

COAD의 기원

맹서현·지음

레이첼 소이어 2
Rachel Sawyer

바람북스

목차

COAD의 기원 ◆ 006

네 가지 맹세 ◆ 072

재회 ◆ 142

검을 휘두르는 이유 ◆ 198

그들의 밤 ◆ 234

COAD의 기원

[이로]

"……레이첼?"

서류가 수북이 쌓인 책상 위에 노트북과 모니터를 켠 채로 의자에 앉아 있는 레이첼이 눈만 위로 치켜올려 나를 노려보고 있었다.

"네가 왜 여기…… 아, 아니. 그보다."

나는 고개를 돌려 벽에 걸려 있는 시계를 바라보았다. 지금이 새벽 3시. 내가 기지로 돌아왔을 때가 대충 10시 좀 안 됐을 때니까……

"……너 언제 돌아왔어?"

"1시 2분 47초."

미친. 그때 그 열이 단 3시간 만에 진정됐다고?

"너 잠은 잤냐?"

레이첼은 성의 없이 고개를 끄덕였다.

"얼마나?"

"2시간쯤."

미친?! 그러고도 제정신일 수가 있나?

어마무시한 회복력을 눈앞에 마주하고 있자니 머리가 어질어질했다.

'저거 사람 맞아? 아니, 아무리 매지시스라도 저 정도는 아닌데.'

나는 손가락으로 머리를 짚으며 충격의 여운이 가시기를 기다렸다.

"내일 안에 온다더니, 왜 이렇게 빨리 왔어?"

"지금도 그때 기준으로 치면 내일이지."

물론 자정이 지났으니 맞긴 한데……

너무 어이가 없는 나머지 할 말을 잃어버렸다. 뭔가 할 말은 많은데 입 밖으로 나오질 않는 이 상황……

"침입자가 아닌 걸 알았으면 그 무례한 손은 좀 내리지?"

그제야 내가 아직도 단검으로 레이첼을 겨누고 있었다는 사실을 깨달은 나는 머쓱한 기색을 감추며 손을 내렸다.

"그래서, 이 시간에 뭐 해?"

"보면 몰라?"

"아니, 일하고 있다는 걸 알겠는데 왜 굳이 지금……"

"몸이 회복됐으니 일하러 나온 게 뭐 잘못됐나?"

하여간 뭔 말을 못 하게 해.

나는 잠시 레이첼을 바라보았다. 2시간 쪽잠 잔 사람치곤 생각보다 안색이 괜찮아 보이긴 하는데……

'그냥 둘까.'

뭐, 레이첼이니까 어지간히 알아서 잘하겠느냐마는.

"나…… 간다?"

"빨리 나가."

어정쩡하게 말했지만 돌아오는 건 귀찮다는 기색이 역력한 축객령뿐이었다. 한결같이 쌀쌀맞은 대우에 나는 입을 삐쭉 내밀었다.

'우쒸. 맨날 이 취급이야.'

뭐, 늘 이런 식인지 오래라 이젠 억울하지도 않지만.

"바이 바이~ 혼자 일 잘해라~."

나도 놀리는 듯한 말투로 소심한 복수를 하고는 뒤도 돌아보지 않고 방으로 뛰어갔다.

[레이첼]

'하, 저 자식이 진짜.'

도망치듯 달려가는 뒤통수에 얼음덩어리를 떨어뜨리고 싶다는 충동이 들었지만 애써 무시하고 컴퓨터 화면에 집중했다. 일을 때려치웠는데도 무슨 일이 이렇게 많은지. 당사자인 나조차도 궁금할 지경이었다.

지금 내가 하고 있는 일은 정보 정리로, COAD에서 보고 들었던 것들을 전부 요약, 정리하는 중이었다. 원래도 정보를 얻으면 바로바로 기록하긴 했지만, 체계적으로 정리를 해놓은 건 아니었기에 한눈에 보기에는 어려움이 있었다.

'이렇게 양이 많을 줄은 몰랐지만.'

그것이 바로 내가 이렇게 시달리고 있는 이유이기도 했다.

'아, 그러고 보니……'

이로와 가론에게 할 이야기가 많은데.

'이따가 아침에 하지 뭐.'

그 생각을 끝으로 탁— 타닥— 탁— 하던 타자 소리는 타타닥— 하는 소리로 바뀌었다.

[F]

집중해서 서류를 검토하고 있던 나는 문밖에서부터 느껴지는 익숙하지만 거슬리는 기운에 손을 멈췄다. 눈으로는 책상에 놓인 서류를 보고 있었으나 온 신경은 그 기운을 향해 있었다.

똑똑.

지금 노크를 하는 저 사람이 누구인지, 보지 않아도 알 수 있었다.

"들어오시죠."

내가 허락하자마자 문을 여는 소리조차 내지 않고 들어온 그녀는 나를 향해 부드러운 걸음걸이로 다가왔다. 소리 없이 미끄러지듯 걷는 특유의 보법이 마치 뱀의 움직임을 연상케 했다.

"늦었군."

"그건 미안하게 생각합니다. 오래간만에 명하니 아랫사람들이 제대로 찾질 못하더군요. 관리를 소홀히 한 나의 불찰입니다."

나의 질책에 죄송합니다, 송구합니다도 아닌 '미안합니다.'라고 답할 수 있는 사람.

마스터 S, 그녀였다.

"그딴 쓸모없는 것은 목을 날리고 교체하면 그만이지, 무얼 망설여 늦은 것이지?"

"이런 하찮은 일로 목을 날리기보다는 나중에 제대로 트집을 잡아 처리하는 것이 뒷말 없이 깔끔하니까요."

'안 그런가요?'라고 덧붙이듯 미소 짓는 S에 나는 입꼬리를 살짝 꿈틀거렸다. S의 말대로라면 나는 더 나은 방도가 있음에도 하찮은 일로 사람을 내치는 아둔한 이라는 의미가 아닌가.

아무튼, 도무지 마음에 드는 구석이 없는 이였다.

가시 돋친 말도 미꾸라지처럼 빠져나가는 저 말재주 하며, 언제나 입가에 자리한 인자하나 거짓이 분명한 미소. 심지어 십수 년을 봐왔음에도 전혀 읽을 수 없는 짙은 안개와도 같은 속내까지.

마치 그 효과를 알 수 없는 독을 품은 꽃처럼, 거슬리는 이였다.

"중요한 단서를 가져온 모양이지?"

잡담에 쏟을 시간은 없어 말을 돌리자 S도 자연스레 대꾸했다.

"맞아요. 그것도 아주 반가운 소식이지요."

S의 얼굴은 아주 드물게도 살짝 흥분한 듯 보였지만 그와 동시에 숨기지 못한, 아니, 숨기지 않은 살기도 함께 흘러나왔다.

"그런데 왜 그리도 중요한 소식을 C에게는 알리지 않은 것인가?"

"마스터 C에게는 미리 수신했습니다. 연회가 폐회된 후 바로 외부 임무를 나가서요."

……그거야 납득할 수 있는 이유였다.

C는 우리와 같은 마스터였으나, 1년 중 COAD에서 머무르는 날은 채 한 달을 넘지 않았다. 그래서인지 밖에 나가면 나나 S는 몰라도, C는 간혹 알아보는 사람들이 있었다.

"그리고 요점을 먼저 말씀드리자면, 자료를 찾긴 하였으나 상세한 정보가 담긴 자료들은 오래전에 소실된 지라 지금 가지고 온 것은 프로젝트 초반의 정보뿐입니다."

"알겠으니, 일단 그거라도 넘기도록."

내 말에 S는 싱긋 웃으며 안 그래도 빈틈이 없는 책상에 쌓여 있는 서류들을 슥슥 밀더니 한 손 가득 들고 있던 자료들을 빈 공간에 내려놓았다.

"10년 전, 큰 화제가 되었던 그 일을 기억하시나요?"

"물론, 그때 굉장히 성공적인 실패작이 나왔더랬지."

나는 피식, 비웃음이 섞인 목소리로 말했다.

그래, 아주 딱 맞는 말이었다.

'성공적인 실패작'

COAD에서 아주 오래전부터 비밀리에 이어져 오던 '그' 프로젝트는, 10년 전을 기점으로 아주 큰 성장을 이루었다.

그리고 그 중심에 있었던 것이 바로 그 아이였다.

어떻게 보면 성공이지만, 결과적으로는 대실패인 작품.

"……그 아이였군."

슬쩍 서류의 내용을 훑어본 나는 꽤나 흥미로운 내용에 절로 한쪽 입꼬리가 올라갔다.

"심지어 쌍둥이라니."

"그렇죠. 그때 당시에는 꽤 큰 성공이었죠."

그랬겠지. 쌍둥이를 만들어 낸 건 처음이었으니까.

'거대한 두 프로젝트의 합작품이라……'

나는 퍽 감탄하는 시늉을 하듯 피식 웃음을 흘리고는 한쪽 입꼬리를 올렸다.

"그때 당시 담당자의 표정이 눈에 훤하군."

"어머, 그러신가요?"

S는 다소 과장스럽게 웃으며 말을 덧붙였다.

"하지만 안타깝게도 그 예상은 틀린 것 같네요. 제가 그 얼굴을 직접 보았는데, 그렇지 않았거든요."

S의 말에 나 또한 실소할 수밖에 없었다.

그 프로젝트의 담당자가 바로 S였으니까. 하여 비꼰 것이었는데, 그녀는 내 말을 아무렇지 않게 튕겨버렸다. 하루에 몇 번이고 은근히 날을 세운 말이 오가는데도 양쪽 다 모른 체하는 것을 보면 퍽 웃긴 일이었다.

"그래서, 특별히 약점이라 할 만한 건 없는 것인가."

"없긴요, 그랬다면 당신을 찾아오지도 않았겠죠."

S는 여전히 입가에 미소를 지우지 않은 채로 말을 이었다.

"제나에게는 하나뿐인 가족이 있었죠."

"그랬지."

굳이 말하지 않아도 서류에 뻔히 작성되어 있는 내용이었다.

"한데 지금 그녀는 자신에게 가족이 있다는 사실을 모르더군요."

"……뭐?"

"그게 무슨 소리지?"

부모에게 버려진 고아도 아닌데, 자기 가족을 모른다니?

"COAD에 채용되기 전 작성하는 서류 중 신상 명세서가 있는 건 아시겠지요."

"그게 뭐 어떻다는 거지?"

"그녀는 그중 '혈연관계' 칸에……"

잠시 운을 띄운 S는 눈을 감았다가 다시 느리게 뜨며 말을 이었다.

"자신의 부모를 제외하고는 아무것도 적지 않았습니다."

현재 소이어의 부모가 모종의 사유로 친부모가 아니라는 것은 본인과 FSC와 그 후계자, 그리고 소수의 몇몇 관련자들만이 알고 있는 사실이었다.

"그거야 당연히 거짓이지 않겠나?"

그저 자신이 적는 것에 따라 사실로 받아들여지는 것을, 거짓으로 작성했다 해도 이상할 것 하나 없었다. 심지어 그것이 아무도 모르는 과거라면 더더욱.

"그뿐만이 아닙니다. 제가 언젠가 그녀에게 물은 적이 있습니다."

"무엇을……"

"'가족이 있으십니까?'라고 말이지요."

서류나 컴퓨터 기록을 찾아보면 될 텐데, 굳이?

이런 내 생각을 읽은 듯이, S가 나지막이 설명을 덧붙였다.

"감정 따위 없는 종이쪽보다, 실체가 더 진실하니까요."

그야 당연했다.

한낱 흑백의 조합에 불과한 문자보다 사람이 훨씬 더 진실하다.

글자는 직선과 곡선의 결합인 반면, 사람은 말뿐만 아니라 표정, 행동, 말의 떨림과 억양 등 온몸으로 자신의 생각과 감정을 표현하지 못해 안달이니 당연한 것이었다.

"그래서 대답은?"

"당연히 없다, 였지요."

"그게 거짓일 가능성도 있지 않나."

"그 또한 당연히 생각했지요. 하지만……"

잠시 말을 멈춘 S는 살짝 그늘진 얼굴로 말을 이었다.

"그 얼굴에는, 그 표정에는, 아무것도 없었어요."

"……"

무슨 말인지 이해했다.

혈육이라는 게 참 웃긴 것이, 아무리 멀어지려 해도, 잊으려 해도 되지 않는다는 것이다. 가족이 있는 사람 앞에서 가족을 언급하면, 말로는 거짓을 말할지라도 다른 곳에서 흘리게 되어 있었다.
 예를 들면 표정이나, 눈빛으로.
 그런데 S의 말에 따르면, 그 일말의 본능적인 반응조차 보이지 않았다는 말인데……
 만약에라도 가족이 있다면 절대로 보이지 않을 반응. 특히나 타인의 속내를 꿰뚫어 보는 데 능통한 S가 확인한 것이라면 더욱 명백했다.
 "……그렇군."
 그렇다면 정말로 모르는 모양인데.
 '이거 흥미로운데.'
 "아무튼 지금 드릴 말씀은 이게 전부입니다. 새로운 정보가 들어오면 다시 찾아뵙도록 하지요."
 "……그래."
 이거, 잘만 써먹으면……
 크게 한 방 먹일 수도 있겠는데.

 [가론]

 지평선 너머로 희붐한 황금빛이 돌기 시작하는 새벽, 나는 아직

깊은 단잠에 푹 빠져 있었다. 그때, 잠을 확 쫓아냄과 동시에 강한 짜증을 유발하는 소음이 고막을 강타했다.

"챙-!!"

'!!!!!'

너무 놀라기도 했고 막 잠에서 깬 터라 나는 소리도 지르지 못한 채 반사적으로 상체를 벌떡 일으켰다. 그러자 두 손에 심벌즈를 쥔 채 침대 옆에 쭈그리고 앉은 이로가 나를 보며 웃음을 터트렸다.

"형, 깼어?"

"그럼 이 소릴 듣고 안 깼겠냐?"

심지어 지금은 해도 안 뜬 새벽이잖아!

'아니, 그리고 심벌즈는 대체 어디서 난 거야? 기지에 저런 소음 제조기가 왜 있어?'

"형이 하도 안 일어나길래, 내가 깨워줬지."

"안 깨워주는 게 훨씬 나을 뻔했어."

투덜거리며 침대에서 내려오자 이로가 의외라는 듯 말했다.

"뭐야, 생각보다 쉽게 일어나네?"

"너 때문에 있던 잠도 달아났어."

"이럴 줄 알았으면 더 일찍 깨울걸."

"익-"

쾅-

"그만 떠들고 빨리 나오기나 해, 이 굼벵이들아."

문밖에서 강하게 문을 치는 소리가 나자 나는 인상을 쓰며 방에

딸린 화장실로 들어가며 소리쳤다.

"지금 새벽 4시야! 이 쓸데없이 부지런한 사람들아!"

……이제 와서 말하자면, 아까 그렇게 소리친 게 괜히 마음에 걸렸다.

'설마 이런 상황이 될 줄은 몰랐지.'

그런 생각을 하며 속으로 진땀을 흘렸다.

그러니까, 나는 지금 상당히 곤란한 상황에 처해 있었다.

내 반대편에 앉은 레이첼이 잘못한 아이를 꾸중하는 듯한 눈빛으로 나를 쏘아보았다.

"내가 분명 이 책들을 다 읽으라고 하지 않았나?"

"그니까 한 권당 800쪽이 넘는 걸 이틀 만에 세 권을 읽으라는 건 너무하……"

"뭐가 너무해? 먹고 자는 시간 빼고 책만 읽으면 대충 가능하겠는데."

그건 너 같은 사람 한정이고, 난 아니라고……

"저기 레이첼……"

보다 못한 이로가 살짝 헛웃음을 지으며 끼어들었.

"보통 사람은 그걸 불가능이라고 해."

"가능하던데?"

"그건 네가 별종이라 그런 거고."

레이첼은 이로의 말을 이해하지 못한 듯 얼굴을 찡그렸지만 나를 더 이상 들볶진 않았다. ……근데 진짜 문학도 아닌 비문학 책 세 권을 이틀 만에 읽는 건 대체 어떻게 가능하지?

"하…… 그러면 책을 안 읽었으니 설명이라도 해줘야겠네."

레이첼은 골치라는 듯, 한 손으로 이마를 짚더니 다른 손으로 책을 내려놓았다. 그러곤 손끝으로 맨 위에 놓여 있는 책의 표지를 천천히 쓸며 말했다.

"우선 이거부터."

나는 그 손가락을 따라 시선을 내렸다.

《마법의 근원》

"나는 마법도 못 하는데 이건 왜……."

"못 하지만, 일단 기본상식 정도는 갖춰야 뭐라도 하지 않겠어?"

"……."

내가 갑자기 이런 공부 아닌 공부를 하게 된 것은 바로 레이첼 때문이었다. 적에 대해 확실히 알아야 이길 수 있다며 COAD에 대한 지식을 내 머릿속에 주입하기 시작한 것이다. 딱히 불만은 없었다. 나는 인간이기에 COAD에 대한 상세한 지식이 부족한 것도 사실이었고, 적에 대해 자세하게 알아야 맞설 수 있는 것도 사실이었다.

그 후로 레이첼의 길고 긴 설명이 이어졌다. 내 생각보다 모르는 것들이 훨씬 많아서 다소 당황하긴 했지만 그래도 썩 나쁘지만은 않았다.

먼저 COAD의 사람들이 마법을 쓸 수 있는 이유는, 그들의 혈액 속에 있는 '에테르'라는 것 때문이었다. 에테르가 바로 마력을 생산하는 물질이었다. 반면에 인간에게는 에테르가 없어 마법을 사용할 수 없었다. 에테르가 있는, 즉 마법을 사용할 수 있는 사람들을 학문적 용어로 '매지시스'라고 불렀다.

그때 문득 한 가지 궁금증이 생겼다.

"그럼 일반인한테 매지시스의 피를 주입하면 그 사람한테도 에테르가 생기는 건가?"

그러자 레이첼이 고개를 저으며 말했다.

"에테르는 매지시스의 몸 밖으로 빠져나가면 그 즉시 소멸해. 그러니까 그런 짓을 해도 일반인은 에테르를 얻을 수 없어."

"그럼 일반인이 마법을 쓸 수 있는 방법은 전혀 없는 거야?"

"당연하지."

"풋―"

갑자기 들린 웃음소리에 레이첼과 내가 동시에 고개를 돌려보니 이로가 허리를 숙이고 어깨를 들썩이며 연신 실소를 내뱉고 있었다.

"왜 그래? 갑자기."

레이첼이 어이가 없다는 듯이 묻자 이로는 그제야 웃음을 멈추고 손으로 눈물을 훔치는 시늉을 했다.

"아…… 미안, 미안. 너희들 말을 들으니까 갑자기 웃음이 나서."

그러고는 마치 아무 일도 없었다는 듯, 평소처럼 특유의 웃는 상으로 돌아왔다.

"흐름 끊어서 미안, 얘기 계속해."

'……?'

뭐……지?

분명 평소대로 웃는 얼굴인데, 무언가 싸한 기분이 들었다. 말로는 표현하기 어려운, 그런 근거 없는 본능적인 직감이었다.

'눈빛이…… 좀 가라앉은 것 같은데.'

그 순간 이로의 표정에 남아 있던 그 한 줄기의 낯선 빛깔마저도 순식간에 자취를 감추었다.

'내가 잘못 봤나?'

톡. 톡.

"집중해."

딴생각하는 내 머릿속을 눈치챘는지, 레이첼이 손가락으로 책상을 치며 나를 똑바로 쳐다보았다.

'레이첼은 못 봤나?'

그럼 내가 잘못 본 게 맞지 않을까. 애초에 감은 나보다 레이첼이 더 좋으니까.

"야."

탁!

"아!"

갑작스럽게 쇄도한 둔탁한 타격감에 반사적으로 소리를 질렀다.

내가 계속 딴짓만 하는 것처럼 보이자 레이첼이 테이블에 있던 책으로 내 머리를 내리친 것이었다. 나는 반사적으로 미간을 구겼다.

"왜 때려?"

"계속 딴생각하면 또 이럴 거야. 그러니까 집중 좀 하라고."

뭐가 어찌 됐든 딴생각을 한 건 맞는 터라, 나는 불만스러운 듯 얼굴을 살짝 찡그릴 뿐 조용히 입을 다물었다.

"뭐, 어차피 마법을 사용할 줄 아는 것도 아니니까 나머지는 책으로 보면 되겠고. 다음으로는 포탈에 대한 건데……"

멈칫하며 말을 멈춘 레이첼은 시선을 내게로 옮기며 말을 이었다.

"너 포탈의 원리는 알아?"

"아니."

그걸 내가 어떻게 알아.

내 말이 끝나자마자 레이첼은 골치 아프다는 듯한 표정으로 손으로 머리를 짚으며 고개를 약간 숙이고 중얼거렸다.

"아…… 거기부터 해야 되는구나."

뭐지, 저 무시하는 듯한 말투는.

"그럼 거기부터 시작해야겠네. 포탈을 사용하기 위해서는 두 가지 조건을 충족해야 해."

레이첼이 손가락 두 개를 들어 보이며 말했다.

"두 가지?"

"첫째는 매지시스의 자식으로 태어나 육체에 에테르가 흐를 것. 두 번째는……"

레이첼이 손으로 자신의 팔을 짚으며 말을 이었다.

"몸에 포탈을 사용하기 위한 칩을 심을 것."

"……?!"

"칩?!"

이건 처음 듣는 소린데?

내가 화들짝 놀라며 되묻자 레이첼을 왜 그러냐는 듯한 표정을 지었다.

"뭐 그렇게 놀라?"

"아, 아니…… 몸에 칩을 심는다는 소리는 처음 들어서……"

애초에 사람 몸에 칩을 심는다는 발상조차 해본 적 없는 것이었다.

너무 담담한 레이첼의 반응에 되레 당황한 내가 말을 흐리자, 다소 당혹스러운 듯한 레이첼이 이로에게 고개를 돌리며 물었다.

"보통 사람들은 몸에 칩을 심을 일이 없나?"

"그렇지. 포탈도 안 쓰고, 치료 목적으로 하고 싶어도 애초에 돈도 없는 경우가 태반이니까."

이로의 말에 레이첼은 뭐가 마음에 안 드는지 살짝 미간을 찡그렸다가 다시 얼굴을 펴고는 내 쪽으로 고개를 돌려 말했다.

"뭐 아무튼 간에, 그 두 가지 조건만 갖췄다면 누구나 포탈을 쓸 수 있어. 따라서 포탈은 마법과 첨단 과학이 접목된 거라고 보면 돼."

그렇구나.

이해한 내가 고개를 끄덕이자 레이첼이 그런 나를 확인한 후 말을 이었다.

"포탈의 원리가, 마법으로 시공간에 아주 미세한 구멍을 뚫으면 칩 속에 입력된 프로그램이 그 구멍의 크기를 늘려주는 거거든."

"음...... 으응."

"이해됐어?"

머릿속으로 그려보며 이해하느라 대답을 흐리자 레이첼이 확인하듯 내게 되물었다. 나는 다시 한번 확실하게 대답했다.

"응."

"좋아."

만족스러운 표정을 지은 레이첼은 한쪽 손으로 책들을 멀리 밀어내고 다른 쪽에서 종이 하나를 꺼내 들었다. 예상치 못한 행동에 머릿속에 물음표가 떠오른 나는 그것을 따라 시선을 내렸다.

종이를 책상 한중간에 놓은 레이첼은 어디서 가져온 건지 모를 펜을 꺼내 종이의 가운데 부분에 적당한 크기의 타원형을 그렸다.

뭐지 싶어 멀뚱히 보고만 있을 무렵, 원을 다 그린 레이첼이 펜으로 그 원을 짚으며 말했다.

"여기가 우리가 사는 차원이야."

뭐?

뜬금없는 얘기에 나는 고개를 들어 레이첼과 눈을 마주쳤다. 우리가 사는 세계도 아니고, 우리가 사는 세상도 아니고, 우리가 사는 차원이라니? 평범하게 사용되는 단어는 아니었다.

"넌 처음 듣겠지만, 이 세상은 엄청나게 많은 차원으로 이루어져 있어. 그리고 각 차원에는 상당히, 혹은 조금씩 다른 종족들이 살고 있지. 예를 들면 악마라거나, 정령이라거나, 뱀파이어라거나. 뭐 그런 존재들."

레이첼의 말을 들은 나는 잠시 멈춰 있다가 버겁게 고개를 끄덕였다. 뭐랄까, 아직 정보를 받을 준비가 안 됐는데 억지로 흘려 넣는 느낌이었다. 그러다 보니 그에 대한 반응도 함께 느려졌다.

솔직히 지금까지 살면서 요정이니, 정령이니, 뱀파이어니 하는 소리를 한 번도 못 들어본 것은 아니었다. 다만 조금도 사실로 받아들인 적이 없었을 뿐이었다. 어르신들이 손주들에게 들려주는 옛날이야기 정도로는 오히려 꽤나 익숙한 편이었다.

이걸 충격이 크다고 해야 할지, 적다고 해야 할지. 사실이라고 받아들인 적은 없지만 익숙한 이야기라 그 자체로는 충격이 크지 않는 것처럼 느껴지지만, 머릿속이 멍해져 아무 생각도 들지 않는 걸 보면 오히려 충격이 좀 있는 것 같기도 했다.

"어…… 그래서?"

한참 만에 입을 열자 레이첼이 다시 입을 열었다. 그리고 나는 내가 말을 한 후와 레이첼이 입을 여는 그 찰나의 순간에, 내가 이 충격을 받아들일 수 있도록 레이첼이 기다려 줬다는 걸 깨달았다.

'……그래도 친절한 구석이 있네.'

"이제 기초는 알았으니 좀 오래전으로 가야 되는데."

나는 레이첼이 무슨 말을 할까 궁금증을 가지며 그녀의 말에 귀를 기울였다.

"대충…… 한 500년 전쯤인가, 좀 더 됐나? 아무튼 그쯤에, 그때는 COAD라는 것 자체가 없었어."

"뭐?!"

이 소리는 내가 아니라 옆에 있던 이로가 지른 거였다. 이로는 누가 봐도 엄청나게 놀란 표정으로 상체를 앞으로 내밀고 있었다. 그것은 내가 본 이로의 표정 중에서 가장 격정적인 것이었다.

'이게 그렇게까지 놀랄 일인가?'

나는 과하다고 느껴지는 이로의 반응에 의문을 품으며 말없이 그를 주시했다.

"아니, 잠깐, 잠깐만. 뭐라고? 하지만 내가 알기론……"

이로는 무척 혼란스러운 표정을 지으며 손으로 뒷머리를 헝클어뜨렸다. 레이첼은 그럴 줄 알았다는 듯 그런 모습을 담담히 바라보며 이로가 스스로 진정하길 기다렸다 입을 열었다.

"'내가 알기론'이 아니라 '내가 배웠기론'이겠지."

아…… 아까 한 말 취소. 기다려 주는 게 아니라 불난 집에 부채질하는 거였네.

냉정하기 짝이 없는, 하지만 틀린 것도 아닌 레이첼의 말에 이로는 레이첼에게 눈을 흘겼지만 이내 다시 복잡한 표정으로 되돌아갔다.

이로가 왜 저런 반응을 보이나, 잠시 생각해 보니 이로가 COAD 출신이라는 사실이 새삼스럽게 떠올랐다. 나 같은 경우에는 COAD라는 말만 들어도 몸서리치지만, 어렸을 때부터 그곳에서 자랐고 교육받은 이로는 온전히 COAD의 입장에서 쓰인 역사를 배웠을 것이란 당연한 사실도 뒤이어 깨달았다.

'역사는 승자의 기록'이라는 말대로 지금 상황에서 승자는 COAD이니, 역사 기록도 오로지 COAD의 입장일 테고 이로는 그걸 배웠을 터였다. 그 기록이 왜곡되었을 가능성도 충분히 의심해 볼 법했다. COAD 놈들이야 그러고도 남을 놈들이고 그렇게 한다고 해도 말릴 사람 하나 없는 현실이니까.

그렇게 생각하자 마음속 깊은 곳에서 분노가 솟아올랐다. 그리고 덩달아 이로에 대한 묘한 불편감이 얼굴을 내밀었지만, 그건 괜히 엉뚱한 데로 감정이 튀어 나가는 것이라 그냥 꾹 참고 소화시켰다.

'애초에 이로가 COAD식으로 교육받은 게 이로 탓은 아니니까.'

그냥, 그렇게 제멋대로 교육한 COAD 탓이지.

내가 혼자 속으로 중얼대는 사이, 내면의 폭풍이 좀 잠잠해진 이로가 평소의 모습으로 돌아와 미안하다는 듯한 표정을 지었다.

"미안. 나 때문에 수업 방해했네."

그렇게 빠르게 말을 마치고는 애써 평소와 같은 표정으로 돌아왔으나, 나는 그게 미안하다는 말을 한 게 괜히 쑥스러워서 일부러 담담한 척하는 것이라는 걸 알아차리고 가볍게 웃음을 터트렸다.

사실 더 크게 웃어서 놀리고 싶지만, 그랬다간 레이첼의 눈총을 피하지 못할 테니 작게나마 웃는 수밖에.

레이첼은 나에게는 별 신경을 쓰지 않고 잠잠해진 이로를 보고 작게 혀를 찬 후, 설명을 이어갔다.

"아무튼 다시 한번 말하자면 500년 전쯤엔 COAD라는 것 자체가 없었고, 매지시스들도 없었어. 그때는 그냥 마법을 쓰지 못하는 평범한 인간들끼리 문명을 이루고 살았지."

이건 조금 놀라운 소리였다. 조직이 없었다는 건 납득할 만했지만 아예 매지시스 자체가 없었다니? 없었다가 갑자기 뽕 하고 생기기라도 했단 소린가.

"그런데 어느 순간 갑자기 매지시스들이 나타나기 시작했어. 한두 명씩도 아니고 많은 사람들이, 한꺼번에 말이지."

'아니, 진짜 갑자기 뽕 생겼네.'

레이첼의 설명을 들으며 슬쩍 이로의 표정을 살피니 여전히 오묘한 표정을 짓고 있었지만 일단 한번 큰 충격을 받고 나니 나머지는 그럭저럭 받아들이는 모양이었다.

"갑자기 왜 그런 건데?"

내 질문에 레이첼은 한쪽 입꼬리를 슬쩍 올리더니 말을 이었다.

"아까 이 세상에는 우리 말고도 많은 차원이 있다는 말 했지?"

"그렇지?"

……! 잠깐……

"잠깐, 그러면 매지시스가 다른 차원에서 왔다는…… 그런 말이야?"

"생각보단 눈치가 있네."

레이첼이 다소 기분 나쁜 뉘앙스를 풍기는 말투로 말했지만 나는 한 가지 의문에 빠져 그다지 신경 쓰지 못했다.

"차원이란 게 원래…… 그렇게 마음대로 왔다 갔다 할 수 있는 건가?"

머릿속에 든 의문을 입 밖으로 내뱉자, 레이첼이 서늘하게 조소하며 말했다.

"아니니까 문제지."

"근데 그러면……"

차원이란 것이 마음대로 왔다 갔다 할 수 있는 게 아니면, 매지시스들은 어떻게 넘어온 거지?

"네가 뭘 생각하는지 대충 알겠는데, 아까 말했지? 매지시스들은 포탈을 쓴다고."

"아……!"

"매지시스들은 500년 전에 처음 포탈을 만들었던 거야. 그래서 이쪽으로 넘어올 수 있었던 거고."

그럼 말이 된다. 포탈을 사용했다면 차원을 넘어올 수 있었을 거고 그들은 마법을 사용할 수 있으니 평범한 인간들과의 싸움에서도 우위를 점할 수 있었을 것이다. 그 뒤로는 지금과 비슷한 상하 관계가 만들어졌을 것이고.

하지만 이게 정말 사실이라면……

뒤이어 떠오르는 생각에 나의 백색 눈동자가 서리처럼 차갑게 가라앉았다. 원래도 가족을 죽인 COAD를 죽을 만큼 싫어했지만, 이 이야기까지 합하면 거의 침략자나 다름없는 수준인 것 아닌가.

'알고 나니 더 나쁜 놈들이네.'

아무 상관 없던 생판 남한테 쳐들어와서, 피를 뿌리고 그 위에 군림하는 것들……

'……왜?'

자기들이 원래 살던 차원도 있었을 텐데 굳이 다른 곳에 쳐들어와야 했나? 그들의 고향은 그리도 못 살 곳이었을까?

……아니지 않았을까?

그냥 내 개인적인 생각에 불과하지만, 그리도 못 살 곳이었으면 그들이 그렇게까지 발전하지 못했겠지. 오히려 이곳보다 나았으면 몰라도 못하진 않았을 것 같은데.

그럴 거면 왜 여기로 온 거지? 그냥 거기서 지들끼리 잘 살지 왜, 왜……

'그만, 그만 생각하자.'

생각하면 생각할수록 늪으로 꺼지듯 한없이 가라앉는 생각뿐이니까.

"……이제 정신 차렸냐?"

갑자기 귓가를 때리는 소리에 놀라 흠칫하며 다시 앞을 보니 레이첼이 묘한 표정으로 나를 바라보고 있었다.

"수업 중에 딴생각하는 학생이네, 아주."

말하는 것치고는 표정이 막 나쁘지 않은데? 못마땅하기보단 그냥 그럭저럭……? 오히려 좋아하는 건가……?

내가 묘한 레이첼의 표정을 곱씹어 보는 사이, 가만히 있던 레이첼이 순간 흠칫하는 듯하다가 입가에 작은 미소가 걸렸다.

"너 왜 그렇게 살인귀 같은 표정을 짓고 있냐?"

이로가 그 얼굴을 보고 살짝 무섭다는 표정을 지으며 말하자, 레이첼이 의자에서 일어나며 문을 향해 고개를 돌렸다.

"손님 오셨네."

[이로]

'손님?'

올 사람도 없는데 무슨 손님?

내가 고개를 갸웃거리는 사이, 자리에서 일어난 레이첼은 어느새 문 앞까지 도달해 있었다.

"손님 마중 나갈 사람? 안 나가도 되지만 그래도 나가는 게 예의일 텐데."

······그 와중에 레이첼 쟤는 왜 굳이 저렇게 꼬아서 얘기하는 거지? 저건 그냥 나오란 소리잖아.

어쨌든 누군지 몰라도 손님이 왔단 소리기에, 의자에서 일어나 레이첼의 뒤를 따랐다. 보이지는 않았지만, 가론 형의 발걸음 소리도 이어 들렸다.

그래, 분명 그랬는데······

'왜 내 눈앞에 이 사람들이 있는 거지? 그것도 지금?'

태오, 그리고 다이.

전에 COAD 안에 있는 사람들 중 동료를 만들자고 하면서 나왔던 이름들을 지금 만나게 될 줄은 몰랐지만, 어쨌든 반갑긴 했다. 다만 이 사람들이 어떻게 여기까지 왔는지가 의문일 뿐이었다.

"소이어 님? 편지에 나와 있는 곳으로 왔는데, 여긴 어디인가요?"

갈색 단발머리에 갈색 눈동자를 가진 단정한 외모의 여성, 다이가 조심스럽지만 당당한 태도로 물었다. 아니, 살짝 당황한 것 같기도 하고.

근데 웬 편지?

"저희의 기지라고 보시면 됩니다. 갑자기 공간이 바뀐 건 포탈을 사용했기 때문이고요."

그리 말한 레이첼을 몸을 돌려 기지 내부를 턱짓하며 태오와 다이를 바라보았다.

"안으로 들어가시죠."

그러면서 대답도 듣지 않고 몸을 돌려 기지 안으로 들어가 버렸다. 점점 멀어지는 레이첼의 뒤통수를 바라보던 나는 등 뒤에서 느껴지는 시선에 고개를 돌렸다. 그곳에는 표정을 감춘 다이와 이 상황과는 맞지 않게 작은 미소가 스쳤다 사라진 태오의 얼굴이 있었다.

'저놈은 왜 이 상황에서 웃지?'

"……들어가시죠."

내가 둘의 표정을 파악하느라 아무것도 하지 않자 가론이 경계

어린 기색을 숨기지 않으며 그들에게 말을 걸었다. 그러자 다이가 시선을 옮겨 잠시 가론을 바라보다가 곧 작게 고개를 끄덕였다.

가론이 뒤를 돌아 저 멀리 보이는 레이첼을 쫓아 걸음을 옮기자 나 또한 그 뒤를 따랐다. 등 뒤에서 들려오는 두 개의 발걸음 소리와 함께였다.

레이첼을 따라 들어간 곳은 응접실이었다. 방 가운데에는 낮고 넓은 책상이 있고 그 책상의 삼면에 각각 의자가 배치되어 있는 구조의 방. 방의 가장자리에는 책장과 물건을 놓을 수 있는 선반이 배치되어 있었다.

우리가 방에 들어갔을 때 레이첼이 한 의자 앞에 서 있었다.

"말이 좀 길어질 수도 있을 것 같은데, 시간 있습니까?"

"저는 개인 사정을 핑계로 나온 터라 상관없습니다만, 이쪽은……."

말끝을 흐린 다이의 시선이 슬그머니 태오를 향했다. 뭐지? 태오는 시간이 안 된다는 뜻인가?

그에 태오가 눈을 휘며 그 특유의 능글맞은 미소를 지은 채로 말했다.

"저도 괜찮습니다."

두 사람이 모두 긍정적인 대답을 내놓자 레이첼이 작게 고개를 끄덕이며 자리에 앉았다. 그에 나를 포함한 다른 사람들도 각자 자리에 앉았다.

자리에 앉고 보니 자리 배치가 좀 묘했다. 창가 쪽 의자에는 레이첼 혼자 앉았고, 책상의 오른쪽 의자에는 태오와 다이가, 그리고 그 반대편이자 책상의 왼쪽 의자에는 나와 가론이 앉았다.

"……이 상황에 대해 설명이 필요할 것 같은데, 레이첼."

모두가 자리에 앉고 잠시 어색한 침묵이 고이자, 가론이 레이첼을 힐끗 쳐다보며 말했다.

그러자 레이첼의 시선이 잠시 가론을 향했다가 다시 정면으로 되돌아갔다. 그 뒤로는 이 상황에 대한 설명이 이어졌다.

레이첼이 말하기를 COAD에서 연회에 가기 전에 그들에게 서신을 보냈다고 했다. 우리가 반란을 준비 중이라는 말과 함께, 못 믿겠으면 이번에 있을 연회 때 무슨 일이 있는지 잘 살펴보라는 내용으로.

그리고 어제 '그 일'이 있은 직후 어젯밤, 아니, 정확히는 오늘 새벽에 또 한 번 메시지를 보냈다. 이번 일을 전해 들었을 테니 우리와 협력할지 말지 고민해 보라고. 만약 협력할 마음이 있다면 편지에 쓰여 있는 시간과 장소로 오고 아니면 FSC에게 말하든 말든 상관하지 않겠다고 썼다 하는데……

'그거 반쯤 협박 아닌가?'

물론 FSC에게 솔직하게 보고하면 아주 약간의 신뢰도는 높일 수 있을지 몰라도, 반역자와 교류했다는 것만으로도 의심도가 확 올라갈 가능성이 훨씬 더 높았다. 되레 너도 반역자 아니냐 하는 논란에 휩싸일지도…… 아니, 휩싸일 것이다. 분명히. 안 그럴 리가 없지.

 아, 그리고 방금 레이첼의 시간이 되냐는 질문에 다이가 태오에 대해 제대로 대답하지 못한 것은, 레이첼이 편지를 쓸 때 각자에게 따로 보냈고 거기에 상대에 대한 말이 없었기 때문에 자신 외의 다른 사람이 올 줄 몰랐기 때문이라고 했다.

 그리고 마음을 정한 태오와 다이가 약속된 장소로 오자 레이첼이 이곳으로 연결되는 포탈을 열어준 듯했다.

 "……이해되셨으면 저희에게도 설명 부탁드립니다."

 레이첼의 설명이 끝나자 다이가 우리를 똑바로 쳐다보며 정중한 말투로 말했다. 그에 레이첼 또한 그녀와 눈을 맞추며 특유의 담담하고 사무적인 투로 답했다.

 "보시는 대로, 저희는 COAD를 나왔습니다. 그리고 이곳에 기지를 건설하고 계획을 세우는 중입니다. 어떻게 반란을 일으킬지."

 "……그럼 교도소에서 죄수를 탈출시킨 것도……"

 "가론 형을 탈출시킨 것 역시 저희가 한 게 맞습니다."

 레이첼의 설명 이후 다이가 혼잣말 같은 것을 중얼거리자 내가 그에 대해 대꾸했다. 다이가 '죄수'라고 칭한 것을 내가 '가론'이라고 정정하자 다이는 납득한 것과 동시에 묘한 표정을 했다. 매지시스가 인간을 옹호하는 것이 일반적이지 않은 행동이기 때문이었다. 잠깐의 침묵이 오간 후 레이첼이 다이와 태오에게 물었다.

 "여기까지 오신 것을 보면 우리의 제안을 받아들인 것으로 생각해도 되겠습니까?"

제안이라 함은 우리와 협력하자고 했던 것을 말했다. 레이첼의 물음에 다이가 입꼬리를 끌어 올려 미소 지으며 말했다.

"정확히는 확인차 온 것이었는데, 직접 보니……."

다이가 말을 하다 말고 미소만 더 짙게 지어 보이고는 입을 다물었다. 그것을 잠시 기다려 주다가, 침묵을 참지 못한 내가 대답을 재촉했다.

"직접 보니, 어떠신데요?"

내 말에 다이는 한쪽 다리를 다른 다리 위로 접어 올리며 웃었다.

"역시 믿을 만하네요. 역시 2급이시라 그런가. 다른 떨거지들하고는 달라요."

'2급? ……아.'

다이의 입에서 나온 단어가 바로 해석이 되지 않은 나는 내 기억 속을 뒤져 정보를 찾아냈다. 급수. COAD에서 등급, 혹은 순위를 나눌 때 사용하는 직급이었다. 기실 정식 명칭은 '전투 등급'이나, COAD에서는 전투 능력을 가장 중요시 여기기 때문에 사실상 실력과 권력을 나눌 때 많이들 사용했다. 총 10급으로, 제일 높은 1급은 FSC 단 세 명뿐이고, 그다음인 2급은 마스터 다음으로 능력 있는 사람들이었다. 그러니까 한마디로 FSC를 제외한 사람들 중 제일 강하다는 뜻이었다.

참고로 나와 레이첼은 모두 2급이었다. 뭐, 이젠 별 쓸모없는 숫자였지만.

나는 여전히 잔잔한 미소를 머금고 있는 다이를 보며 묘한 감상에 사로잡혔다. 아까 기지 입구에서 봤을 때랑은 분위기가 묘하게 달라진 탓이었다.

아까 입구에서 봤을 때는 조금 조심스러운 것도 모자라 경계하는 눈빛에, 탐색하는 듯한 태도를 숨기지 않더니 지금은 조금 더 여유롭고 풀어진 듯했다.

'……경계를 푼 건가.'

아니, 단순히 경계를 풀었다기엔 조금 달랐다. 그러니까…… 가면을 한 꺼풀 벗겨낸 느낌?

"좋습니다. 받아들일게요."

다이가 시원스레 대답하자 레이첼은 이번엔 태오에게로 시선을 옮겼다. 우리의 대화와는 상관없다는 듯 고개를 돌리고 다른 곳을 바라보고 있던 태오가 레이첼의 시선을 느꼈는지 눈동자를 옮겨 레이첼을 마주 보았다. 그러더니 입으로 호선을 그리며 대답했다.

"받아들이겠습니다."

사족을 붙이지 않은, 그야말로 짧고 간결한 대답. 하지만 그렇기에 믿음이 가는 말이었다.

태오의 말이 끝나자 다이가 웃는 얼굴로 고개를 살짝 기울이며 조금 더 장난스럽게 말했다.

"그럼 저희가 어떻게 하면 될까요? 레이첼 님?"

다이의 말에 조금 놀란 나는 눈을 살짝 크게 떴다. 정확히는 말에 놀란 게 아니라, 레이첼을 부르는 호칭에 놀란 것이었다.

COAD에서는 모두가 서로를 이름이 아닌 성으로 불렀다. 서로의 거리를 나타내는 암묵적인 합의에 가까웠다. 다이 역시 지금까지 레이첼을 소이어라고 불렀는데, 방금 레이첼이라고 호칭을 바꾼 것은 무슨 의미인가? 신뢰의 표현인 걸까?

'근데 어디서 믿을 만한 점을 발견한 거지?'

……근데 확실히, 레이첼은 인간적인 신뢰는 그렇다 쳐도, 동료나 팀원 같은 사무적인 관계에서는 오히려 믿을 만했다.

'실력이 뛰어나서 그런가, 여러 방면으로.'

"일단 다시 COAD로 돌아가서, 평소처럼 해주시면 됩니다. 다만……"

레이첼은 다이의 질문에 대답하다가 말을 끝맺지 않고 의자에서 일어나 벽면의 책장 쪽으로 다가갔다. 그러더니 빼빼하게 꽂힌 책들 중 한 곳의 책 사이를 양쪽으로 갈랐다.

책끼리 바짝 붙어 있었을 때는 몰랐는데, 양쪽으로 벌리니 그 사이에 끼어 있던 종이들이 보였다. 레이첼은 그 종이들을 가지고 다시 자리로 돌아오며 말했다.

"COAD에 계시면서 쓸 만한 정보들을 여기에 써주시면 감사하겠습니다. 마법을 걸어놓은 거라, 그들이 알아채진 못할 겁니다."

여기서 말하는 그들이 COAD라는 것임을 알아들을 머리는 있었다. 레이첼은 손에 들고 있는 잘 정리된 종이 뭉텅이를 대략 반으로 나누더니 다이와 태오에게 각각 건네주었다.

"얻은 정보를 거기에 써주신 다음에 반으로 두 번 접으면 저에게 전해질 겁니다. 아, 참고로 말씀드리자면 각을 정확히 맞춰서 접어

주시면 감사하겠습니다. 아무래도 마법인지라 변수에 약해서."

제자리에 앉은 레이첼이 손가락 끝으로 종이를 가리키며 말했다. 다이는 소리 없이 웃으며 고개를 끄덕였다.

"알겠습니다. 그럼, 이제 할 얘기는 다 끝난 건가요?"

"그렇습니다."

레이첼이 깔끔하게 답하자 다이는 곧바로 자리에서 일어났다.

"그럼, 이만 가보겠습니다."

순간 반사적으로 '벌써?'라는 생각이 들었지만 이내 생각을 고쳤다. 어차피 할 이야기는 다 끝났으니 지금 가도 전혀 이상할 게 없는 상황이었고, 그저 절대 체류 시간이 짧아 나타나는 생각일 뿐이었다.

다이가 일어나자 태오도 자연스럽게 따라 일어섰다. 둘이 문을 향해 걸어가자, 그것을 잠시 바라보던 레이첼도 느릿하게 일어서며 말했다.

"배웅해 드리겠습니다."

그 말에 살짝 뒤를 돌아본 태오가 의외라는 듯 눈을 크게 떴다. 아마도 COAD에서는 상대를 배웅해 준다는 개념이 생소해서 그럴 것이다. 태오와 같이 약간 뒤돈 채로 서 있던 다이는 이내 살짝 웃으며 말했다.

"그렇겠네요. 저희 힘으로는 그곳으로 돌아갈 수 없으니, 도움이 필요하겠어요."

순간 무슨 말인가 생각했다. 거기서 여기로 오는 건 좌표를 몰라서 못 한다 쳐도, 여기서 COAD 쪽으로 가는 게 뭐 어렵단 말인가?

그래서 그들이 방을 나가기 전에 재빨리, 그러나 다급하다는 느낌이 들지 않도록 신경 쓰며 말했다.

"저기, COAD에서 여기로 오는 건 이해하겠는데, 여기서 그곳으로 갈 수 없다는 건 무슨 말씀이신지 모르겠습니다."

그러자 다이와 더불어 태오까지 조금 당황한 표정을 지었다. 그중 다이가 의아한 기색을 숨기지 않으며 말했다.

"아…… 모르셨나요? 이 주변엔 결계가 세워져 있던데요. 그래서 이 안에선 이 결계의 시행자에게 선택받은 몇몇 사람들만이 포탈을 사용할 수 있다고 들었어요."

다이는 그렇게 말하며 시선을 레이첼에게로 옮겼다. 그 시선을 딱히 숨기지도 않았다. 마치 설명을 요구하듯이, 그녀의 말투처럼 당당하지만 무례하지 않은 태도였다. 그럼에도 불구하고 가식을 두르고 트집을 잡으려는 것은 아니었다. 그녀는 그저 묻고 있었다. 왜 우리에게 한 이야기를 이들에겐 하지 않았느냐고.

다이의 시선이 레이첼에게로 옮겨가자 곧바로 모두의 시선이 레이첼에게 쏠렸다. 레이첼은 당황하지도 않고 차분히 그 시선을 받아냈다. 그리 길지도 짧지도 않은 시간이 흐른 후 담담히 입을 열었다.

"뭐 별건 아니고…… 말할 타이밍이 애매해서 그랬는데."

……뭐라고?

예상치도 못한 이유에 나는 어이가 없었다. 레이첼이라면 뭔가 이유가 있었겠구나, 합당한 이유가 있어서 말 못 했겠구나, 하고 생각했는데 타이밍이 애매했다니, 레이첼답지 않은 이유였다.

"다른 곳과 오고 갈 때도 내 포탈을 열면 그만이고, 어차피 너희 혼자 기지 밖으로 나갈 일도 없으니 말할 필요가 없었어."

아니, 어, 뭐. 그랬던 건 맞는데.

우리의 말을 듣고 있던 다이는 눈을 몇 번 가볍고 빠르게 깜박이더니 곧 웃으며 말했다.

"그럼 저희는 이제 그만 가보겠습니다. 레이첼 님, 배웅 부탁드려요."

물 흐르듯 내뱉는 다이의 말에 레이첼은 딱히 별다른 반응을 보이지 않았다. 그저 걸음을 옮기며 다이와 태오를 지나쳐 문을 열고 밖으로 나갈 뿐이었다.

"따라오시죠."

레이첼은 문턱 너머에 서서 고개만 비스듬히 돌려 그들을 바라보았다. 그러자 다이가 웃으며 레이첼을 따라갔고 태오 역시 자연스럽게 그들을 따라 밖으로 나갔다.

문이 닫히는 소리가 나자, 나는 크게 숨을 내뱉으며 몸을 뒤로 젖혀 의자에 푹 파묻혔다.

"흐아아~ 여전하네, 레이첼이나 저놈이나."

이상한 소리와 함께 눈을 감고 고개를 젖혀 의자에 기대자, 가론의 목소리가 들렸다.

"무슨 뜻이야?"

"레이첼이랑 저 파란 머리랑, COAD에서 꽤 유명했거든. 미친

놈으로."

"……다 그렇지 않나?"

COAD는 다 미친놈 아니야? 하는 가론의 말에 나는 웃음을 터트리며 말을 이었다.

"그것도 맞는데, 저 둘은 특히 더 그랬어. 음, 내가 봐도 좀 정신 나가 보일 만큼?"

자기 객관화가 잘되어 있는 내가 말하자 가론이 의자에 앉은 채로 멈칫하는 소리가 들리더니 곧 수긍 반, 의문 반이 섞인 목소리로 말했다.

"네가 그렇다면 대체 얼마나 미친놈인 거지?"

아니…… 아무리 내가 자기 객관화를 잘한다지만 도대체 날 뭐로 보는 거야?

마음 한편에서 불만이 불쑥 튀어나왔지만 곧 다른 생각이 머리를 가득 채웠다.

바로 레이첼을 처음 보았을 당시의 기억이었다.

지금으로부터 5년 전, 레이첼을 처음 봤을 당시, 레이첼은 20살, 나는 19살이었다.

그때의 나는 COAD에서 그리 존재감이 크지 않았다. 그 당시엔 아직 살아 있었던 아버지에게 눌려 살던 시절이었다.

그때까진 레이첼을 직접 본 적이 없었음에도 들려오는 소문은 무성했다.

보통 COAD에 들어오기로 결정된 인재들은 아카데미에서 3년간의 교육과정을 거친다. 하지만 COAD에 들어오기로 결정된 인재들은 이미 웬만한 교육을 다 마친 상태가 대부분이었기에, 교육이 목적이라기보다는 COAD의 일에 익숙해지도록 하는 것이 주된 목적이었다. 사실 좀 더 뒤편으로 들어가자면 사람 거르기에 가까웠지만.

아카데미에 들어온 사람 하나하나 꼼꼼히 감시해서, 이 사람이 COAD에 해가 될지, 정확히 어떤 인재인지, 어느 부서에 넣는 게 효율적일지, 대인관계는 어떤지 등 시험으로는 알아낼 수 없는 정보들을 면밀히 파악하는 것이 좀 더 은밀하고 정확한 이유였다.

아무튼 간에 그런 아카데미를, 그러니까 졸업하는 데 족히 3년은 걸리는 아카데미를, 단 '5개월' 만에 조기졸업 해버린 레이첼은 화제가 안 되려야 안 될 수가 없었다.

사실 처음 이 말을 들었을 때만 해도, '조기졸업이 없는 아카데미에서 조기졸업을 한 전대미문의 신입' 정도에선 그다지 놀라지 않았다. 하지만 그 기간이 단 5개월이라는 말에, 벙찐 얼굴로 되묻지 않을 수가 없었다.

5개월이란다. 1년도 아니고, 반년도 아니고, 5개월. 일수로 따지면 한 달이 약 30일이라 가정했을 때, 5달은 대략 150일이었다. 계절이 채 두 번 넘어가기도 전에 아카데미의 교육과정을 박살 내버린 것이었다. 나 또한 아카데미를 거쳤기에 그 수준이 얼마나 만만치 않은지 알았다. 그걸 5개월 만에 끝냈다는 것은 사람의 영역

이 아니었다.

그런 소리가 사방에서 들려오니 호기심이 들어 들려오는 소문에 좀 더 귀를 기울여 보니, 대략 5개월 전, 어느 한미한 한 매지시스의 가문에서 갑자기 듣도 보도 못한 딸이 하나 나타났다고 했다. 심지어 갓난아기도 아니고 다 큰 20살짜리 성인이. COAD에서는 자식을 낳는 즉시 출생신고를 하게 되어 있었다. 그런데 그녀는 출생신고도 되어 있지 않은 상태였다. 그 가문에서는 이런 상황에 대해 하나뿐인 귀한 딸을 험한 곳에 들이기 싫어 숨겼다가, 마법에 대한 재능이 너무 커지자 숨기기는 아까운 재능이라 여겨 이제서야 COAD로 들인 것이라며 해명했으나, 그 말을 믿는 사람은 아무도 없었다.

그 해명을 믿기에는 의문점이 너무 많았다. 우선 진짜 딸이 맞는지부터가 의문이었다. 직접 본 적은 없었지만 소이어-그 당시에는 그녀와 친분이 없었으므로 성으로 칭했다-는 붉은 눈에 검은 머리카락이라고 했는데, 그녀의 부모라고 주장하는 매지시스 부부 중 누구도 붉은 눈과 검은 머리카락을 가지고 있지 않았다.

그리고 아무리 COAD 눈에 띄지 않게 길렀다고 해도, 정말이지 20년 동안 존재조차 몰랐다는 게 말이나 되는 일인가.

또한 처음부터 COAD에 들일 생각이 아니었다면 그에 따른 교육도 소홀히 했을 터인데, 그렇다면 아카데미를 5개월 만에 졸업해 버린 그 신입은 대체 정체가 뭐란 말인가? 아무리 숨은 목적이 따로 있다고 해도 아카데미는 교육기관이었다. 정해진 교육과정이 있단 말이다. 졸업하면 바로 현장에 투입될 인재를 육성하는 만큼 그 교육과정의 수준도 만만치 않았다. 그냥 그 신입이 엄청난 천재인 건가? 아니, 아무리 천재라도 백지에서 출발해 5개월 만에 정상에 도달하는 게 가능한 일인가?

아무튼 간에 여기까지만 해도 전대미문의 신입에, 신원조차 불분명한데, 여기에 한 가지 자극적인 소문이 더 있었다.

바로 그 신입의 뒷배가 마스터 C의 후계자, N이라는 소문이었다.

소이어의 뒷배가 N이라는, 나름 신빙성 있는 가설이 탄생하게 된 데에는, 다 이유가 있었다.

우선 아카데미에 신청할 때 신청서의 내용이 맞는지 가벼운 검수를 거치는데, 소이어는 어떻게 된 일인지 검수를 거쳤는데도 아무런 문제가 없다고 나왔다. 그러니까, 위에 했던 그 해명들이 다 맞는 말이라는 것이다.

이게 어디 말이나 되는 일인가. 나 같은 일개 간부가 조금만 생각해 봐도 말이 안 되는 것을 그들이 몰랐을 리 없는데. 그러니 그 뒤를 봐주는 사람이 있을 거라 확신하게 된 것이었다. 꽤 높은 자리에 있는 사람이 뒤에서 손을 썼다 생각하면 못 할 것도 없었다.

뒷배가 있다는 것이 사실상 기정사실이 되자 이제 다음으로 생각해 볼 것은 그 뒷배가 누구냐는 것이었다.

사실 이건 긴 고민이 필요 없었다. 왜냐하면 이런 일들을 군소리가 나지 않게 처리할 수 있는 사람은 한정되어 있었고, 그중에서 소이어와 연관이 있는 사람은 단 한 명뿐이기 때문이었다.

그것은 바로 N, 딱 한 명뿐이었다.

기실 N과 소이어의 연관점도 딱 한 번뿐이었으나, 그를 제외하곤 소이어와 연관 있는 고위 간부가 없었다. 그 한 번의 접점이란 바로, 소이어가 아카데미에 들어갈 때 N이 추천서를 쓴 것이었다. 애초에 출생신고도 안 되어 있던 소이어에게 마스터 후계자의 추천서는 상당한 힘이 되었다.

 사실 추천서 외에 다른 사람들은 모르는 접점이 하나 더 있었는데 그것이 무엇이냐 하면, 소이어가 5개월 만에 아카데미의 교육 내용을 끝내버렸을 당시, 고위 간부들끼리 이 사단을 어떻게 해결해야 할지 회의가 열렸었는데 그때 N이 처음으로 '조기졸업'이라는 말을 꺼냈다는 것이었다. 그 이후야 뭐, 애초에 유례가 없던 일에 대응매뉴얼이 있을 리가 없으니 반강제로 결정된 것이고.

 아, 위의 회의 내용은 아버지에게 들……은 건 아니고, 아버지 책상에 있던 보고서에서 읽은 내용이었다. 물론 아버지 몰래.

 하여튼 간에 이 정도면 소이어의 뒷배가 N이라는 심증은 충분했다.

 이로써 내 머릿속엔 'N이 뒤를 봐줄지도 모르는 신원이 불분명한 전대미문의 신입'이라는 캐릭터가 만들어졌다. 솔직히 말하자면 이때까지만 해도 나는 결코 소이어를 좋게 보지 않았다. 5개월 만에 졸업했다는 것은 경악할 것을 넘어서, 무언가 뒤가 구린 것 아니냐는 불신을 품을 정도였기 때문이었다.

 게다가 아카데미의 대외적인 목적은 COAD의 일에 익숙해지게 하는 것도 포함이거늘, 그런 아카데미를 일찍 졸업했다는 것이, COAD의 일에 쉬이 익숙해졌다는 것이 무엇을 뜻하겠는가. COAD의 일이라 하면 극도로 잔인하고 잔혹한 일이 대부분이었다. 그런 일에 그렇게 빨리 익혔다는 건, 적어도 그 대가리도 정상은 아니라는 것을 의미했다.

'……물론 나도 정상을 운운할 처지는 아니긴 하지만, 어쨌건 간에.'

아무리 나라도 미친놈을 달가워할 이유는 없었다. 특히 거대한 뒷배를 업고 있는 놈이라면 더더욱. 애초에 나는 진작부터 COAD에 회의감을 느끼던 차이니.

"회의를 시작하기 전에, 오늘은 새로운 소식이 하나 있습니다."

귀에 내리꽂히는 날카로운 목소리에 문득 정신이 들어 눈을 몇 번 깜박여 시야를 되찾았다. 슬쩍 고개를 돌려보니 평소와 같이 아무런 감정을 읽을 수 없는 표정을 한 F가 사람들을 응시하고 있었다.

'새로운 소식이 있다는데 표정은 전혀 새롭지가 않네.'

"지난주에 아카데미를 졸업한 신입이 오늘부터 회의에 참석한다고 합니다. 다들 입구를 봐주십시오."

그 말이 떨어지길 기다렸다는 듯 수많은 쌍의 눈동자가 회의실의 입구 쪽으로 꽂혔다.

누군가의 작은 날숨마저도 들릴 정도의 정적.

그 문 뒤에 선 누군가는 마치 이 팽팽한 긴장 섞인 침묵을 즐기는 듯, 바로 들어오지 않고 몇 초간의 공백을 만들었다.

사실 평범한 신입이라면 이렇게까지 관심이 쏠리지 않았으나 벌써 수많은 꼬리표를 달고 다니는 놈이기에 이토록 눈길을 끄는 것이었다.

 그리 길지 않은, 하나 기다리는 사람 입장에선 몇 시간과도 같은 수초가 지난 뒤, 마침내 굳건한 문이 소리 없이 천천히 열렸다.

 높지 않은 굽의 구두가 바닥에 부딪혀 나는 소리가 회의실을 가득 메움과 동시에 몇몇, 아니, 적지 않은 사람들이 놀란 듯한 탄성을 터트리고 급하게 숨을 들이쉬는 소리가 곳곳에서 들려왔다.

 일부러 문을 열지 않고 시간을 끈 것이 무색하리만큼 빠른 속도로 전신을 드러낸 한 여자가 무심하게 내리깔았던 눈을 들어 올렸다.

 여자는 머리부터 발끝까지 블랙 톤으로 맞춘 듯한 차림이었다. 큰 키와 비교되는 작은 얼굴에 이목구비가 오밀조밀하게 들어차 있었다. 입술의 얇은 피부밑으로는 짙게 핏기가 비쳐 붉게 보였다. 그리고 칠흑같이 검은 머리카락 밑에 자리한 피처럼 붉은 눈동자는, 가히 모두의 시선을 잡아끌 만했다.

 마주치는 이마다 서늘한 빛을 뿌리는 한 쌍의 붉은 눈은 하는 행동과는 상반되게도 너무나도 맑고 투명하여 마치 루비를 연상케 했다.

 또한 모두가 그녀에게서 눈을 떼지 못하는 이유는 비단 외양 때문만이 아니었다.

 저 여자가 문을 열고 들어올 때부터 느껴지던, 이제는 회의실 전체를 가득 메운 낯선 기운은, 바로 눈앞의 여자에게서 뿜어져 나오고 있었다. 사실 뿜어내는 것도 아닌 것 같았다. 단지 숨기려고 해도 숨겨지지 않는, 당연하다는 듯이 밑바닥에서부터 은은하게 깔리는 아우라일 뿐이었다. 어느 정도 경지에 이른 이라면 드문 일은 아니지만, 이 여자의 경우 조금 특이한 점이라면 그 수준이 남다르다는 것이었다.

이 방에 있는 모두가 느꼈다. 현재 이 방에 있는 유일한 마스터인 F와 마스터들의 후계자들에게 눌려서 온전한 힘을 발휘하진 못하고 있지만, 그들이 없었다면 여기 있는 대부분의 이들이 압도당했을 것이 자명하다는 것을. 비록 그 힘에 대응하는 정도는 사람마다 다를 것이나 공기 중에 압축된 힘에 눌리는 것은 모두가 느낄 터였다.

왜일까, 그녀에게는 사람들의 시선을 잡아끄는 힘이 있었다. 태생적인 특징인지 아니면 다른 이유가 있는 것인지는 잘 모르겠으나, 확실한 것은 그녀가 어디에서 무엇을 하든 눈에 띌 수밖에 없는 이라는 것이었다.

문을 열고 들어온 여자는 방 안에 있는 모두를 빠르게 훑으며 발걸음을 옮겼다. 여자가 한 걸음 내디딜 때마다 새까만 밤을 닮은 머릿결이 허리께에서 약간씩 찰랑였다. 그것이 마치 검은 비단이 아름답게 출렁거리는 모양새라, 여자에게서 더욱 눈을 떼지 못하게 만들었다.

긴 책상의 중간쯤에 하나 남은 의자를 손으로 잡아끌던 여자가 문득 동작을 멈추고 눈을 들어 모든 이들을 똑똑히 응시했다. 그 시선 안에 걸려든 이들은 저도 모르게 긴장하며 몸을 굳혔다.

여자는 잠시 사람들 사이에 머물던 시선을 거두어들이더니 순식간에 눈을 사르르 접으며 입을 열었다.

"하마터면 무례를 저지를 뻔했군요. 사죄하겠습니다."

처음 회의에 참석한 신입이 자신의 소개도 하지 않고 자리에 앉는 것은 상당한 무례에 해당하긴 했다. 다만 아무도 지적할 생각을 하지 못했을 뿐. 이 사실을 본인이 직접 입에 올리고서야 알아챈 이들은 머쓱함과 창피함이 섞인 표정으로 슬쩍 시선을 피했다.

여자는 아까와는 다르게 전혀 서늘함이 느껴지지 않는 얼굴로 눈을 감고 오른손을 왼쪽 가슴께에 올리며 가볍게 허리를 숙였다.

"늦게나마 소개하겠습니다. 476 졸업생, 레이첼 소이어라고 합니다."

소이어가 고개를 숙이자 칠흑같이 검은 머리칼이 아래로 흘러내렸다. 그러면서도 자세가 흐트러지지 않고 고고한 자태를 유지하는 것이, 도저히 이제 막 들어온 신입이라 믿을 수 없을 지경이었다.

소개를 끝낸 소이어가 자세를 바로 하고 자리에 앉았다. 그와 동시에 시간이 멈춘 듯이 자리에 붙박여 있던 사람들이 도로 시간의 흐름을 느꼈다. 물론 눈치가 없는 것인지 아직도 넋을 놓은 자들이 몇몇 있었으나, 이 회의의 리더 격인 F는 그들이 스스로 정신을 차리기를 기다려 줄 만큼 너그럽지 않았다.

"회의를 시작하겠습니다."

그 말에 뒤늦게 정신이 제자리를 되찾은 몇몇 이들이 애써 아무 일도 없었다는 듯 표정을 갈무리하며 앞을 바라보았다. 나는 잠시 눈동자를 굴려 소이어를 쳐다보았다가 눈이 마주치기 전에 황급히 눈을 돌렸다. 하지만 한 가지 생각만은 머릿속을 떠나지 않고 부유했다.

'특별히 이상한 놈이 들어왔다. 좆됐다.'

"이로. 그럼 레이첼, 처음에는 어땠어?"

가론의 목소리에 순식간에 현실로 돌아온 나는 마침 들어온 질문에 여상히 대답했다.

"처음에 뭐?"

"그니까…… 첫인상. 첫인상 어땠느냐고."

"레이첼? 음……"

나는 먼 과거처럼 느껴지는 순간을 어렴풋이 더듬었다.

강렬하다고 하면 강렬한 기억. 그 순간에, 나는 무엇을 느꼈는가.

잠깐의 침묵이 흐른 뒤, 나는 고개를 기울이며 느릿하게 입을 열었다.

"……감탄이었나."

"……감탄? 대체 어느 부분에서……?"

"그냥. 형도 거기 있었으면 감탄했을걸. 그러니까…… COAD에 있으면서, 감탄할 일이 별로 없었거든? 근데 오랜만에 새로운 자극이 들어온 느낌이었어. 감탄은…… 아마 그 힘에 대한 감탄이었던 것 같은데. 들어올 때부터 무슨 힘을 그렇게 무식하게 뿜으면서 들어오던지……"

"……상상이 돼."

"그치? 상상되지?"

"어, 너무 잘 돼."

가론이 마치 그 장면을 상상하듯 허공을 보며 중얼거렸다. 나는 그 모습을 보며 나도 같은 마음이라는 듯 키득거리며 웃었다.

"아무튼, 처음엔 그랬어. 그리고 그다음엔……"

잠깐 말을 멈추고 생각을 다듬던 나는 곧 얼굴을 찌푸리며 말을 이었다.

"뭐 저런 미친놈이 다 있나 하고 생각했던 것 같은데."

"어느 면에서?"

"아니, COAD가 워낙 협동을 안 한다곤 하지만 그래도 하나의 사회긴 하단 말이야? 사람이랑 부대끼고 살아야 된다고. 근데 걔는 그딴 거 신경도 안 썼어. 처음 들어올 때부터 말이 많긴 했지만 진짜…… 누가 대놓고 앞담 까도 무시해 버리고 도가 지나치다 싶으면 순식간에 태도 바꿔서 응징하고…… 물론 덕분에 속 시원하긴 했다만."

"……그러면 인간관계가 어떻게 되는 거야? COAD에선 원래 친구가 잘 없어서 별다를 게 없나?"

"친구……가 문제가 아니라 일단 친분이 있는 사람이 아예 없지. 아마 나 빼면…… N? 그 사람 말곤 없는 것 같은데."

나는 레이첼 덕분에 네이브라는 본명을 알고 있지만 익숙하진 않았다. 그래서인지 평소에는 네이브보다는 N이라고 칭하는 편이었다.

"N? 그게 누구야? FSC는 아닌 것 같은데 왜 이니셜이야?"

"N은 C의 후계자. 그러니까 C가 죽으면 마스터가 되는 사람."

　FSC 얘기가 나오자 가론의 눈이 일순 차가운 빛을 띠었지만 지금은 그럴 타이밍이 아니라 생각했는지 곧 풀어졌다. 하지만 순간 그 눈빛을 똑똑히 목격한 나는 반사적으로 손끝에 힘이 들어갔다.

　'어, 음, 우와. 되게 무르다고 생각했는데 형도 눈 돌아가니까 꽤…… 싸하네.'

　백안이라 더 그런 것 같기도 하고. 하얀 눈동자가 서리를 닮아서 더욱 차가워 보였다.

　"근데 그런 사람이 왜 레이첼이랑 친분이 있어?"

　"몰라? 근데 친분이 있다기보다는 뭔가 좀 묘하던데. 그건 레이첼한테 물어봐. 나도 잘 몰라."

　내가 보기로는 N은 레이첼에게 호감이 있고 레이첼은 그걸 아는지 모르는지 벽을 세우는 눈치였지만, 남의 사생활 함부로 떠벌리지 않을 예의는 있었다.

　왜 레이첼 첫인상 얘길 하다가 N까지 넘어왔는지 모르겠다. 덕분에 분위기가 싸해져 버렸다. 슬슬 가론의 눈치를 살피던 나는 애써 말머리를 돌렸다.

　"COAD에서 레이첼이 얼마나 망나니였는 줄 알아? 진짜 웃겼는데. 새로운 재미가 생겼었다니까? 원래 싸움 구경이 제일 재밌는 거잖아."

　"레이첼이 뭐 했는데?"

　됐다. 말머리를 돌리는 데 성공했다!

"예전에, 그니까 레이첼이 들어온 지 얼마 안 됐을 때. 연회가 열렸었거든? 근데 거기서 몇몇이 뭣도 모르고 레이첼한테 시비를 걸었다? 완전히 멍청이였던 거지. 하여튼 걔네가 시비 좀 터니까 레이첼이 뭐라 그랬는 줄 알아?"

"뭐라 그랬는데?"

"맞춰봐. 힌트를 주자면 그 멍청이들은 레이첼한테 '능력도 없는 게 줄 잘 타서 들어오니까 좋냐? 응? 얼굴만 반반한 게 까불고 있어.'라고 했어."

"……대놓고?"

"아니. 물론 사람 없는 한적한 데 가서 했겠지."

레이첼의 진가를 몰랐기에 부릴 수 있는 객기였다.

내 퀴즈에 가론은 조용히 고민하기 생각했다. 그러다 곧 가론이 고개를 갸웃하며 말했다.

"뭐라고 반박하지 않았을까? 논리적이게…… 난 낙하산으로 들어온 게 아니라든가 뭐 그런 식으로."

그 말에 나는 고개를 절레절레 저었다.

"완전 땡."

"그럼 뭐라 그랬는데?"

"누군지 물은 다음에, 딱 한 마디 했지."

나는 그때의 기억을 떠올리며 눈을 똑똑히 뜨고 레이첼을 흉내 내며 말했다.

"레이첼 소이어. 그대들에게 결투를 신청합니다."

"……갑자기? 아무 말도 안 하고?"

"어. 그리고 그 멍청이들은 노발대발했지. 갑자기 왜 결투를 신청하느냐, 힘자랑이라도 하려는 거냐…… 그러니까 레이첼이 그러더라고. 결투를 신청하고 싶어서 결투를 신청하는 것이 뭐가 잘못됐냐고. 그래서 걔네가 지금 우리가 너한테 한 말이 기분 나빠서 보복하는 거냐고, 보복하는 건 규율에 어긋난다고 막 되지도 않는 소리를 뭐라 뭐라 하니까 레이첼이 한마디로 잠재웠지."

"……뭐라고?"

"결투 받아들일 거면 사족 붙이지 말고 받아들이고, 지는 게 두려우면 그냥 꺼지라고."

"……신입이?"

"엉. 그것도 들어온 지 2개월 된 신입이."

"……"

가론은 미친 건가 하는 생각과 강단 있다는 감상이 뒤섞인 눈빛을 하고 있었다. 그 모습을 보니 나도 모르게 웃음이 터졌다.

그치. 재밌지. 레이첼이 그랬다니까? 그렇게…… 참신했어. 생경했어.

입 밖으로는 나오지 못한 말들이 마음속에서 맴돌았다. 그러고 보면, 내가 COAD에서 레이첼에게 느꼈던 감정이 무엇이었는지 어렴풋이나마 알 것 같았다.

재미. 무료하기 짝이 없던 세계에 나타난 새로운 자극. 그에 아주 오랜만에 돋은 흥미.

덧없는 껍데기 속에서 닳아 없어진 줄 알았던 감정을 다시 일깨워 준 불빛이었을까.

어둠 속에서 혼자 깜빡거려서 이건 뭔가, 하고 들여다보면 색이 바뀌면서 깜빡이고. 우와 신기하다, 하고 생각하고 있으면 위치가 막 바뀌면서 깜빡거리고.

이제 끝났나, 또 없나 하고 지루함을 느낄 차에 불빛이 몸집을 키웠다 다시 줄어든다. 오, 하고 기대감 가득한 눈으로 보고 있으면 또다시 몸집이 커졌다 작아진다.

레이첼은 그랬다. 늘 예상치 못한 말을 하고, 생각지도 못한 곳으로 튀고, 그래 놓고 맨날 자기 혼자 태연하고. 그래서 재미있고, 흥미가 돋게 만들었다. 이성적인 감정은 아니었으나 다른 의미로 눈길을 끄는 것은 맞았다.

레이첼의 편을 들어 COAD를 나온 것에는 이 이유도 한몫했다. 레이첼 곁에 있으면 재미가 있었다. 흑백이었던 세계가 조금씩 빛을 되찾았다.

COAD에 남아봤자 피에 찌들어 색을 잃은 세상을 되돌릴 방법 따윈 없었으므로. 그래서 레이첼 곁에 섰다. 색을, 잃어버린 감정을 되찾고 싶었기 때문에.

결과적으로 아직 이 선택의 끝을 보진 못했지만, 잘한 선택이라고 믿었다. 그리고 앞으로도 그러리라 믿어 의심치 않았다. 설령 이 길 끝이 죽음이라 하더라도, 나는 이미 색을 되찾은 후일 것이기에.

[레이첼]

건물의 입구에 다다를 때까지 셋 중 누구도 입을 열지 않았다.

어찌 보면 당연한 것이었다. COAD는 극단적이리만큼 효율적이었다. 그러니 그곳에 몸담은 이들이 지극히 효율을 중시하는 것도 당연한 일이었다. 필요 이상의 말을 하지 않는 것은 그 일환이었다.

기지 입구로 나오자 앞서가던 내가 발걸음을 멈췄다. 그러자 뒤이어 따라오던 태오와 다이도 나와 몇 걸음 떨어진 거리에 멈춰 섰다.

나는 오른손을 들고 마력을 운용하는 데 집중했다. 그러자 곧 손끝에서 물이 울렁거리는 듯한 감각이 느껴지더니 이내 환한 푸른 빛을 내뿜으며 사람 키만 한 타원형으로 몸집을 키웠다. 그 모습을 잠시 바라보던 나는 태오와 다이를 돌아보곤 턱짓하며 말했다.

"돌아가시죠."

문 열었으니까, 빨리 돌아가.

사실 잠깐 사이 약간의 신뢰를 쌓았다고 해도 나의 기본 베이스인 날 선 태도는 사라진 것이 아니었다. 기실 당연한 것이었다. 이러한 태도는 나에게 진짜 나를 숨기는 방어기제와도 같은 것이었으니.

나의 이런 모습이 남에게 어떻게 보이든 상관없었다. 어차피 부정적인 쪽이기만 하면 됐다.

태오는 잠시 나를 바라보더니 군말 없이 포탈을 넘었다. 태오가 포탈을 완전히 넘어간 것을 확인한 나는 다이를 향해 시선을 돌렸다. 다이는 나와 눈이 마주치자 눈을 곱게 접어 시원하게 웃어 보였다. 마치 든든한 언니가 있으면 이런 느낌일 것 같은 미소였다. 그래봤자, 내 입장에서는 별 의미가 없었지만.

왜 안 가나, 하는 눈으로 움직일 생각은 추호도 없어 보이는 다이를 지긋하게 응시하자 그녀가 입가의 미소를 유지하며 내게 말을 걸었다.

"안 가고 왜 이러고 있나, 생각하고 계시겠지요?"

그걸 아는 사람이 왜 이러는지 묻고 싶은데.

속으로 따지며 가만히 그녀를 응시했다. 그러자 그녀는 연극적으로 가볍게 한숨을 쉬며 말했다.

"여전히 농담이라곤 모르시는 분이시군요."

"농담은 불필요하다고 생각하는 터라 그렇습니다."

"사람을 사귀려면 농담도 할 줄 알아야 하는 법이랍니다. 하기야, 그걸 모르시니 친구가 없으실 테지만."

뼈가 있는 다이의 말에 나는 침묵을 택했다. 솔직히 말하자면 틀린 말은 아니었으니까. 하지만 기분이 상하거나 하진 않았다. 그저 그렇구나, 할 뿐. 애초에 인간들의 관계 따위엔 관심도 없었다. 친구 또한 매한가지였다.

"……안 가십니까?"

"글쎄요."

……좀 가.

내가 이리 닦달하는 것도 다 이유가 있었다. 지금 내가 연 이 포탈은 COAD 근처 숲으로 연결되어 있었다. 하지만 아무리 내가 포탈을 몰래 열었다 한들 COAD와 가까운 곳이다. 자칫하면 들킬 염려가 있었다. 그래서 빨리 보내고 빨리 달으려고 한 것이었다. 다이도 이런 사정을 모르진 않을 터인데, 대체 왜 이러는 건지.

그런 생각을 가감 없이 표출하며 그녀를 뚫어지게 쳐다보자 다이가 웃음을 터트렸다.

"그런 표정도 지을 줄 아시는 분이셨나요?"

무슨 표정? 아니, 지금 내 표정이 어떻지?

그 말에 내가 순간 반사적으로 표정을 가다듬자 그녀의 미소가 더욱 짙어졌다. 그러곤 마치 내 속마음을 읽은 것처럼 말했다.

"불만 가득한 표정이요."

아, 난 또 뭐라고.

그거야 빨리 가라고 일부러 지은 표정인데, 내가 감정이 드러나는 표정을 지은 것이 다이 입장에선 신기했던 모양이었다.

기실 난 의도적으로 가면을 쓴 것뿐인데.

"서둘러 가는 게 좋을 것 같습니다. 들킬 위험도 있으니."

내 평소 성정을 생각하면 굉장히 많이 참아준 것이었다. 가론이나 이로였으면 진작에 등짝을 후려치고 밀어 넣었을 텐데, 상대가 마땅치 않은 것이 아쉬울 따름이었다.

내 말속에서 마냥 가볍진 않은 의미를 읽었는지 다이도 얼굴을 살짝 굳혔다. 이내 시선을 살짝 옮겨 내 어깨 너머를 멍하니 바라보던 다이가 몇 번 입을 달싹였다. 그녀의 눈빛은 자신의 세계로 빠져드는 듯 점차 가라앉았다.

"……신기했어요."

'……갑자기?'

그녀의 눈은 과거의 기억을 더듬듯 다소 흐릿해져 있었다. 무엇이 신기했다는 말인지, 감정이 둔한 나로선 알 길이 없었다. 그녀는 여전히 나의 너머 어딘가에서 눈을 떼지 않으며 말을 이었다.

"처음에는, 음, 그냥 다른 사람들과 똑같이 생각했던 것 같아요. 특이한 신입이라고."

그거야 귀에 박히도록 들은 말이었다. 좀 더 노골적으로 말하자면 이상한 놈, 낙하산, 이레귤러, 싸가지 없는 자식, 재수 없는 새끼…… 모두 들어본 말이었다. 이외에도 차고 넘칠 만큼.

"그런데 시간이 좀 지나니까 다른 생각이 들더라고요. 다른 사람이 전부 자기 욕을 하고 있는 상황에서, 저 사람은 대체 무슨 생각을 하고 있는 걸까."

딱히 무슨 생각이 들지는 않았…… 아니, 그보다 당신이 이런 걸 왜 궁금해해?

그녀의 말은 내게 어떤 의미로 충격적이었다. 나에게 사람이란 길가에 굴러다니는 돌덩이들과 같아서, 남이 뭐라고 떠들든 그다지 신경 쓰지도, 상처받지도 않았다. 길가에 기어다니는 개미들이 나에 대해 떠들어 봐야 뭐하겠는가, 무시하면 그만이지.

그렇게 생각해서인지 다른 사람의 생각도 궁금해 본 적이 없었다. 해봤자 나를 싫어하겠거니, 했을 뿐이었는데……

그런데 그중 내 생각을 궁금해하는 이가 있었다니 상당히 의외였다. 그건 생각지도 못한 일이었다.

"그래서, 흐음, 개인적인 애길 좀 하자면 당신이 궁금했어요. 그런데 이렇게 기회가 나서 기쁘다는 말을 하고 싶었네요. 하다 보니 다소 길어졌지만."

이미 처음부터 끝까지 개인적인 소리였지만, 굳이 지적하진 않고 넘어갔다. 스스로도 뜬금없는 소리라는 걸 알고 있는 듯하니.

말을 마친 다이는 눈동자를 약간 움직여 나와 눈을 맞추더니 또다시 옅게 웃으며 말했다. 갈색 눈동자는 어느새 또렷해져 있었다.

"아무튼, 다음에는 단둘이 있을 기회가 더 있었으면 좋겠네요. 만날 일이 얼마나 있을진 모르겠지만."

나는 말없이 그녀를 응시했다. 그녀가 나를 어떻게 보고 있는지 상상이 되지 않았으므로 그녀의 말에 공감할 수도, 어찌 대답할 수도 없었다. 내가 할 수 있는 것은 그저 고개를 돌려 포탈을 가리키는 것뿐이었다.

"……이만 가시죠."

그녀의 과거의 편린에 동참해 줄 마음의 여유는 없는지라, 간단히 돌아가라고 말하는 수밖에 없었다. 그러나 다이는 딱딱한 나의 태도에도 개의치 않는 듯 살짝 웃으며 빠르게 포탈을 넘어갔다. 그녀의 옷자락이 포탈 안으로 완전히 빨려 들어가는 것을 잠시 바라보던 나는 이내 손을 작게 휘저어 포탈을 닫았다. 그리고 시간이 아깝다는 듯 재빨리 몸을 돌려 기지가 아닌, 아이들이 있는 별장으로 향했다.

오늘은 누군가의 오랜 염원이 이루어지는 날. 그러니 축하 정도는 해주어야 옳을 것이다.

[아이르]

오늘은 다른 날과 다르게 묘한 분위기였다. 살짝 들뜬 것 같으면서도 가라앉은 공기. 그것은 아마도 루이 때문일 것이 분명했다. 오늘은 그가 이곳을 떠나는 날이었으니까.

이 사실을 알게 된 것은 얼마 전이었다. 어느 날 레이첼 님이 우리를 모두 불러 모으시더니, 곧 루이가 나이도 찼고 해서 혼자 살 곳을 마련했다고 말씀하셨다. 그러니 이제 이곳을 나가겠다는 말이었다.

그리고 오늘이 바로 그날이었다. 루이가 이곳을 떠나는 날. 사실 내가 16세이고 루이가 19세이니 오빠 혹은 오라버니라고 불러야 했지만, 같이 사는 데다가 내 입장에서 가장 얄미운 사람이었기에 도저히 그렇게 부르기 싫어 처음 만난 후로 4년째 이름으로 부르는 중이었다. 아, 나이 차가 3년인데 왜 4년째냐는 의문이 생길 수도 있을 것 같은데 거기에 답을 하자면 루이의 20번째 생일이 얼마 남지 않았기 때문이었다.

하여튼 나는 오늘…… 잔뜩 긴장하고 있는 중이었다.

루이가 독립하는 날이라서가 아니라, 어제 친 사고 때문이었다.

레이첼 님이 격하게 반대했는데도 불구하고 혼자 COAD에 잠입한 것도 모자라 개입까지 했으니 잔뜩 화가 나셨을 게 분명했다. 물론 결론만 보자면 이로 님과 레이첼 님을 구해냈으니 좋게 볼 수도 있겠지만, 말을 안 들은 건 명백한 잘못이었다. 언젠가 마주쳐야 한다는 걸 알지만…… 먼저 나서서 레이첼 님 눈에 띄고 싶진 않았다. 혼날 걸 뻔히 알면서 나서는 어린아이는 없는 법이다.

끼익.

"아이르."

"으, 응?"

갑자기 문이 열리고 키에트 언니가 들어오며 나를 불렀다. 키에트 언니는 방으로 완전히 들어오지 않고 상체만 내민 채로 말했다.

"뭐 하고 있어? 이제 나와. 레이첼 님 오셨어."

아, 올 게 왔구나.

물론 더 버티는 것도 좋진 않지만, 혼날 걸 뻔히 알면서도 나가야 하니 호랑이굴에 제 발로 들어가는 기분이었다.

내가 마지못해 고개를 끄덕이자 언니는 부드러운 목소리로 그럼 빨리 나와, 하며 문을 도로 닫았다.

루이가 이곳을 떠나는 날이니 다 같이 간단하게 배웅하기로 했기에 나도 준비해야 했지만, 영 몸이 움직이질 않았다. 무거운 몸을 겨우 의자에서 일으켜 문을 열고 방 밖으로 나섰다. 그러곤 계단을 내려가자 거실에 모여 있는 키에트 언니, 슬리브, 로이, 켄트, 그리고…… 루이가 보였다.

'리트는 오늘도 없네.'

나는 이곳에 온 지 얼마 안 된 작은 아이를 떠올렸다. 말도 잘 안 하는 것 같던데…… 매일 있는 식사 시간을 제외하고는 거의 본 적이 없는 것 같았다.

그 아이는 모두가 거실에 있는 지금 무엇을 하고 있을까 하는 실없는 생각을 하며 아이들 사이로 끼어들었다.

"언……"

키에트 언니를 부르려던 나는 누군가를 발견하자마자 반사적으로 뒷말을 삼켰다. 자기들끼리 떠들고 있는 아이들 사이에 레이첼 님이 있었기 때문이었다. 뒷말을 마치지 않은 작은 소리였는데도 용케 들렸는지 레이첼 님의 눈동자가 나를 향해 옮겨왔다. 그 붉은 눈과 마주치자, 등에 식은땀이 흘렀다.

……저기, 레이첼 님. 진짜 쪼오금만 봐주시면 안 될까요. 저 지금 살 떨려 죽을 것 같은데. 저 진짜 심장마비로 죽어요.

차마 입 밖으로 꺼내지 못한 말들이 머릿속에 맴돌았다. 하지만 그마저도 레이첼 님의 눈동자가 싸늘하게 가라앉자 사고가 정지해 버렸다. 그에 따라 발걸음도 부자연스럽게 멈췄다. 그러자 그런 내 모습을 본 켄트가 내게 다가와 귀에다 대고 얄밉게 속삭였다.

"누나, 뭐 잘못했어?"

"……시끄러워."

그리 말하면서도 눈으로는 힐끔힐끔 레이첼 님을 살폈다. 하지만 레이첼 님은 이내 시선을 돌려 다른 아이들과 대화를 나눴다.

그 모습에 적어도 지금 혼나지는 않겠다는 생각이 든 나는 조심스럽게 아이들 사이에 끼어들었다.

"근데 형은 어디 가는 거야?"

로이가 밝은 노란색 눈을 빛내며 루이에게 물었다. 그에 루이가 부드럽게 미소 지으며 애매하게 답했다.

"좀 멀리."

"언제 연락할 거야? 가자마자 할 거지?"

로이와 켄트는 루이가 다시 돌아오지 않을 거란 생각은 아예 하지 않는 것 같았다.

'……바보들.'

저 사람에게 우리는 안중에도 없을걸. 저 웃는 얼굴도 다 가짜일 텐데, 뭐 저리 순진하게 믿고 있는지.

그 가식적인 모습을 보던 나는 속에서 이는 불만에 미미하게 미간을 구겼다. 입술도 살짝 비틀어 깨물었다. 슬쩍 시선을 돌려 키에트 언니를 바라보니 언니는 레이첼 님과 웃으며 대화 중이었다. 차마 거기다 대고 투정할 순 없던 나는 소파에 기대어 눈을 감고 있는 슬리브에게 다가갔다.

그러고는 눈만 감고 있는지 조는지 모를 슬리브의 주황빛 머리를 살짝 누르며 말을 걸었다.

"뭐 하냐, 여기서도 자?"

"……저리 가아……"

뭐야, 진짜 자네.

슬리브가 짜증 섞인 목소리로 눈가를 찌푸리며 중얼거리자 나는 그의 머리에서 손을 떼며 말했다.

"여기서까지 자면 레이첼 님이 뭐라고 안 하셔?"

"안 해."

"왜?"

"나야 모르지. 궁금하면 레이첼 님한테 물어보든가."

"……"

그렇게 말하면 할 말이 없었다. 레이첼 님 피하려고 너한테 온 건데 다시 가라고 하면 어떡하나.

슬쩍 레이첼 님 쪽을 보려 고개를 돌린 나는 마침 그쪽에 서 있던 루이와 눈이 딱 마주쳤다. 루이는 나와 눈이 마주치자 곧바로 미소 지었다. 그 반응이 너무도 재빨라서, 되레 진심이 아니라는 의심이 들게 만드는 미소였다. 나는 그 꼴을 보자마자 재빨리 고개를 돌렸다.

'재수 없어.'

맨날 웃는 척하고, 친절한 척하고, 사실 다 가짜이면서 우릴 바보로 아는 듯이 미소 짓는다.

루이가 늘 짓는 저 미소가 싫었다. 마치 이렇게 웃으면 너희는 속을 거라는 듯. 상대방을 바보로 만드는 저 눈빛이 너무 싫었다.

아니, 정확히는…… 상대방을 신경도 안 쓰는 저 태도도 거슬렸다. 말을 걸면 대답을 해주긴 하는데 진심이 없는 것 같고, 같이 사는데도 저 혼자 겉돌면서 또 자존심이 낮은 것 같지도 않다. 그저 너희들은 내 안중 밖이라는 듯, 관심도 없다는 듯. 그런 식으로만 굴었다. 그리고 그게…… 나는 싫었다.

그리고……

불현듯 떠오른 기억에 불만스러운 표정으로 얼굴을 구겼지만, 다행히도 어느새 눈을 감은 슬리브는 내 표정을 보지 못했다. 내 시야에 슬리브가 들어오자 그제야 의식적으로 표정을 가다듬은 나는 잠시 몸에 긴장을 풀고 멍하니 창문 밖을 바라보았다.

그때, 불현듯 현관이 소란해지자 나는 몸을 돌려 그쪽을 바라보았다. 그러자 루이가 나갈 시간이 되었는지 현관에서 나갈 채비를 하고 있었다. 루이를 데려다주기로 한 레이첼 님도 함께였다. 그리고 그 주위를 아이들이 둘러싸고 배웅하고 있었다. 그 모습을 본 나는 황급히 그들 사이에 끼어들었다.

"지금 가는 거야?"

"응, 레이첼 님도 같이 갔다 오신대."

"그건 나도 알아."

내 물음에 로이가 시선은 여전히 루이와 레이첼 님에게 둔 채 대답했다. 그 사이 레이첼 님과 루이가 나갈 채비를 마치자 다들 손을 흔들며 한마디씩 건넸다.

"잘 가, 형! 나중에 연락해!"

"형, 잘 가! 레이첼 님도 다녀오세요!"

"잘 가. 나중에 또 만나면 좋겠네."

"잘 가."

켄트는 온갖 난리를 피우며 요란하게 손을 흔들었고, 로이도 별반 다를 것 없이 소리쳤다. 키에트 언니는 조용히 웃으며 잔잔하게 손만 흔들며 말했고, 나는 마지못해 짧게 한마디 하며 손을 털듯이 대충 흔들었다. 그러자 루이가 현관을 나서며 부드럽게 웃는 얼굴로 말했다.

"그래, 잘 있어. 나중에 시간 되면 꼭 연락할게."

거짓말.

끝까지 거짓말만 하는 그의 모습에 미미하게 표정을 찌푸렸다. 그러나 이런 나와는 전혀 상관없다는 듯, 냉정하게 문이 닫혔다.

[레이첼]

"나름 신경 썼나 보네."

아이들이 있는 별장에서 어느 정도 멀어지자 나는 참았던 웃음을 가볍게 피식 내뱉었다. 그러자 아까와는 표정이 전혀 달라져 묘하게 굳은 얼굴을 한 루이가 대답했다.

"무엇이요?"

표정과는 다르게 부드러운 목소리였다.

"아이들을 말씀하시는 건가요?"

"그래. 저렇게 웃는 얼굴로 배웅하는 걸 보면 네가 어지간히 신경을 썼지 싶어서."

루이는 다른 사람에게 무관심하면 한없이 무관심해지는 타입이니까. 저 정도면 그래도 노력했다는 방증이었다.

'그런 면에선 나와 좀 비슷하지.'

"사람이 떠나는데 웃으면서 배웅하는 것도 정상은 아닌 것 같은데요."

나의 말에 루이가 픽 헛바람을 내뱉으며 농담을 던졌다. 그에 나는 조용히 입꼬리만 들어 올리며 말을 돌렸다.

"준비는 다 됐겠지?"

갑자기 말을 돌렸음에도 바로 알아들은 루이의 얼굴이 설핏 굳어졌다. 하지만 대답은 즉각 나왔다.

"네."

"아무 생각도 안 들어? 거의 평생을 기다려 왔던 일 아닌가?"

내 생각보다 루이의 얼굴이 담담해 보여 뱉은 말이었다.

사실 루이는 평범한 고아가 아니었다. 정확히는 최대 지하조직 보스의 둘째였지. 제 형보다 약하다는 이유로 버려졌지만.

루이의 친부는 강함을 가장 중요시하는 사람이었다. 그 때문인지 그의 두 아들도 철저하게 비교하며 길렀다. 더 강한 아이를 자신의 후계자로 키우기 위해. 그리고 두 아이의 강함이 결정됐다 싶은 14살 무렵, 둘째였던 루이를 길가에 버렸다. 사실 정확히는 죽이려 시도했다가 실패하고 도망친 루이가 길거리에 몸을 숨긴 거지만. 그 뒤로 친부의 살해 시도는 더욱 강도를 높여갔지만 용케도 살아남은 루이를 내가 데려온 것이었다.

사실 나는 루이를 데려오기 전부터 그의 모든 사정을 알고 있었다. 그래서 당시 길거리에 뒹굴고 있던 루이를 찾아가 제안했다.

네가 아버지의 자리를 차지할 수 있도록 도울 테니, 훗날 복수가 끝난 뒤엔 네가 얻은 그 자리로 나를 도와달라고.

다른 선택지가 없는 상태인 데다 복수심에 불타고 있던 루이는 그 즉시 나의 제안에 응했고, 그런 루이를 내가 지금까지 돌봐온 것이었다.

돌봐준 것뿐만이 아니었다. 검술과 창술, 그리고 몇몇 총의 사용법 등 싸움에 필요한 기술들을 알려주었고 상식과 기본지식들을 가르쳤다.

그리고 오늘, 루이의 20번째 생일이자 성년이 되는 날. 드디어 그의 복수가 시작되는 날이었다.

"평생을 기다려 왔던 날이지만……"

루이의 시선이 느릿하게 허공을 향했다.

"이젠 조금 달라졌거든요. 그들에게는 아무 감정도 느껴지지 않습니다."

'그럴 수도 있나?'

내가 가족 간의 정에 대해선 아무것도 모르지만, 복수심이든 애증이든, 그게 그리도 빨리 사라질 수 있는 감정이던가?

그의 말에 잠시 의구심이 느껴졌지만, 가족에 대해선 정말 아무것도 모르는지라 그냥 그런가 보다 하며 넘겼다. 내가 뭐라 할 수 있는 부분이 아니었기에.

"내가 같이 갈 필요는 없겠지?"

"걱정하실 필요 없습니다. 준비는 철저히 해두었거든요."

그냥 말 그대로의 의미로 물은 것인데 혹시 준비가 부족해 나까지 가야 하느냐는 말로 오해한 모양이었다. 하지만 나는 굳이 오해를 풀지 않은 채 다시 한번 물었다.

"포탈 해줘?"

"그래 주시면 감사하죠."

어차피 여기서 루이의 친부가 있는 조직의 본부로 가려면 내 포탈을 타야만 했다. 루이 또한 그 사실을 알고 있으나 능청스럽게 대답했다.

대화를 나누며 의도적으로 나무가 많은 숲으로 들어갔던 나는 루이가 대답을 하자마자 발걸음을 멈췄다. 그러고는 차분히 손을 들어 포탈을 열었다. 손끝에서 익숙한 울렁거림과 함께 눈이 시리도록 밝은 푸른빛이 뿜어져 나왔다.

순식간에 포탈이 제 모습을 갖추자 루이가 그곳으로 걸어갔다. 그가 포탈로 들어가기 직전, 짧게 입을 열었다.

"다녀오겠습니다, 레이첼 님."

그러고는 빠르게 포탈 속으로 사라졌다. 그 모습을 잠시 지켜보던 나는 진부한 말에 진심을 담아 작게 읊조렸다.

"행운을 빌어, 루이."

걱정할 필요는 전혀 없겠지만, 어쩐지 응원하고 싶은 마음이었다.

네 가지 맹세

[레이첼]

  루이가 가고 포탈이 완전히 닫히고도 그곳에서 한참 동안 시선을 떼지 않던 내가 조용히 입을 열었다.
  "지금 뵈러 가도 되겠습니까, 스승님?"
  『알겠다.』
  마치 기다렸다는 듯이 머릿속에서 한 미성이 울리더니, 곧 발밑에서 황금색 빛이 원을 그리며 터지듯이 빠르게 퍼져나갔다. 그리고 내가 눈을 한번 깜박이는 사이, 주변 풍경이 순식간에 바뀌었다.
  내 눈앞에 펼쳐진 장면은 가히 비현실적이었다. 벽이라곤 하나도 없는 공간에 오직 빛무리만이 가득했다. 주변이 온통 빛밖에 없는 공간임에도 눈이 아프지 않았다. 또한 빛을 제외하면 눈에 보이는 것이 아무것도 없는 공허한 곳임에도 딛고 설 바닥은 있었다. 투명한지 어떤지 눈에 보이진 않지만.

지난 몇 년 동안 발길이 뜸했긴 했지만 익숙하다면 상당히 익숙한 곳이었다. 불과 몇 초 전과는 전혀 다른 곳으로 이동된 나는 고개를 살짝 옆으로 돌려 이곳에서 유일하게 시야에 걸리는 것을 바라보았다.

온통 금빛 아니면 흰빛인 이곳에서 눈에 띄는 흑발에 에메랄드 빛 눈동자를 가진 한 미남자가 서 있었다.

"오랜만입니다."

아까 내 머릿속에서 울렸던 것과는 다른, 외향이 내 또래쯤 되어 보이는 남성의 목소리였다.

"예. 오랜만이네요, 루시안."

워낙 긴 시간 알고 지낸 사이다 보니 목소리가 살짝 건성으로 나왔다. 하지만 그는 그런 건 전혀 신경 쓰지 않는 듯 온화하게 웃으며 말했다.

"수호자님을 뵈러 온 것입니까?"

루시안이 말하는 '수호자님'과 내가 부르는 '스승님'은 부르는 호칭이 다를 뿐 동일 인물이었다.

"그렇습니다만, 당신이 나와 말을 섞을 필요는 없는 것 같은데요."

의식적으로 말끝에 '요'를 붙이며 대화를 이어나갔다. 전에는 반말을 하던 사이였기에 존대가 다소 어색하게 느껴졌다.

"COAD에 들어갔더니 너무 날이 선 것 같습니다. 조금 여유를 가지는 건 어떻겠습니까."

 내가 그랬던가. 하기야, COAD에서 하도 신경을 곤두세우고 살았으니 습관으로 굳어졌을 만도 했다.

 "나왔습니다, COAD."

 "네. 압니다."

 좀처럼 지지 않는 입담에 점점 귀찮아진 나는 짜증스럽게 한숨을 쉬며 쐐기를 박았다.

 "잡담은 이만하죠. 당신 때문에 스승님께 인사도 못 드렸지 않습니까."

 "그건 그렇네요."

 그가 수긍한 듯 고개를 끄덕이더니 빛무리가 특히나 더 많이 모여 있는 곳으로 고개를 돌렸다. 그에 따라 나도 자동적으로 그의 시선이 머문 곳을 쳐다보았다. 나는 몸을 그쪽으로 돌려 허리를 숙이며 정중한 태도로 말했다.

 "안녕하십니까. 스승님. 레이첼 소이어입니다."

 『이렇게 만나는 건 오랜만이구나. 얼마 만이지?』

 "글쎄요. 일수를 세보지 않아 정확히는 모르겠습니다."

 진짜 모른다는 말이 아니었다. 자꾸 샛길로 새지 말고 본론만 나누잔 소리지. 내 말뜻을 알아들은 그의 낮은 웃음소리가 머릿속을 은은하게 울렸다.

 『팔찌 때문에 온 것이냐?』

 "그렇습니다."

『보여보거라.』

나는 팔찌를 빼지 않은 채로 손을 들어 보였다. 그러고는 손목을 살짝 꺾어 팔찌가 더 잘 보이도록 했다. 그러자 모여 있던 빛무리가 움직여 내 손목을 감쌌다. 마치 사람이 손을 뻗는 듯한 모양새이었다. 동그랗고 하얀 빛무리가 내 손목을 감싸니 눈이 부시진 않았지만 따스한 온기가 느껴졌다. 잠시 그렇게 팔찌 주위를 돌던 빛들은 이내 다시 원래 있던 자리로 되돌아갔다. 따뜻하게 맴돌던 온기가 갑자기 사라지자 서늘한 한기가 빈 공간을 메웠다.

『흠…… 확실히 온전치 못한 부분들이 있구나. 언제부터 이랬느냐?』

스승님의 목소리는 자못 심각했다. 내 짐작이 맞다는 것이 확실해지자 그 심각성을 깨달은 나 또한 얼굴이 굳어졌다.

"얼마 되지 않았습니다. 길어봤자 한 달 남짓 된 것 같습니다."

『알겠다. 그리 큰 문제가 생긴 건 아니니 내가 고쳐주도록 하마.』

스승님께서 손수 고쳐주시겠다는 말에 내 옆에 서 있던 루시안의 눈이 동그래졌다. 하지만 나는 비교적 담담했다. 그동안 계속해서 봐온 태도였으니.

그때, 한데 뭉쳐 있던 빛무리가 일순 크게 움찔했다.

『아, 잠시만 기다리거라. 금방 올 터이니.』

그러더니 모여 있던 빛이 순식간에 터지듯 사방으로 흩어졌다. 그 모습을 잠시 지켜보던 나에게 루시안이 말을 걸어왔다.

"……수호자님의 저런 모습은 아직도 익숙해지지가 않습니다."

그가 나를 특별히 신경 쓰는 태도가 새삼 놀랍다는 의미였다. 나를 제외한 이들에게는 저리 행동하지 않으시니.

"그렇습니까? 전 괜찮은 것 같은데."

"저도 안 괜찮은 건 아닙니다. 약간 생경할 뿐이죠."

그게 그거 아닌가. 잠시 생각하던 내 귓가에 그의 목소리가 들려왔다.

"차라리 잘됐습니다. 그럼 수호자님이 없는 이 순간 우리는 우리의 이야기를 해보도록 할까요."

"……무엇을."

그가 말하는 것이 무엇인지 충분히 짐작이 가면서도 일부러 모르는 척 질문을 던졌다.

"지난번에 제가 드린 제안 말입니다."

'역시.'

사실 우리가 만난 것은 이곳에서만이 아니었다. 약 열흘 전, 은밀히 만났을 때 그가 나에게 한 가지 제안을 했다.

"그때 당신이 말했지요. 시간을 달라고. 충분히 드린 것 같은데 아직도 부족하십니까?"

"아니요. 지금 대답하겠습니다."

그가 내게 건넨 제안은 바로.

"거절하겠습니다."

'맹약'을 맺자는 것.

"……이유를 물어도 되겠습니까?"

'맹약'이 무엇이냐 하면, 우선 고서에 나와 있는 내용을 먼저 알아야 했다. 고서에 명시된 내용은 이러했다.

자연에서 이르되, 서로 다른 존재들이 할 수 있는 맹세는 총 네 가지가 있다.

맹약. 계약. 언약. 혼약.

그들의 정의는 다음과 같다.

맹약은 서로의 혼을 잇는 것.
계약은 서로의 붉은 실을 엮는 것.
언약은 서로의 말에 신의를 새기는 것.
혼약은 서로의 생에 상대를 들이는 것.

맹약은 결코 끊을 수 없고, 계약은 비교적 쉬이 끊을 수 있으며, 언약은 가벼운 마음으로 끊을 수 있고, 혼약은 끊을 수 있으나 상흔이 남는다.

맹약은 서로의 혼을 잇는 것이므로, 맹약자의 혼에는 서로의 흔적이 남는다. 이는 당사자가 아닌 이들도 확인할 수 있다. 맹약이 끊어지는 경우는 단 하나, 맹약자 중 하나의 생이 다하는 것이다.

하나 그럴 경우엔 다른 하나의 혼도 서로의 이어짐에 따라 해를 입는다.

계약은 맹약에 비해 비교적 가벼운 맹세로, 서로의 연을 엮는 것을 말한다. 계약은 붉은 실이 끊기듯 끊어질 수 있다. 끊어지는 것에는 실이 낡아 저절로 끊어지는 것과 날이 벼른 칼로 잘라 억지로 끊어내는 것, 두 가지가 있다.

언약은 실로 가벼운 맹세이다. 그러나 그 어김을 불가하며, 자신의 말의 신의를 저버린 자는 반드시 대가를 치를 것이다. 언약은 서로의 합의가 있을 때 끊어짐이 가능하다.

혼약은 서로의 생에 상대를 들이는 것으로, 이는 서로의 생에 공유지가 생긴다는 것과 같다. 혼약은 끊어냄이 가능하나, 반드시 상흔이 남을 것이다. 하나 그 크기와 깊이는 당사자에 따라 다름이라.

한마디로 정의하자면, 서로 다른 존재, 즉 사람과 사람, 혹은 사람과 뱀파이어, 혹은 정령과 사람 등 서로 다른 존재들이 맺을 수 있는 네 가지 맹세가 있고, 그중 하나가 바로 맹약이란 소리였다. "자연에서 이르되"라는 문구는 간단히 말하자면 자연의 법칙이란 뜻이었다.

그리고 그 무거운 맹세를, 그가 나에게 제안한 것이다.

"저야말로 묻고 싶습니다. 어째서 저에게 그런 제안을 하셨습니까?"

그러자 루시안의 얼굴에 망설임이 들어차더니, 뭔가 말을 하려는 듯 입을 오물거리다 실패하곤 아랫입술을 살짝 깨물었다. 그러곤 그 상태로 나를 말없이 쳐다보았다.

'……아, 또다.'

루시안은 가끔 내가 가늠할 수 없는 깊이를 가진 눈으로 나를 쳐다보곤 했다. 지금이 바로 그 상태였다. 너무 깊디깊은 눈이라, 차마 내가 헤아릴 시도조차 하지 못하게 만드는, 그런 눈.

이 상황에서 벗어나는 방법은 간단했다. 눈을 피하거나, 직설적으로 그만 보라고 말할 수도 있었다. 하지만 그와 눈이 마주친 순간, 시선이 그곳에 붙들린 것처럼 움직일 수가 없었다. 마치 눈동자 굴리는 법을 잊은 것처럼 머리가 하얘졌다. 입도 마찬가지였다. 그의 에메랄드빛 눈동자와 마주하는 동안은 아무런 말도 할 수 없었다.

바로 지금, 밝은 녹색과 노란색이 오묘하게 섞인 그의 눈동자만이 눈에 들어왔다. 하지만 내가 그 눈에서 느낀 것은 그 아름다운 색상과 정반대의 것이었다. 내 머릿속에 떠오른 생각은 단 하나였다.

경고.

그의 눈에 비치는 그 깊이가 마치 늪 같아서, 더 이상 쳐다보면 나도 함께 빠져버릴 것 같다는 예감이 경보처럼 울렸다. 나는 의식적으로 침을 삼키며 잃어버린 감각을 되찾고는 시선을 살짝 피하며 입을 열었다.

"……그만 시선을 돌려주시면 고맙겠습니다만."

어떻게 말할까 순간 고민하다가 그냥 직설적으로 말했다. 그러자 루시안의 눈에 초점이 돌아오는 듯싶더니 곧 눈동자가 전과는 다른 의미로 흔들리며 당황한 기색이 어렸다.

"아…… 죄송합니다. 앞으론 자중하겠습니다."

나는 알겠다는 표시로 말없이 고개를 끄덕였다. 어차피 가끔가다 있는 일이었기 때문에 비교적 덜 당황스러웠다. 하지만 실수한 당사자는 좀 다른 모양이었다. 그는 매번 저도 모르게 나를 쳐다봤다는 사실을 깨닫고, 당황했다.

잠깐의 침묵이 오갔다. 루시안은 아마 민망해서였을 것이고, 나는 딱히 말할 필요성을 느끼지 못해서였다.

하지만 이내 침묵이 깨지고, 루시안이 아까보다 조심스러워진 말투로 물었다.

"……그래서, 왜 거절하는지 그 연유는 알려주지 않으시는 겁니까?"

"못 할 것도 없죠."

나는 고개를 살짝 모로 기울이며 말을 이었다.

"전 이미 맹약자가 있습니다."

맹약은 서로의 혼을 잇는 것이기 때문에 중복으로 맺을 수 없었다. 그리하면 혼의 연결이 꼬이기 때문이었다. 그것을 충분히 알고 있는 루시안의 눈동자에 당황이 서렸다. 설마 내가 맹약자가 있으리란 생각은 전혀 안 해봤겠지. 하지만 어쭙잖은 거짓말이 아닌 명백한 사실이었다.

'상대가 누군지 궁금해 미치겠지.'

하지만 물어볼 순 없을 것이다. 맹약도 엄연히 사생활에 속하는 부분이니 대뜸 물어보는 것은 상당한 무례에 속했으니까. 심지어 물어본다고 해도 내가 답을 해주겠는가. 오히려 그 사실을 가지고 밀당하며 되레 정보를 빼 오면 모를까.

빠르게 머리가 돌아가는 모습이 훤히 보이는 루시안의 모습에 한쪽 입꼬리를 매끄럽게 올려주었다. 물론 그 의도는 조롱, 혹은 놀림이었다.

하지만 루시안도 보통은 아닌지라, 이내 당황을 깨끗이 지워내고는 미소를 띠었다.

"맹약이 안 된다면 계약은 어떻습니까?"

"내용을 보고 결정하는 게 나을 것 같네요."

내용 보고 맘에 들면 하고 아니면 말고. 그런 뉘앙스로 말하자 루시안이 작게 웃는 소리가 낮은 울림을 만들어 냈다. 그리고 순식간에 내게 다가와 허리를 숙였다. 피한다면 피할 수 있는 속도였지만 그가 날 공격하진 않을 거란 믿음이 있었기에 잠자코 그가 하는 행동을 지켜보았다. 그는 내게 바짝 다가오더니 허리를 숙인 채로 귓가에 속삭였다.

"첫째, 루시안은 레이첼의 모든 부탁을 최선을 다해 돕는다. 둘째, 루시안과 레이첼은 서로가 위험한 상황에 놓였을 경우 서로를 도울 의무를 지닌다. 셋째, 레이첼은 루시안의 한 가지 요구에 반드시 응한다."

가만히 루시안의 목소리에 귀를 기울이던 나는 덩달아 작은 목소리로 반문했다.

"첫 번째 조항에서 '최선을 다해 돕는다.'의 기준은?"

"말 그대로. 내가 할 수 있는 모든 걸 동원해 돕는다는 뜻입니다."

그 말을 듣는 순간 속으로 당황했다. 한마디로 루시안은 내 부탁을 무조건 들어줘야 한다는 소리였다. 심지어 개수 제한도 없이. 너무나도 내게 유리한 조건이라 되레 의심스러웠다.

그래도 일단 차분하게 그에게 하나하나 따져보았다.

"두 번째 조항의 '위험한 상황'에 대한 정의는."

"목숨이 위험할 경우."

"……그럴 일이……"

그럴 일이 있나? 싶었지만 곧 입을 다물었다. 전이라면 몰라도 지금은 COAD에 정면으로 반하는 상황이다. 당장이라도 목에 칼이 날아와도 이상할 것 없다는 이야기였다.

내가 안일했다는 것을 깨달은 나는 얼굴을 살짝 찡그리며 입 안쪽 여린 살을 깨물었다. 실언이고, 더 나아가서 오만한 생각이었다.

"……아닙니다. 실언했습니다."

루시안이라면 내가 하려던 말이 무엇인지 짐작했을 것이지만 뒤를 이은 나의 말에 그저 입을 다물었다. 그리고 이내 말을 돌렸다.

"제가 제시할 조항은 이 세 가지입니다. 혹시 더 필요한 것이 있으십니까?"

더 필요한 것? 글쎄. 사실 이만큼만 해도 충분히 차고 넘친다. 두 번째 조항도 그리 나쁘지 않은 것이, 스승님 곁에 붙어사는 루시안과 나 둘 중 누가 더 위험에 빠질 확률이 높겠는가. 당연히 내가 더 높았다. 다만 한 가지 걸리는 건……

"세 번째 조항에 있는 내용은 뭡니까? 무슨 요구를 하려고."

"아. 음…… 솔직히 말하자면 둘 중 하납니다. 가볍지 않은 요구를 하거나, 가벼운 요구로 넘기거나. 이건 그때 가봐야 알겠습니다만……"

그가 난처한 듯 미간을 찌푸리며 말끝을 흐렸다. 하지만 그와 별개로 나의 머리는 그의 말속에서 순식간에 요점을 골라냈다. 아, 그니까 한마디로 지금은 모른다? 확답을 못 해주겠다?

그 뜻을 파악한 나의 눈이 가늘어지자 그가 다급하게 덧붙였다.

"그래도 나는 한 가지이지 않습니까. 당신은 말이 부탁이지 사실상 개수 제한도 없으니……"

"내가 지금 당신의 제안을 못 믿는 이유가 바로 그겁니다."

그의 말을 끊고 따지듯이 말을 시작했으나 그의 얼굴에는 일말의 불쾌감도 없었다. 나는 그런 그의 얼굴을 뚫어지게 쳐다보며 말을 이었다.

"이 계약을 해……"

"당신이 내 말을 못 믿는 이유는 잘 알겠습니다."

아니, 이으려고 했다. 하지만 먼저 선수 친 그의 말에 '이 계약을 해서 당신이 얻는 이득이 뭔지 모르겠는데 무슨 속셈인 겁니까.'라고 하려던 나의 시도가 의미 없어졌다.

"불공정하기 때문이겠죠. 내 입장에서."

"······잘 아시는군요. 잠깐 당신이 멍청이인가 생각했습니다. 말로 안 하길 잘했네요."

대놓고 비꼬는 나의 말에 루시안의 표정이 잠시 묘해졌다. 그걸 보며

'호구나 머저리 같은 표현도 있었는데 안 하길 잘했군.' 하고 생각했다. 물론 이런 나의 생각은 전혀 읽지 못하게 지극히 태연한 얼굴로.

"그렇게 잘 아시는 분이 왜 이러시는지 알려주실 수 있겠습니까."

"물론."

루시안은 당연하다는 듯 고개를 끄덕이며 말했다.

"'제가 원해서'입니다."

지극히 가벼우면서도, 진지한 어조로.

진짜 가벼운 건지, 아니면 일부러 가볍게 말하는 건지 구별할 재간은 없으나, 일단 머리가 제 기능을 멈췄다······가 다시 돌아갔다.

"······하나만 물어도 되겠습니까. 진지하게."

"물론입니다."

"혹시 호구십니까?"

루시안의 몸이 예상치 못한 말을 들었다는 듯 멈칫했지만 곧 평

정을 되찾은 그가 입으로 호선을 그리며 가볍게 코를 울려 웃었다. 비웃음이 아니라 진짜로 웃겼다는 듯이.

"아뇨. 사리 분별은 됩니다."

"그럼 혹시 바보신지."

"아니요. 그것도 아닙니다."

"……"

"'그럼 혹시 미친놈인가.' 하는 생각을 하고 계신 듯한데."

"맞습니다."

그 말을 할까 말까 고민하고 있던 내 머릿속을 꿰뚫어 본 듯한 그의 말에 나는 바로 긍정했다. 자기 먼저 말했는데 긍정해도 되겠지. 그러자 그가 허탈한 웃음을 터트렸다.

"……웃지 마십시오. 제정신이라면 왜 그러시는지 이해가 되지 않아서 이러는 겁니다."

"제정신이 맞습니다. 방금 드린 답변도 진지하게 고민한 결과이고요."

"근데 왜……"

근데 왜 결론이 '제가 원해서' 따위냐고 묻고 싶었으나 이내 목 뒤로 삼켜냈다. 왠지 이 말을 했다간 아까 그 깊은 눈을 또 보게 될 것 같아서.

……그 꼴을 또 보고 싶진 않았다. 매우 곤란하니까.

"앞에서 말씀드린 대로, 제가 하고 싶으니까."

"계약을?"

"맹약이면 더 좋지만 무엇이든. 네, 그렇습니다."

"……왜죠?"

"제가 하고 싶으니까요."

또 똑같은 대답이었다. 점점 답답함이 차오르는 나와 달리 루시안은 계속 같은 문답이 오가는 데도 전혀 기분이 나빠 보이지 않았다.

"그니까 왜 하고 싶은지, 그 이유를 묻는 것입니다만."

하지만 그와 별개로 내 목소리는 조금씩 딱딱해져 갔다.

"그건…… 바람이 하나 있기 때문입니다."

그의 목소리가 나와는 다른 이유로 점점 잠겨들었다. 초점 또한 다소 아득해졌다.

'……답답해.'

괜히 그의 감정에 휩쓸리는 기분이었다. 나는 발이 늪에 빠지기 전에 재빨리 빠져나왔다. 남에게 휩쓸리는 건 좋지 않다.

"바람……이라고요."

"네."

그것이 무엇인지는 구태여 묻지 않았다. 내가 간섭할 것이 아니니까. 그리고 아까보단 조금 차분해진 마음으로 생각에 잠겼다.

그가 제안한 계약 조건이 나쁘진 않다. 마지막 조항이 좀 걸리긴 하지만 한 가지에 불과하다. 어차피 그가 내게 부탁한 후에도 계약이 끝나진 않으니 여차하면 첫 번째 조항으로 보복하면 된다.

다만, 마지막으로 확인할 것이 한 가지 있었다.

"그나저나 첫 번째 조항에, 부탁을 최선을 다해 돕는다고 했죠."

"그렇습니다."

"당신이 거짓말을 하면 어떡합니까?"

직구를 던지자 그가 잠시 멈춰 있다가 알아들었다는 듯 아, 소리를 냈다.

"그러니까 내가 최선을 다한답시고 시간만 끌면 어쩌나 하는 말이십니까?"

"정확합니다."

눈치는 빨라서 좋네, 그렇게 생각했다.

나의 직답에 루시안이 곤란하다는 듯 웃으며 고개를 모로 기울였다.

"그럴 생각은 없었습니다만…… 확실히 당신 입장에서는 그렇게 생각할 수도 있겠군요."

'그럴 생각이 없었다? 변명인가?'

나는 자연스럽게 그의 말을 부정적인 쪽으로 해석했다. 내가 그의 진의를 살피려 머리를 굴리다가—

"그럼 '루시안은 레이첼의 모든 부탁을 최선을 다해 돕는다.'를 '루시안은 레이첼의 부탁을 무조건 들어준다.'로 바꿀까요?"

이어진 그의 말에 그대로 굳었다.

"……뭐라고요?"

내가 살짝 커진 눈으로 믿을 수 없다는 듯 그를 바라보았으나 그는 싱긋 웃을 뿐 말은 하지 않았다. 마치 내 대답을 기다리는 것처럼.

……미쳤나? 몇 번이고 생각을 해봐도 이것 말고는 생각이 되

질 않는다. 나는 불공정 계약을 맺고 싶은 게 아닌데 대체 왜 이러는……

'아니 잠깐만…… 좀 진정하고 다시 생각해 보자.'

이성적으로 따졌을 때 내가 이 제안을 거절할 이유는 없다. 불공평하긴 하지만 나한테 유리한 거니까. 근데 그럼 루시안이 이걸 모를 리도 없으니 다 알고 이런 조건을 제시했다는 건데…… 왜?

'……이러나저러나 똑같은 결론이군. 의미가 없어.'

"……좋습니다."

잠깐의 침묵 끝에 입을 연 것은 나였다. 한 가지 찜찜함 때문에 포기하기엔 루시안과 계약해서 얻는 이득이 너무 컸다. 그리고 설사 그에게 다른 계획이 있다 해도 내가 눈치 못 채진 않겠지.

나의 대답에 루시안의 얼굴이 눈에 띄게 환해졌다. 답지 않게 순진한 아이같이 천진한 미소였다. 그러나 곧 표정을 가다듬더니 내게 손을 내밀었다.

"그럼 제안을 받아들인 것으로 알겠습니다. 혹시 날카로운 것이 있으십니까?"

"여기."

날카로운 것이 있느냐는 질문에 그가 무엇을 할지 알아챈 나는 단검을 소환해 그에게 건네주었다. 그러자 그는 단검을 받아들고는 자신의 왼손 검지 손가락을 살짝 그어 피를 내었다. 그리고 손가락의 안쪽 살을 위로 하여 검지 끝에 피가 고이도록 한 후 나에게 단검을 돌려주었다. 그 단검을 돌려받은 나 또한 똑같이 검지에 피를 내었다. 쓸모를 다한 단검은 다시 사라지도록 했다.

둘 모두 준비를 마치자 루시안이 나와 눈을 마주하며 피를 낸 손을 들어 올린 채로 말했다.

"나, 루시안. 그대 레이첼 소이어에게 나의 혈을 증거로 연을 맺기를 청한다."

그러자 루시안의 검지 끝에 맺혀 있던 피가 중력을 거스른 채 점점 가늘어지더니 루시안의 상처와 연결된 채로 길고 검붉은 실의 모습이 되어 내 주위를 휘감았다. 피로 이루어진 실이 나를 감싸는 것을 잠시 지켜보던 나는 루시안이 했던 것처럼 손을 위로 들어 올렸다.

"나, 레이첼 소이어. 나의 혈을 증거로 루시안, 그대의 청을 받아들인다. 이는 이 이후로 우리의 붉은 실이 엮였음을 인정하는 바이며, 그에 따른 계약의 내용을 충실히 이행하리라 약조한다."

나의 피 또한 붉은 실이 되어 루시안의 주위를 빙빙 맴돌았다. 하지만 루시안의 검붉은 피와는 다르게, 채도가 높은 새빨간 색이었다. 그리고 내가 '우리의 붉은 줄이 엮였음을'을 말할 즈음에, 각자의 주위를 감싸던 두 붉은 실의 끝이 서로를 향하더니 곧 루시안과 나의 중간쯤에서 저절로 엮였다. 그중 몇 방울은 실에서 떨어져 나와 허공에 떠다녀 신비로운 광경을 연출했다. 내가 말을 마치자 루시안이 구절을 이어 외웠다.

"우리의 계약의 증인으로 세상을, 증거로 각자의 혈을 제시하여 우리의 연이 엮였음을 확인한다."

서로 엮인 피는 거기서 그치지 않고, 점점 더 서로 맞닿더니 이내 녹아들듯이 하나의 실이 되었다. 서로 다른 피가 섞였음에도 응고되지 않은 비현실적이고 신비한 모습이었다. 그 모습을 바라보던 나는 홀린 듯 그의 말을 받았다.

"이 시간부로 우리는 고서에 명시되어 있는 네 가지 맹세 중 하나인 계약을 맺었음을 세상에 공표한다."

허공에 둥둥 떠 있는 피들 가운데에서 서로의 눈을 마주하며, 우리는 마지막 구절을 함께 외웠다.

"부디 연이 맺고 끊어짐은 자연에 따르기를 기도하며 이상 '계약'의 맹세를 종료한다."

2명의 목소리가 합쳐지자 소리가 묘하게 커졌다. 그리고 우리의 말이 끝나자마자, 허공에 떠 있던 붉은 실이 방금 연결됐던 부분부터 기체로 화했다. 그리고 마침내 각자의 손끝에 있던 피까지 모두 기체로 화하자, 조금 전 상처가 났던 부분이 흔적도 없이 사라져 있었다. 멀쩡해진 왼손 검지를 뚫어져라 쳐다보는 내 귓가에 루시안의 목소리가 들렸다.

"그나저나 신기하군요."

그의 목소리에 고개를 돌려 그의 얼굴로 시선을 옮겼다. 그의 시선이 내 검지에 붙박여 있는 것을 본 나는 미간을 찌푸리며 검지를 굽혀 그가 더 이상 보지 못하게 했다.

"무엇이 말입니까."

"그러니까…… 이런 말 하면 실례일지 모르겠지만, 저는 뱀파이어의 피를 처음 봅니다. 듣던 대로 새빨갛군요. 모르는 사람이 보면 물감이라고 착각할 만큼."

그러고는 아, 허락 없이 쳐다봐서 죄송합니다. 실례했습니다. 같은 말을 정중하게 내뱉었다. 하지만 내 입장에서는 저게 비꼬는 건지 아니면 그냥 하는 말인지 구분하기가 어려웠다. 원래도 사람을 관찰하는 일은 취향이 아니라서 더 그랬다.

"……알겠습니다."

그저 늘 그랬듯이, 아무것도 눈치 못 챈 척 넘기는 수밖에.

뱀파이어의 짙은 물감처럼 새빨간 피는 모든 뱀파이어가 가지는 세 가지 특징 중 하나였다. 붉은 눈, 새빨간 피, 그리고……

날개.

뱀파이어의 붉은 기운을 두른 밤하늘처럼 새까만 날개.

이 세 가지는 모든 뱀파이어들에게 똑같이 나타나는 특징이었다. 햇빛에 피해를 받는 정도나 투명해 보일 만큼 하얀 피부는 개인차가 있으나, 이 세 가지 특징은 모든 뱀파이어들이 가지고 있다는 말이었다.

그중 날개는 사용자의 의사에 따라 감출 수 있고 피는 상처가 나지 않는 이상 볼 일이 없으니 가장 눈에 띄는 특징은 붉은 눈동자뿐이지만.

'하지만 나는……'

이어 머릿속에 떠오른 생각에 꽉 주먹을 쥐는 걸 참고 미간만 설핏 구겼다.

"그나저나 수호자님이 늦으시는군요."

"……새삼스럽긴, 늘 그러시잖습니까."

"그렇긴 하죠. 하지만……"

그가 느릿하게 바닥에 앉으면서 혼잣말인지 아닌지 모를 것을 중얼거렸다.

"그렇다고 지루함이 사라지는 건 아니니까."

"앉아 있을 겁니까?"

"그분이 올 때까지는 이게 나을 것 같습니다. 아무래도 시간이 좀 걸리는 모양이라서."

"……그렇겠군요."

스승님은 시도 때도 없이 갑자기 일이 생기는 일이 흔했다. 그리고 잘못 걸리면 시간이 한참이나 지난 후에 오곤 했다.

'팔찌를 고친 다음, 루이를 보러 가야지.'

그때쯤이면 루이도 끝나 있을 터였다. 가서 잘 처리했나 확인한 다음…… 아.

'아이르.'

오늘 아침에 잠시 본 후로 잊고 있었다. 그 일로 따끔하게 혼을 낼 거면 오늘 해야 했다. 사고를 친 후 바로 혼내야 효과가 크니까. 며칠이 지나면 타이밍이 애매해지기 때문이기도 했다.

아이르 쪽으로 흐른 생각에 잇새 사이로 작은 한숨이 새어 나왔다. 걔도 정상은 아니지.

정확히 말하면 평범하지 않은 것에 가까웠다. 아이르, 그 아이가 정령사이기 때문이었다.

정령사는 정령과 계약한 이를 이르는 말이었다. 대략 500년 전부터 그 수가 큰 폭으로 줄기 시작해서 400년 전쯤에는 아예 사라졌다고 알려져 있는, 그 정령사 말이다.

500년 전부터 수가 줄기 시작한 이유는, 그때 매지시스들이 이곳으로 넘어왔기 때문이었다. 정령사는 그 당시 힘없는 인간들 사이에서 유일하게 마법에 대항할 수 있는 존재였기에 대부분이 매지시스와 싸우다 죽음을 맞이했다. 애초에 정령술은 사람을 해하는 목적이 아니기 때문에 사람을 해할 작정으로 사용하는 마법을 이길 수는 없었던 것이다.

정령사를 비롯한 인간과 매지시스간의 전쟁이 매지시스의 승리로 끝난 후, 겨우 살아남은 몇몇 정령사들마저도 매지시스에게 죽임을 당했다. 아무런 힘도 없어 매지시스에게 위협이 되지 않는 인간과 다르게 정령사의 강력한 힘은 매지시스에게 큰 위협요소였기 때문이었다. 그리하여 간신히 살아남았던 정령사들도 매지시스들이 집권한 지 100년이 지나자 완전히 몰살되어 버렸다.

아니, 그렇게 알려져 있었다.

다만 매지시스들이 알지 못했던 사실이 하나 있었다. 바로 정령사가 탄생하는 방식이었다.

정령사의 능력은 유전이 아니었다. 부모가 정령사라고 자식도 정령사가 될 수 있는 건 아니라는 말이다. 그 당시 매지시스들이 기어코 그 방법을 알아내려고 무수한 통계를 내보기도 했으나 그 어떤 것도 알아내지 못했다. 성별 무관, 나이 무관, 지역 무관, 혈통 무관이니 접점을 찾으려야 찾을 수가 없었던 것이다.

결국 매지시스들은 그 방법을 알아내지 못했고, 그저 찾아내 죽이는 것에 그쳤다. 그리고 그렇게 100년이 지나자 더 이상 정령사가 나타나지 않게 되었다. 없어진 지 400년이 지났으니 지금이야 거의 잊혀진 존재였다.

사실은 그렇지 않았지만.

정령사들은 여전히 소수지만 살아 있었고, 들키면 죽을 것이 분명하기에 그저 숨어 있을 뿐이었다.

매지시스들이 그토록 밝혀내고 싶었던 방법은, 바로 정령의 '선택'이었다.

이유는 모르겠지만, 정령들은 차원을 비교적 쉽게 넘어 다닐 수 있었다. 그리하여 정령이 차원을 넘나들다가 마음에 드는 이를 찾으면 '계약'을 제안하는 것이다. 그러면 계약을 제안받은 이는 선택할 수 있다. 계약을 할지 말지에 대한 선택은 오로지 계약을 제안받은 이의 몫이었다. 정령은 대체로 상대방의 의견을 존중하기에 상대가 거절하면 조용히 사라졌다.

인간들의 입장에서는, COAD가 역사마저도 바꿔 아주 옛날, 기록이 시작될 때부터 COAD가 집권한 걸로 알고 있었다. 그리고 그 중 정령사는 간간이 COAD에 반하는 행동을 하는, 소위 말하는 테러범 또는 반역자 정도로만 등장했다. 애들 동화에서도 악당 같은 역할로 나오는 이들.

정령에게 계약을 제안받은 인간들은 결코 그런 정령사가 되고 싶지 않았다. 이것이 지난 400년 동안 정령사가 나오지 않은 이유였다. 정령에게 제안을 받은 사람들은 자신의 안위를 위해서라도 당연히 그 사실을 숨기려 했기에 아무도 이러한 일을 알지 못했다.

다만 아이르는 예외였다. 너무 어렸을 때 정령을 만났기 때문이었다.

아이르의 집안은 정령사가 나오는 동화책을 사지도, 역사를 배우지도 못할만큼 집안 형편이 좋지 않았기 때문에 어린 아이르는 정령사에 대해 거의 알지 못했다. 그리고 그런 아이르는 5살 무렵, 숲에서 길을 잃은 채로 정령을 만났다.

『너, 나랑 계약할래?』
"계에……약?"
『응. 내가 너 집에 데려다줄게. 계약하자.』

정령이 어린 아이르에게 달콤한 목소리로 속삭였다. 엄마, 아빠도 없이 혼자 있던 것에 무한한 공포를 느끼던 어린아이는 계약이라는 단어의 뜻도 모른 채로 고개를 끄덕였다. 이유는 단순했다. 집에 가고 싶었으니까.

숲을 헤매는 동안 나뭇가지에 긁힌 상처들 때문에 계약의 맹세를 위해 일부러 피를 낼 필요도 없었다. 아이르는 그렇게 영문도 모르고 정령과 계약한 채로 집에 돌아가게 되었다.

그리고 그것이, 비극의 시작이었다.

아이르는 크면 클수록 정령과 소통하는 일이 많아졌다. 자신들의 딸이 정령사인 걸 알게 된 아이르의 부모는 기겁하고 숨기려 했지만 COAD의 눈을 피할 순 없었다. 400년이 지났지만 COAD는 정령사를 잊지 않고 있었던 것이다. 그리하여 아이르가 정령과 계약하고 7년 후인 12살 무렵, 모두가 자고 있는 오밤중에 COAD에서 보낸 사람들이 아이르의 집에 들이닥쳤다.

하지만 그들은 검은 복면을 쓰고 마법도 사용하지 않은 채 정체를 숨겼기에 아이르의 가족은 그들이 COAD 사람이라는 것을 알지 못했다. 먼저 침입을 눈치챈 아이르의 부모는 아이르를 벽장에 숨기는 것 외에는 할 수 있는 것이 없었다. 그 때문에 아이르는 컴컴한 벽장 안에서 자신의 부모가 지르는 비명과 사람의 몸에 칼이 파고드는 소리를 들어야 했다.

빨리 찾으라는 고음. 여기 어딘가에 있을 거라는 분노에 찬 고성.

마침내 벽장 문이 열렸을 때, 아이르는 소리도 지르지 못하고 얼어버렸다. 하지만 침입자는 아이르를 보지 못한 듯 거칠게 문을 닫았다. 그 모습에 여전히 숨을 죽인 채로 얼어 있던 아이르는 조심스레 고개를 내려 제 모습을 내려다보았다.

그리고 보인 것은, 거의 보이지 않을 정도로 흐릿해진 자신의 팔과 다리였다. 황급히 눈을 굴려보니 온몸이 똑같은 상태였다. 그것이 무서워 두 손을 모으려 했으나 두 손은 서로를 그대로 통과해 겹쳐질 뿐이었다.

그때, 패닉에 빠진 아이르의 귀에 정령의 목소리가 들려왔다.

『나 잘했지?』

아이르가 계약한 정령은 '공기'의 정령.
그리고 그 정령과 계약한 아이르의 능력은, 기체화였다. 말 그대로 자신이나 다른 대상을 기체의 형태로 만드는 능력.
그리고 정령과 계약하면, 정령은 반자동적으로 계약자가 위험에 처했을 때 구할 수 있게 된다. 그 덕분에 아이르와 계약한 정령이 아이르를 구해주었던 것이다.
하지만 계약자가 특별히 부탁하지 않는 이상, 계약자가 아닌 그 주위 사람을 구하는 건 불가능하다. 그때 아이르는 이미 주변 상황으로 인해 제정신이 아니었기 때문에 정령에게 부모를 살려달라고 할 생각조차 하지 못했다.
그렇게 얼마나 어둠 속에 갇혀 있었을까, 잔혹하게 찔려 죽은 부모의 시체가 식어갈 무렵, 여전히 침입자들이 집을 수색하던 도중 작은 소동이 일어났다.

"뭐야? 저건. 도둑인가?"
"잠깐, 도둑이라기엔…… 아, 아아아악!"
"저, 커헉, 쿨럭!"

사람들이 공격받고, 쓰러지고 가구가 넘어가 우당탕하는 요란한 소리가 났다. 또 무슨 일이 난 건가 싶어 두려움에 떠는 아이르 앞에서, 굳게 닫혀 있던 벽장 문이 마음의 준비를 할 새도 없이 순식간에 열렸다.

심장이 철렁하며 저 밑바닥으로 쿵 떨어지는 느낌과 함께 아이르의 살구색 눈에 당당한 모습의 흑발 여인이 비쳤다.

"살아 있네?"

그건 바로 나였다.

COAD에 들어간 지 얼마 되지 않았을 때, 즉 루이를 데려오고 6개월 남짓 지났을 때, 나는 나의, 정확히는 스승님의 목적을 이루기 위해선 패가 더욱 많아야 한다는 것을 느꼈다. 적당히 충분한 정도가 아니라, 지나쳐서 넘치도록 많이.

그래서 스승님에게 살아 있는 정령사를 찾아달라고 부탁했다. 나는 정령사가 아직 남아 있을 거라고 확신했지만 COAD의 눈을 피해 살기는 힘들 것이라고 판단했다. 그러니까 정령사가 분명 살아 있을 것이지만, 충분히 힘을 키우기 전에 COAD에게 죽을 것이라고.

그래서 스승님이 정령사, 즉 아이르의 위치를 알려주자마자 그 아이를 감시했다. 그 당시 아이르의 곁에는 아이르를 아끼고 사랑해 주는 부모가 있었기에 나는 잠자코 기다렸다. 행복한 가정을 깨고 싶지 않다는 감성적인 이유는 결코 아니었다. 어차피 언젠가는

COAD에서 사람을 보낼 것이고 저들은 죽을 테니까. 자신의 곁에 있던 연이 모두 끊어지고 무기력하게 혼자 남았을 때 데려와야 내 마음대로 움직이기 쉬울 테니까. 그래서 기다렸을 뿐이었다.

나는 의식의 흐름에 따라 아이르를 데려왔던 그날의 기억을 더 자세히 떠올렸다.

하필 COAD가 들이닥친 그날, 나는 COAD에서 일을 하고 있었다. COAD 안에서는 스승님과 전음을 주고받지 못하기 때문에 아이르의 상황을 전달받지 못했다. 간신히 일을 처리하고 오랜만에 저택으로 돌아가려던 찰나, 머릿속으로 다급한 음성이 울렸다.

『서둘러라, 레이첼. 아이가 언제까지 들키지 않고 버틸 수 있을지 모르겠다.』

스승님에게 다소 빠른 목소리로 설명을 듣자마자 곧바로 낭패라는 생각이 들었다. COAD보다 먼저 아이르를 발견한 건 좋았는데, 하필 이 중요한 날에 늦다니. 자칫하면 몇 개월간의 노력이 물거품이 될지도 몰랐다. 그래서 재빨리 COAD에서 멀어진 다음 스승님의 도움을 받아 아이르네 집 근처로 순간이동을 했다.

포탈이 아니라, 순간이동 말이다.

내가 도착했을 땐 이미 집 안은 난장판이었다. 피가 낭자하고 엎어진 가구와 마구 뒤섞인 물건들로 인해 멀쩡한 구석이 없었다. 침입자들은 당연히 깔끔하게 처리했다. 혹시 몰라 그들이 나를 전혀 볼 수 없는 각도에서 공격했다. 혹여나 이곳의 상황이 실시간으로

COAD에 전달되기라도 할까 봐. 그랬기에 그들은 자기가 누구한테 공격받았는지도 모른 채 죽었을 것이다.

하여튼 침입자들을 처리한 후 스승님의 말에 따라 벽장 문을 열었다. 그곳에는 역시 아이르가 있었다. 딱히 제정신은 아닌 것 같았지만.

"살아 있네?"

내가 문을 열자 아이르는 당황한 눈치였다. 아니, 공포에 사로잡혔다는 것이 더 맞을지도 모르겠다. 아이르는 나를 보더니 내가 저를 죽일 줄 알았는지 사시나무처럼 덜덜 떨며 벽장 안쪽 벽에 몸을 바짝 붙였다. 그래봤자 아무 소용 없다는 걸 알면서도.

하지만 나는 아이들을 안심시키는 말이 무엇인지 알고 있었다.

"너, 아이르 맞지?"

이미 알고 있는 사실을 굳이 입 밖으로 냈다. 겁에 질려 있는 아이르에게 '나는 너를 안다.'라는 메시지를 주기 위해서. 예상대로 내 말을 들은 아이르의 눈이 토끼처럼 동그래졌다.

"제 이름 아, 아세요?"

"어."

"어떻게……"

아이르는 말을 하는 와중에도 손을 덜덜 떨었다. 하기야, 인간 입장에서 쉽게 진정할 수 있는 상황은 아닐 것이었다.

"네 부모가 말해줬었거든."

아이들이 가장 안심하고 믿을 만한 말.

네 부모와 친하다, 네 부모와 아는 사이다 따위의 말들.

보통 유괴범이 할 법한 말이긴 하지만 뭐 어떻겠는가. 유괴범이 이런 말을 많이 한단 소리는 결국 효과가 있다는 말이었다.

"어, 엄마, 아빠는……"

"죽었는데."

그 순간, 아이르의 떨림이 멈췄다.

두려움이 가셔 자연스럽게 멈춘 것이 아닌, 시간이 급정지라도 한 듯 부자연스럽게 딱 멈춘 모습.

그리고 그와 동시에, 맑은 살구색 눈동자의 초점이 흐려졌다.

"엄마……"

아이르가 조용히 뇌까렸다. 그 모습에 나는 미간을 찡그렸다.

내가 깔끔하게 처리하긴 했지만 COAD 사람들이 언제 다시 들이닥칠지 모르는데, 이렇게 슬픔에 빠져 있을 시간이 아까웠다. 부모 잃은 아이의 모습에도 일말의 동정심이 들지 않은 것은 물론이었다.

"시간이 없다. 빨리 일어나."

아직도 벽장 안에 웅크리고 있는 아이의 손을 잡아 바깥으로 끌어당겼다. 그러자 어린아이의 작은 몸이 저항 없이 딸려 나왔. 하나 벽장 밖으로 나오자마자 펼쳐진 광경에 동공이 커지더니 무릎이 힘없이 접혀 주저앉았다. 여린 정신에 가해진 충격 때문에 힘이 풀린 모양이었다.

아이르의 시선을 따라 고개를 돌리자 새삼스럽게 온통 피바다인 광경이 보였다. 눈이 닿는 곳마다 피로 적셔지지 않은 곳이 없고 아직 따뜻한 체온이 미약하게 남아 있는 시체들과 이미 식은 지 오래인 두 구의 시신이 질서 없이 널브러져 있었다. 너무도 고요하여 소름 끼치는 정적이 이는 가운데 사방에서 코를 찌르는 피비린내가 역하게 풍겨왔다. 내게는 익숙하고 아이에게는 익숙하지 못한 죽음의 향취였다.

……어린애가 볼만한 모습은 아니긴 했다.

그렇다고 어린애 정신 나간 거 기다려 주겠다고 여기서 시간을 더 지체할 생각은 없었다. 나는 눈을 깜박이는 것도 잊은 듯 멍하니 피비린내 나는 광경을 바라보고 있는 아이르의 허리와 무릎 뒤를 손으로 받쳐 공주님 안기로 들어 올렸다. 아이르는 나의 그런 행동에도 전혀 반응하지 않고 안아 들린 채로 계속해서 같은 곳을 쳐다보았다. 그 시선 끝에 닿아 있는 것은……

'아.'

이미 차갑게 식은 지 오랜 두 구의 시신이었다. 얼굴을 알아볼 수나 있을까 싶을 정도로 피범벅이었지만 시신이 누군지 알 것 같았다. 내가 방금 죽인 이들의 시신은 아직 저리 싸늘하게 식을 정도로 시간이 지나지 않은 데다가, 나는 깔끔하게 급소만 찔러 죽였기 때문이었다. 당연히 그만큼 피도 적게 나왔다.

그러니까 저건, 내가 죽인 게 아닌 그전에 죽은 것.

아이르의 시선은 여전히 그곳에서 떨어지지 않았다. 아니, 오히려 눈으로라도 간절히 붙잡고 있는 듯했다.

그럼에도 아이는 울지 않았다. 그저 멍하니, 눈물조차 흘리지 못하는 공허한 눈으로 그리운 얼굴을 찾기 위해 애쓸 뿐이었다. 피가 식어버린 듯 허옇게 질린 얼굴에 박힌 살구색 눈동자가 초점 없이 흔들렸다.

잠시 뒤를 돌아본 나는 여전히 정신을 못 차리는 아이르에게로 시선을 옮겼다가, 이내 앞만 보고 걸어 나갔다.

'그랬던 적이 있었지.'

지금 생각해 보면 너무 매몰찼나 싶기도 했다. 그래봤자 시간 지체하기 싫어서 안고 나간 건 똑같았을 테지만.

근데 그건 지난 일이고, 현재에 집중하자면……

"……오늘따라 유독, 늦으시는군요."

나는 아랫입술을 살짝 깨물며 불만스러운 목소리로 말했다. 바닥에 한쪽 무릎을 세우고 앉아 있던 루시안이 작게 웃었다.

뭐가 웃긴다고 웃는 건지.

"가끔 이럴 때가 있으시긴 합니다."

"그 '가끔'에 걸린 거군요, 저는."

운이 지지리도 없지. 작게 중얼거리자 이번엔 루시안이 소리 내어 부드러운 웃음을 터트렸다. 물론 늘 그렇듯이 크지 않은 소리였다.

"조금 더 기다려 보는 게 어떻겠습니까? 서 있는 게 힘드시다면 앉아 계셔도 괜찮습니다."

"힘들진 않습니다."

매일같이 수련한 덕분인지 오래 서 있다고 다리가 아프거나 하진 않았다. 다만 이렇게 축나는 시간이 아깝기 짝이 없었다. 뭐라도 해야 될 것 같은 강박이랄까.

하지만 이곳에선 마땅히 할 게 없었다. 스승님의 공간에서 검을 휘두르며 연습하기도 그렇고, 시간 때울 겸 읽을 책도 없고, 말 그대로 빛만 가득한 공간이라 시야에 들어오는 거라곤 빛과 루시안이 전부였다.

속으로 이렇게 비효율적인 공간을 만든 스승님을 원망하며 할 만한 것이 뭐가 있을까 고민하던 나는 곧 한 가지 생각을 떠올렸으나 실행하길 망설였다. 그걸 해도 될까, 괜찮을까 고뇌하던 나는 결심한 듯 천천히 손을 들어 올렸다.

나는 마력을 운용하고 나면 그 크기에 따른 고통이 당연하다는 듯 뒤를 이었다. 한 육체에 여러 기운이 꼬여 있기 때문이라고, 처음 마력을 운용할 무렵 스승님에게 들었다. 그런데 여기는 스승님의 공간이다. 평범하지 않고 눈에 보이지 않는 온갖 기운이 조화를 이뤄 흐르는 공간. 그렇다면 이 공간에서 마력을 움직이면 어떻게 될까. 똑같이 아플까, 아니면 내 안의 기운들도 조화를 이뤄 부드럽게 흐를까.

어렸을 때, 그러니까 지금으로 따지면 15년 전부터 스승님의 공간을 벗어날 때까지, 수련할 때에는 이곳에서 하지 않았다. 그때는 어렸기 때문에 어디였는지는 잘 기억나지 않지만, 아무튼 이곳은 아니었다.

그러고 보면 이곳에서 마력을 운용해 본 적이 거의 없던 것 같았다.

손의 감각에 집중하자 간질간질하면서도 물처럼 울렁거리는 감각이 느껴졌다. 꽤 자주 느껴오던 마력이었다. 손을 살짝 모으니 예쁜 푸른색 마력이 일렁이는 것이 육안으로도 보였다. 푸른빛의 마력은 내가 손끝을 살짝 움직일 때마다 그에 따라서 물안개처럼 출렁거렸다.

……아직까진 괜찮은 것 같은데.

그리 생각한 나는 이번엔 손끝에 약간의 힘을 가해 작은 얼음덩어리를 만들고자 했다. 그러자 허공에 오로라처럼 띠를 그리며 퍼져 있던 마력 입자들이 한곳으로 소용돌이치듯 모이더니 점점 더 밀도를 높여 작은 얼음 알갱이들이 되었다. 약간의 푸른빛을 띠는 투명한 얼음 조각들에 빛이 통과하자 빛으로 사방으로 곧게 퍼졌다. 마치 얼음 조각 자체가 빛나기라도 하는 듯한 착각을 일으키는 모습이었다.

얼음 알갱이를 통과한 빛은 더 이상 단순한 하얀색이 아니었다. 보는 각도에 따라 다양한 무지갯빛으로 빛나는 것이 가히 다른 이의 시선을 끌 만했다. 하지만 나는 마력을 운용하는 내내 내 몸 상태에 온 신경이 쏠려 있었다. 조금이라도 통증이 느껴지면 증상이 더 심해지기 전에 빨리 멈춰야 하기 때문이었다.

다행히 아직까지는 마력 특유의 울렁거림을 제외하곤 아무 이상도 느껴지지 않았다.

'……조금만, 조금만 더 해볼까.'

이렇게 마법을 마음껏 써보는 건 정말 오랜만이었다. COAD 때문에 마법을 쓰는 것이 그다지 내키지 않았지만, 마법 그 자체를 싫어하는 건 아니었으니까. 어렸을 때는 아주 조금이나마 좋아했던 것도 같았다.

손을 조금 더 과감하게 움직이자 내 손끝을 따라 얼음과 푸른빛 입자들이 휘몰아쳤다. 손을 바깥쪽으로 쓸듯이 펼치자 마력이 내 주위에서 사선으로 기울어진 채 동그란 띠를 그리며 둥글게 돌았다. 그것들이 돌며 자연스럽게 생기는 미약한 바람에 밤하늘을 닮은 검은 머리카락이 흩날렸다. 투명하고 단단한 얼음과 서릿발 같은 푸른 마력이 빛을 반사시키며 오색 빛을 뿌렸다.

'……오랜만이다. 정말로.'

내 마력 특유의 시린 감각조차도 내게는 시원 선선한 정도밖에는 되지 못했다. 고통을 수반하지 않고 마력을 쓴 적이 있었던가. 내 기억으론 거의 없다시피 한 경험이었다.

마력이 온몸을 순환하자 상쾌한 기운이 퍼졌다. 항상 느끼던, 기운이 꼬여 역류하는 듯한 뒤틀린 감각은 없었다. 대신 마력이 나와 한 몸이 되어 내 뜻대로 흐르고 있을 뿐이었다. 조심스레 몸에 긴장을 푸니 놀라우리만큼 집중이 덜 들었다.

'오늘은 여기까지.'

마력을 쓰면 그 즉시 고통이 오는 게 아니라 얼마 뒤에 오는 경우도 종종 있으니, 후에 감당해야 할 걸 생각하면 이 정도가 적당했다.

마력 움직이는 것을 그만두자 허공에서 예쁘게 빛을 반사하던 얼음들과 마력 입자들이 서서히 흩어졌다. 남들이 보면 그저 푸른 빛 입자가 허공에 흩어지는 정도로만 보였겠지만 나는 허공에 흩뿌려진 마력이 내게로 돌아오는 것을 똑똑히 느꼈다.

'응?'

마력 쪽에 온통 쏠려 있던 집중이 풀리자 민감한 감각에 다른 것이 느껴졌다. 이쪽을 뚫어져라 쳐다보는 시선. 미처 제 기척을 숨길 생각도 못 하는 듯 대놓고 느껴지는 시선이었다.

시선이 느껴지는 뒤쪽으로 고개를 돌리자 나를 넋 놓고 바라보던 루시안의 녹안과 딱 마주쳤다. 루시안도 자신이 나를 보고 있었다는 걸 이제야 자각했는지 놀란 듯 눈이 커지더니 황급히 시선을 돌렸다.

"아…… 죄송합니다. 당신이 그렇게 자유롭게 마력을 쓰는 게…… 시선을 끌어서 그랬습니다. 죄송합니다."

그답지 않게 당황한 건지 죄송합니다를 두 번이나 말했다. 어딘가 고장 난 듯한 그의 행동에 나는 눈을 가늘게 떴다.

기실 마법 쓰는 것 좀 봤다고 저렇게까지 당황할 필요는 없었다. 여기선 볼 것도 없는데 좀 보면 어때서. 그리고 아까 그 광경이 충분히 눈길을 끌 만했다는 건 나도 알고 있었다. 물론 필요 이상으로 뚫어져라 쳐다본 것 같긴 하지만…… 그것도 납득 가능한 범위 내였다.

"이젠…… 괜찮은 겁니까?"

그가 좀 전의 일을 무마시키려는 듯 말을 돌렸다. 싫다는 사람 굳이 캐묻는 취미는 없는지라 적당히 넘어가 주었다. 그의 말의 뜻은 마력을 운용했는데 아프지 않냐는 뜻이었다. 루시안 역시 내가 마법을 쓰고 나면 고통이 따라온다는 사실을 알고 있기에 하는 말이었다.

"이곳에서는, 괜찮은 것 같습니다."

담담히 답을 해주자 루시안의 눈이 의외라는 듯한 빛을 냈다.

"이곳의 기운이 도움이 되는 모양이네요. 그건 생각 못 했는데, 잘됐습니다."

'잘됐다, 라……'

속으로 가만히 루시안의 말을 되뇌어 보았다. 그래, 잘됐지. 이곳에서만 가능하긴 하지만 제한 없이 마법을 연습할 수 있으니, 잘된 거지.

전에는 함부로 마법을 쓸 수가 없어 연습이 제한되었다. 그래서 어쩔 수 없이 연습을 제대로 하지 못한 채 실전에서 혼자 익히는 수밖에 없었다. 그래서 나름 애먹었었는데.

왜 여기서 마법 써볼 생각을 못 했는지. 과거의 자신이 더없이 멍청하게 느껴졌다. 이유 모를 화가 뻗쳐 조용히 아랫입술을 짓씹었다. 자각도 하지 못한 버릇이었다.

'그나저나 스승님은 이렇게 안 오는……'

그때, 흩어져 있던 빛무리가 한곳으로 확 모였다. 순간적인 섬광에 반사적으로 눈이 설핏 찡그려졌다.

'……왔네.'

뭐 하는지 걸음만 더럽게 느린 스승님이 왔다.

"오셨습니까."

하지만 속마음과는 다르게 적당히 예를 갖춰 맞이했다. 속말을 그대로 뱉을 수 없는 것이 한이었다.

『생각보다 늦어서 유감이구나. 일단 손을 내밀어 보거라. 고쳐주마.』

스승님의 말에 나는 빛무리 쪽으로 손을 들어 올렸다. 나는 한시라도 팔찌를 빼면 안 되는 신세인지라 스승님이 팔찌를 고치는 동안 가만히 있어야 했다. 하얗고 따스한 빛이 손목을 감싼 채 부드러이 움직였다.

『오래 걸릴 터이니 앉거라. 그게 낫겠다.』

오랜만에 스승님의 앞에서 앉으려니 다소 어색했다. 하지만 그런 티를 내지 않으려 애쓰며 바닥에 앉았다. 그러자 스승님의 빛이 팔찌로 조금씩 스며들었다. 나는 잘 모르지만, 아마도 팔찌를 고치는 과정인 듯했다.

『너는 이만 가보거라, 루시안.』

그 말을 듣자마자 루시안의 기척이 감쪽같이 사라졌다. 아마 스승님이 내가 이곳에 올 때처럼 순간이동을 시켜버린 듯했다.

그 뒤론 자연스레 침묵이 내려앉았다. 스승님은 팔찌를 고치는 데 열중했고 나는 할 말이 없기 때문이었다.

팔찌를 다 고칠 때까진 둘 다 말이 없으리라 여겼는데, 그 조용한 틈을 비집고 스승님이 말을 걸었다.

『레이첼.』

"네."

『지난번에 내가 한 말을 기억하느냐.』

나름 영민하다 자부하는 머리가 빠르게 돌아갔다. 지금 스승님이 특정하는 말이 무엇인지 알아내기 위해서였다.

그리고 곧, 그것이 무엇인지 알아채자마자 반사적으로 미간이 좁혀졌다. 그다지 좋은 소리가 아니었기 때문이었다.

"그 얘긴 일전에 끝난 것 아니었습니까?"

『끝났다라.』

남자인지 여자인지 조금 헷갈리는 미성의 목소리가 감미롭게 이어졌다.

『이 얘기가 끝나려면 네가 먼저 끊어야겠지.』

"무엇을요? 그 아이들의 목숨줄?"

농담하듯 비아냥대자 분명 따스해야 할 빛이 일순 서늘해지는 것 같았다. 대체로 생명을 소중히 여기는 스승님다운 반응이었다. 곧 다시 풀어지긴 했지만 여전히 그전의 따뜻한 기운과는 차이가 있었다.

『난 가벼이 말하는 것이 아니다. 내가 수도 없이 말하지 않았더냐?』

말했다. 스승님은 내게 수도 없이 말했고, 나는 수도 없이 들었다.

『마음에 소중한 것을 품는다는 건, 약점을 만드는 일이다.』

하지만.

『네 주위에 사람이 많다는 건 나도 안다. 인간들 사이에 들어갔으니 당연할 테지.』

지금의 나는 이 말을 당연하게 받아들일 수 없었다.

『하나, 레이첼. 아무리 가없이 좋은 사람을 마주한다 해도. 그 사람이 네 눈길을 끈다 해도.』

왜일까.

『인연의 실을 철저히 끊어버리거라. 너만은, 그 누구와도 붉은 실을 엮어선 안 된다.』

단 한 번도 이 말을 부정하지 않았는데. 심지어 지금도 부정할 수가 없는데.

『더 이상 약점을 만들지 마라. 그리고 할 수 있다면,』

저 말들이, 처음으로,

『약점을 없애거라.』

억울하게 느껴지는 건.

스승님이 말한 붉은 실을 엮어선 안 된다는 말은, 루시안과 한 계약 따위를 말하는 것이 아니었다.

붉은 실. 그 뜻 그대로의 의미, 즉 인연을 칭하는 것이었다.

계약은 피조물이 인위적으로, 달리 말하자면 억지로 인연을 엮는 것이라면, 인연이 생긴다는 것은 자연스러운 연이었다. 서로 마음이 가면 생기고, 사이가 소원해지면 절로 끊어지는 그런 자연스러운 연.

나는 스승님을 만난 이후로 그런 연을 맺지 않았다. 단둘, 스승님과 루시안은 예외였지만. 그 둘을 제하면 정말로 단 한 명과도 인연을 맺지 않았다.

그랬는데, 처음 세상에 나오고 COAD에 들어간 후로 상황이 완전히 뒤바뀌어 버렸다. 네이브야 그쪽이 일방적으로 들이대니 어쩔 수 없다 쳐도, 아이들을 데려온 것은 스승님의 명령도, 그 어떤 강압도 아닌 온전한 나의 선택이었다. 그러니 마땅히 책임도 내가 져야 했다.

다만 내가 예상하지 못한 건…… 내 마음이었다.

내가 나를 몰랐다. 단단하다 믿었던 내 마음의 벽이 사실 얼마나 헐거운지, 시험해 보지 않아 몰랐던 것이다.

이제 와 되새겨 보자면…… 뼈아픈 제 실책이었다.

자신을 믿고 데려올 것이라 마음먹었으면 그 결심을 굳건히 했어야지. 마음의 벽이 허물어지는 걸 눈치챘으면 그때라도 멈췄어야지. 왜 몰랐을까.

아니…… 아니지.

스승님의 훈계가 끝난 뒤 한참 동안이나 고요하던 붉은 동공이 어둡게 침잠했다. 본인조차 몰랐던 자신의 치졸한 내면을 이제 막 발견한 탓이었다.

몰랐던 게 아니었다. 알았지만 모른 척했을 뿐.

처음부터 나는 나의 마음이 그리 단단하다 자신하지 못했다. 스스로를 믿지 못한 건 아니었으나, 온전히 확신하지도 못했다. 이유는 생각보다 단순했다. 시험해 보지 않았기에, 제 마음의 벽의 강도를 확인해 보지 않았기에 알 수 없었던 것이다. 수심도 재보아야 얼마나 깊은지 알 수 있듯이. 나 또한 그랬다.

하지만 나는 그 불확실한 상황에서 성급한 결정을 내렸다. 괜찮을 것이라고, 나는 버틸 수 있을 것이라 생각하고 아이들을 데려왔다. 마치 깊이도 모르는 물에 무모하게 뛰어든 것과 같은 행동이었다.

'참으로 멍청하고 아둔했구나, 나는.'

그 후로도 마찬가지였다. 뭐든 알아야 써먹는다는 생각으로 이것저것 가르쳐 주면서도, 어느 순간부터 그 아이들이 간혹 잘 알아듣지 못할 때 짜증이 나지 않는다는 걸 알아차린 순간이 있었다. 하지만 그때조차 현실을 외면했다. 아니, 어쩌면 스스로에게 속삭인 건지도 모르겠다.

괜찮아. 내 마음은 내가 통제할 수 있어. 아이들을 보면서 특별한 기분이 드는 것도 아니잖아? 아직 여유 있어. 괜찮아.

아직까진.

그래, 아직까진 괜찮아.

'……개소리.'

음지에서 평생을 산 이는 빛이 무엇인지 모른다. 눈을 찌푸리게 만드는 밝은 광채가 눈을 멀게 만들 독인지, 빛에 노출된 발끝에서 생생하게 느껴지는 온기가 나를 불사를 불꽃인지 모른다는 말이다.

그렇게 아무것도 모르면서. 광채인지 독인지, 온기인지 불꽃인지도 구별 못 하면서. 겁도 없이 빛 속에 발을 들였다. 그 온기가 얼마나 중독적인지도 모른 채로.

  왜 그랬을까. 왜 그렇게 무모했을까. 단순히 경험 부족이었나? 정말 그게 전부였나?

  ……아니면, 조금 더 솔직해져 보자면.

  따뜻해서였을까……

  난생처음 경험하는 아이들과의 유대가 좋아서, 같이 있을 때 우리를 감싸는 온기가 따스해서, 그래서 그게 끝나지 않길 바라며 외면했던 거라면. 말은 된다.

  하지만……

  인정하기 어렵다.

  그토록 눈 감고 귀 막고 모른 척했던 이유가, '아이들에게 정들어서'라는 걸. 받아들이기 어려웠다.

  그리 배웠으니까.

『마음에 소중한 것을 품는다는 건,

약점을 만드는 일이다.

  네 주위에 사람이 많다는 건 나도 안다. 인간들 사이에 들어갔으니 당연할 테지.

  하나, 레이첼. 아무리 가없이 좋은 사람을 마주한다 해도,

그 사람이 네 눈길을 끈다 해도,

인연의 실을 철저히 끊어버리거라.

너만은, 그 누구와도 붉은 실을 엮어선 안 된다.

더 이상 약점을 만들지 마라. 그리고 할 수 있다면, 약점을 없애거라.』

늘 들어왔던 말이 머릿속에 박힌 듯 빠져나가질 않았다. 지금껏 일말의 의구심조차 갖지 못했던 말. 해가 동쪽에서 뜨고 서쪽에서 지는 것처럼 당연한 이치를 듣는 듯 맹목적으로 옳다 여겼던 말.

무의식에 박혀버린 그 말이, 이제는 내가 앞으로 나아가지 못하도록 막는 거대한 바위가 되어버렸다.

하지만 그 바위를 뿌리 뽑기엔 나의 의지도, 힘도, 용기도 부족했다. 그저 우유부단하게 아무것도 시도해 보지 않은 채로 바위를 노려보는 것밖에는 하지 못했다. 그런다고 바위가 알아서 비켜주는 것도 아니건만. 제가 할 수 있는 최선이랍시고 하고 있는 게 겨우 노려보는 것에 불과하다는 것 자체가 너무나 우습지만서도 다른 방법을 시도하진 못했다. 그러려면 제가 지금까지 살아온 세상을 부숴야 했으니까. 당연하다 믿던 이치를 틀렸다고 인정해야 했으니까. 인정하기도 어려울뿐더러 그래야 할 이유가 내겐 없었다.

아직은.

[루이]

철퍽.

바로 직전에 명을 다한 사람의 몸이 이미 바닥을 흥건하게 적시고 있던 새빨간 피 웅덩이 위로 쓰러졌다. 그리고 그 사람의 몸 위로 어두운 그림자가 드리웠다. 그림자의 주인은 창문으로 스며든 달빛을 받아 희미하게 빛나는 피 묻은 은발을 손으로 쓸어 넘기며 말했다.

"겨우 이것뿐이야, 형? 너무 실망인데. 어렸을 땐 자긴 이렇게 대단하다며 내게 자랑했잖아. 지금은 왜 못 해?"

언뜻 듣기엔 어린아이가 말하는 듯 천진한 어투였지만 그 속에 담긴 해묵은 기억과 감정들 때문에 으르렁거리듯 들리기도 했다.

하지만 나는 곧 그 감정들을 소화해 내고 평온한 표정으로 돌아갈 수 있었다. 이제는 별로 중요하지도, 제 머릿속에 각인되어 있지도 않은 과거이므로. 그딴 것들보다 소중한 목적이 있기에 감정에 휩쓸리지 않은 채로 하나뿐인 형제를 상대할 수 있었다. 만약 그렇지 않았더라면 이리 깔끔한 죽음을 하사해 주진 않았으리라. 사지 불능으로 만들고 겨우 숨만 붙여둔 채로 내가 지금까지 겪었던 모든 고통을 느낀 후에야 가장 끔찍한 방법으로 눈을 감게 만들었을 것이다. 그러지 않은 것은 이젠 아무 미련도 남지 않았기 때문이었다. 울분, 원망, 종국에는 복수심마저도.

아쉬웠다. 부친이 살아 있었더라면, 그 또한 사지를 갈기갈기 찢어주었을 텐데.

따지고 보면 그가 이 사태에 대한 조금 더 근본적인 원인이었다. 부친은 어린 내게 항상 같은 말을 속삭였다. 네가 더 강해지면, 내 뒤를 잇는 건 네가 될 것이다. 반대로 내가 첫째보다 약하다면, 네 처분은 그 아이가 정하게 되겠지.

나의 목숨이 힘에 달려 있다는 것을 일찍이 깨달은 나는 정말 미친 듯이 노력했다. 눈을 뜨고 있는 동안에는 언제나 손에 날붙이가 들려 있었고 매일 같이 마주하는 것은 피였다. 부친이 테스트를 해보겠다며 형과 맞붙게 할 때면 끝나고 난 후 무조건 혼절했다. 있는 힘 없는 힘을 다 끌어다 써서 그런 것이었다. 하지만 그럼에도 불구하고 성장기 어린아이에게 2년이라는 간격은 너무나도 거대했다. 대략 7할은 형의 승리, 처절한 악다구니로 쟁취한 3할은 나의 승리였다. 극명하게 갈리는 차이에 나는 매우 초조해졌다. 아니, 초조함을 넘어선 공포였다. 이대로 가다간 반드시 마주하게 될 죽음에 대한 공포.

매 순간 그런 공포에 시달리던 나는 더욱 절박해졌다. 내 몸이 상하든 말든 그저 눈앞에 있는 상대를, 형을 공격하는 데만 몰두했다. 얼마나 다치든, 결국 살아 있는 사람이 승리하고 죽는 사람이 패배하는 것이 세상의 이치이니, 어떻게든 죽이기만 하면 되는 거였다.

그러나 어느 순간, 부친은 이제 결정을 내려야겠다고 생각했던 모양이었다. 그게 내가 14살, 형이 16살이던 때였다.

결국 부친은 나를 포기했다. 그 당시 실력이 더 뛰어나던 형을 선택하고 나를 버렸다. 그리고 그것은 내가 모르는 어느 순간에 이루어졌다. 나는 그저 아무것도 모른 채 잠을 자다가 살기를 느끼고 급히 방어했고, 나를 공격한 이가 누구인지 알아채는 순간 급히 도망쳤을 뿐이었다. 그날 나를 습격한 밤손님은 부친이 가까이하는 직속 부하였다. 그 말은 나를 향한 공격이 부친의 명령이라는 의미이고, 그것은 부친이 나를 버렸다는 뜻을 내포하고 있었다.

그 후로도 나를 향한 죽음의 위협은 계속되었다. 음식에 독을 타거나, 우연한 사고를 가장하거나, 아니면 대놓고 암살자를 보내기도 했다. 그래도 나는 억지로 살아남았다. 살고 싶었고, 이렇게 허무하게 죽고 싶지 않았다. 한편으로는 억울했다. 내가 왜 얌전히 죽어야 하나? 애초에 출발점부터 다른, 불공평한 경쟁이었는데. 시간만 더 있었더라면, 그랬다면 내가 이길 수 있었을지도 몰랐다. 내가 죽어야 하지 않았을지도 몰랐다. 그럴 시간을 주지 않은 것은 부친이었다.

다소 비틀린 사고를 하기 시작한 건 그때였다.

그럼, 내가 형보다 강해지면 어떻게 되지? 내가 부친의 도움 없이 형보다 강해져 당신 앞에 서면, 당신은 어떻게 할까.

미련한 인정욕이 아니었다. 그것은 집념과 악이 뒤섞인 조롱이었다. 형이 나보다 강한 줄 알고 형을 선택했는데 사실 내가 더 강하다면, 당신의 선택이 틀렸다면 어찌할 거냐는 조롱.

그래서 나를 찾아온 레이첼 님의 제안을 받아들였다. 형보다 강해지기 위해, 그리하여 부친의 앞에 서서 그의 틀린 선택을 비웃고 복수하기 위해.

그러나 사실 복수는 복수 외에 다른 생의 목적이 없는 이들이 주로 하는 짓이었다. 14살의 나는 그 조건에 부합했기에 복수를 갈망

했지만, 지금은 아니었다.

복수 대신 다른 삶의 목표가 생겼다. 평생을 바쳐서라도 도달하고 싶은, 목적지가 생겼다.

그것은 바로……

'레이첼'

당신이었다. 나를 구원하고 보호해 준, 나에게 순수한 호의를 표한 첫 번째 사람. 그 어떤 말도, 행동도 온전히 믿을 수 있는 유일한 사람.

당신이 당신의 목적을 이루도록 돕는 것. 그것이 내 삶의 이유였다.

당신이 폭풍이라면, 나는 기꺼이 그를 따르는 천둥과 번개가 될 것이다. 폭풍에는 길이 있지만 천둥과 번개에는 의지가 없다. 그저 폭풍이 가고자 하는 길을 닦아주거나 아니면 그 뒤를 묵묵히 따를 뿐. 불만도 불평도 없는 것이다. 레이첼 님에게 그런 사람이 되고 싶다고 결심하고 되새기길 벌써 5년. 결심이 신념이 되기엔 충분한 시간이었다.

당신이 누군가를 베고자 하신다면 나는 칼이 될 것이고, 그림을 그리고자 하신다면 난 붓이 되리라. 그런 유용한 쓸모를 가지고 그분을 돕고 싶었다.

다만 도구로 쓰이려면 쓸모가 있어야 하는 법. 그러니 내가 5년 동안 할 수 있는 일은 나 자신을 갈고닦는 일뿐이었다. 할 수만 있다면 더 빨리 쓸모를 증명하고 싶었으나, 너무 이르게 피어난 불꽃은 그만큼 금세 사그라든다는 레이첼 님의 말에 조용히 기다렸다.

기회는 언젠가 반드시 찾아올 것이니, 겨우 찾아온 기회를 놓치지 않기 위해 칼날을 벼렸다. 그리고 그 결과가 바로 지금이었다.

어릴 적엔 아득히 높아만 보이던 형제를, 압도적으로 이긴 것이다.

물론 나 또한 어깨와 허벅지에 다소 큰 부상을 입긴 했으나 내 발끝에 놓여 있는, 목숨을 빼앗긴 이에 비하면 훨씬 양호한 편이었다. 결정적으로 이 망나니와 달리 나는 살아 있지 않은가. 그리고 이 승리의 보상으로 얻은 자리를 생각하면 이 정도 부상은 적당히 넘어가 줄 수 있었다.

나는 피로 축축이 젖은 형제를 지나쳐 사투로 인해 난장판이 된 복도를 걸어 나갔다. 그러면서도 머릿속에 드는 생각은 이런 것들이었다.

'주변이 너무 엉망이 됐는데. 레이첼 님이 오시기 전까지 치울 수 있으려나.'

뭐, 내가 직접 치울 것도 아니니 큰 문제는 없지만…… 레이첼 님에게 이런 너저분한 광경은 보이지 않는 게 좋았다. 이 더러운 꼴을 보여 그분의 눈을 더럽힐 생각은 추호도 없으니. 복도 바닥에 널브러진 저놈은 특히나 보이고 싶지 않았다.

그런 생각을 하면서 걷던 내 발걸음이 멈춘 곳은, 다른 곳보다 조금 더 색이 어두운 문 앞이었다. 방금 전 싸움이 시작된 곳이기도 했다. 싸움의 여파로 강하게 열린 문은 아직도 활짝 열려 있었다. 그 모양새가 마치 나를 환영하는 것처럼 느껴졌다.

나는 그 안으로 느릿하게 걸어 들어갔다. 그 모습은 마치 사냥이 끝나 배가 부른 맹수의 걸음과도 같았다. 집무실같이 생긴 방 안에 들어서서 정면에 놓인 마호가니 책상을 손으로 쓸었다. 이 넓은 방 안에 있는 모든 것이 엉망인데, 이 책상에는 피가 튀었을지언정 흠집 하나 나지 않은 것이 기묘했다.

이 책상은 조부모가 이 조직을 처음 만들었을 때부터 계속 사용되던 조직의 수장만이 사용할 수 있는 책상이었다. 그리고 그것이 이젠 나의 것이 되었다.

아마 친부와 형 역시 이곳에 앉았으리라. 이곳에 앉아 부하들의 보고를 듣고, 일을 처리하며 시간을 보냈을 것이다.

예전의 내가 바랐던 자리. 아니, 어쩌면 생존을 위해 반드시 얻어내야만 했던 자격.

지금도 바라 마지않지만, 그때와는 이유가 달랐다. 그때는 살기 위해서였고, 지금은 도구로서 쓸모를 갖기 위해서니까. 아마 앞으로도 그럴 것이리라 장담할 수 있었다.

'다만, 이 책상은 좀 바꿔야겠군.'

무의식적으로 든 생각에 책상을 쓸던 손이 부자연스럽게 멈췄다. 그러고는 낮게 헛웃음을 터트렸다. 단지 '친부와 형이 썼던 책상'이라는 이유로 거부감을 느끼는 자신을 발견한 것이다.

'미련을 완전히 털어냈다는 말은 취소해야 될지도.'

하지만 미련이 조금이나마 남았다는 사실을 부정하지 않은 건 칭찬할 만했다. 나 또한 14년이나 묵은 감정이 이리도 쉬이 떨어져 나가는 것이 의아하던 참이었으니까.

이런 미련까지 굳이 부인할 필요는 없겠지. 사실을 외면해 봤자 변하는 건 없듯이, 이 또한 같기에.

 상념을 끝낸 나는 손을 책상에서 완전히 떼어내며 가볍게 털었다. 손에 묻은 더러운 것을 털어내려는 듯한 행동이었다.

 그러다 무언가 긁히는 듯 불유쾌한 느낌이 나자 나는 미간을 좁히며 손끝으로 시선을 내렸다. 그러자 평소보다 살짝 길어진 손톱이 보였다. 방금 느낀 것은 긴 손톱이 책상을 긁으며 난 감각이었다.

 '아까 싸울 때 일어난 기운이 아직 안 가라앉았나 본데.'

 내 추측이 맞는지 내 주위에서 요동치며 공기를 가르는 기운이 나도 느껴질 정도였다. 그만큼 격한 싸움이었다는 얘기였다.

 하지만 뭐 어떤가. 결국 승리자는 내가 되었고, 이 기운도 곧 가라앉을 테니 지금 중요한 건 그게 아니었다.

 나는 책상 측면에 붙어 있는 작은 버튼을 눌렀다. 그러자 방 밖 복도에서부터 빠른 발걸음 소리가 들리더니 곧 굵직한 음성이 들렸다.

 "부르셨습니까."

 저자가 완벽한 정자세를 취하고 있으리라는 사실은 보지 않아도 알 수 있었다.

 저 사람은 이 조직의 주인을 받드는 사람들 중 하나였다. 그 말은 즉 특정한 누군가가 아닌 '이 조직의 주인'을 따르는 사람이란 뜻이었다. 심지어 불과 하루 전까지만 해도 내 형제가 주인이었다 하더라도, 지금은 온전히 나를 따르는 사람이었다. 내가 이곳의 주인으로 당당히 서 있는 이상, 제 목숨이 끝날 때까지도 이 사실은 변치 않을 터였다.

특히 저자는 복도에 널브러진 전 주인의 모습을 보았으니 더더욱 자신의 주인이 누군지 똑똑히 알 것이다.

나는 그를 등지고 책상 뒤쪽에 있는 창문 너머를 보며 말했다.

"싹 다 청소해."

나는 고개만 비스듬히 돌려 그를 바라보았다. 그리고 그와 두 눈을 똑똑히 맞추며 이어 말했다.

"다 끝났으니까."

차갑게 가라앉은 보랏빛 눈 주위로 붉은 안광이 시리게 빛났다.

[레이첼]

『……이제 끝났다. 일어나도 된다, 레이첼.』

기나긴 시간 끝에 허락의 말이 떨어지자 오랫동안 굽히고 있던 다리를 겨우 펼 수 있었다.

'진짜 쓸데없이 더럽게 오래 걸려선.'

솔직히 말하자면 지금까지 다리에 쥐가 나지 않은 것도 대단한 일이라고 생각했다. 일반인이라면 벌써 수십 번은 자세를 바꾸고도 남았으리라는 것 또한 확신할 수 있었다.

『잠깐, 가기 전에..』

스승님의 입에서 말이 나오기 전에 내가 먼저 선수를 쳤다.

"이것 말씀이십니까."

나는 손을 들어 한 물건을 그에게 보였다. 오색의 다채로운 빛을 가진 커다란 구슬처럼 생긴 그것은 한 부분만 검은색이어서 마치 눈알 같은 생김새였다.

『……그래. 맞다.』

정확히는, 구슬이 아니라 특별한 힘이 담긴 도구이지만.

이것은 지난번에 COAD에서 COAD에 대해 반감이 있는 사람들을 구별할 때 썼던 도구였다. 세상에는 셀 수 없이 많은 차원들이 있는 만큼 특별한 힘을 가지고 있는 도구들도 많았다. 그리고 이건 그중 하나였다.

『이젠 쓸모가 없는 것이냐?』

쓸모가 없기는, 넘쳐나지. 온갖 희한한 능력을 가진 도구들 중 이렇게 유용한 도구는 꽤나 희귀한 편이었다. 능력을 가지고 있다고 다 좋은 능력이 아니기 때문이었다.

다만 계속 쓰기에는 크디큰 단점이 하나 있었다.

"쓸모가 없는 건 아닙니다만…… 저와 상성이 좀 맞지 않는 듯합니다."

상성이 맞지 않다며 돌려 말했지만, 사실은 좀 더 심각한 문제였다. 이 도구는 마력을 동력으로 삼는 종류인데, 문제는 이 도구에 마력을 사용하면 다른 용도로 마력을 사용하는 것보다 훨씬 더 큰 고통이 가해졌다. 정확한 원인은 알 수 없지만 추측하기로 상성이 맞지 않는 듯했다.

『알겠다. 그럼 이건 내가 돌려놓도록 하마. 그나저나……』

스승님이 짐짓 수상하게 뒷말을 흐렸다. 왠지 불길한 기운이 엄습했다.

『잠시 시간 되느냐?』

젠장.

저런 말이 나온다는 건 뭔가 시킬 일이 있다는 뜻이었다. 안 그래도 루이한테 가봐야 하는데…… 문제는 변명거리도 없고 내가 스승님의 명령을 어길 수 있는 위치가 아니라는 것이다.

어쩌겠나. 위에서 까라면 까야지.

"네, 됩니다."

『그렇다면 영혼 세계에 가서 한 가지만 확인하고 오거라. 잠시면 된다.』

영혼 세계란 말 그대로 영혼이 모이는 곳이었다. 막 죽은 영혼과, 곧 환생할 영혼들이 뒤섞여 있는 곳. 그리고 그곳에 가서 무언가를 확인하고 오라는 건 분명……

『영혼 세계에 '레아'라는 이가 있는지 살펴보고 오거라.』

그래. 저런 내용이겠지.

죽은 이들의 영혼은 모두 영혼세계로 모인다. 그러므로 그곳에 누군가가 있냐는 말은 그 사람이 죽었는지 알아 오라는 의미였다.

나는 알아들었다는 의미로 고개를 끄덕였다.

"알겠습니다. 정확한 인적 사항이 어떻게 됩니까?"

『이름은 레아, 성은 없다. 여자이고, 종족은…… 없다.』

"……"

'네?' 하고 반자동으로 튀어나오려는 얼빠진 소리를 참느라 잠시 간 아무 말도 하지 못했다.

'종족이 없다고? 무슨 말도 안 되는……'

그러니까 인간도 아니고 정령도 아니고 뱀파이어도 아니고 악마도 아니고 그 무엇도 아니란다. 이 무슨 어이없는 소리란 말인가.

"……혹시 혼혈입니까?"

서로 다른 종족의 혼혈이라면 종족 구별이 애매할 수도 있겠다 싶었다. 하지만 스승님은 불확실한 어조로 말했다.

『혼혈이긴 한데…… 그게 좀 희한하단다. 그냥 영혼 세계로 가서 이렇게 말하거라. 그럼 알아들을 거다.』

"뭐라고 할까요?"

『브레일리 웬디움 아일리스.』

차분한 어조로 내뱉은 단어는 처음 듣는 말이었다. 나름 적지 않은 언어를 익힌 나인데도 그랬다.

브레일리 웬디움 아일리스, 외우려 조용히 뇌까리니 부드럽게 이어지는 발음이 물 흐르는 듯한 느낌을 냈다. 몇 번쯤 더 되뇌어 완벽히 외운 후 알겠다는 의미로 고개를 끄덕였다.

"다녀오겠습니다."

『그래. 그리고 잠깐만 가만있어 보거라.』

그 말에 의문을 표하기도 전에 한곳에 가득 몰려 있던 빛무리 중 몇몇이 움직이며 내 팔찌로 포르르 날아와 주변을 맴돌며 따스한 빛을 밝혔다. 그 순간 나는 스승님의 의도를 알아챘다. 이것은 스승님의 기운을 내게 덧씌울 때 사용하는 방식이었다. 한마디로 내가 스승님의 '대리인' 자격이 있음을 증명하는 것이다.

『이리하면 그들이 널 귀찮게 하진 않을 거다. 그들에게 지금의 너는 나와 다름없으니.』

지금 이건 스승님의 권리를 내게 잠시 양도하는 것이나 다름없었다. 물론 살아 있는 채로 영혼 세계에 발을 들이려면 이 정도는 해야 하긴 했다.

『이제 가거라. 바로 보내주마.』

그 말과 거의 동시에 황금빛 섬광이 번쩍하고 시야 전체를 메웠다. 차분히 눈을 감았다 뜨니 조금 전과는 전혀 다른 풍경이 눈앞에 펼쳐졌다.

눈을 떴는데도 눈앞이 온통 검어 순간적으로 잘못 온 건 아닌가 생각했으나 그건 아니었다. 나는 조심스럽게 주변을 둘러보았다. 마치 우주와 흡사한 느낌의 공간이었지만 별처럼 반짝이는 빛은 단 하나도 보이지 않았다. 빛만 있던 공간에서 빛이 없는 공간으로 오니 그 차이가 더 거대하게 느껴졌다.

서늘한 기온이 예민한 목덜미에 닿자 저도 모르게 소름이 돋았다. 나는 문득 그 싸늘한 온도가 죽은 자의 것을 닮았다고 생각했다.

시선을 내려보니 끝이 보이지 않아 공허하고 그 광활하게 넓은 공간에 보이지 않는 땅이 있는 것처럼 바닥을 밟을 수 있었다. 그리고 그 위에는 풀과 나무 등 여러 식물들이 자라 있었다. 이곳은 이승에 있는 자연 그 자체였다. 한 가지 특이점이라면 그것들의 색이 모두 물처럼 불투명한 하늘색이어서 마치 소위 말하는 영혼처럼 보였다. 그것들은 가장자리의 색이 더 선명하고 그 안쪽은 비교적 투명했다. 그리고 투명한 안쪽 부분에 좀 더 진한 하늘색의 동그란 알갱이들이 평화롭게 유영하였다.

 그 풀들을 밟고 선 이는 나뿐만이 아니었다. 이 광활하고 비현실적인 초원 위에는 그 식물들과 같은 색의 불투명한 영혼들이 가득했다. 온갖 동물, 곤충, 사람, 그리고 인간이 아닌 존재들까지.

 나는 무의식적으로 그 수많은 영혼들을 하나하나 살펴보았다. 정말이지 놀랍도록 제각각이었다.

 그들은 자신이 죽었을 당시의 모습을 하고 있는 듯했다. 대다수가 인간 혹은 동물들이었지만, 그 외에 심심치 않게 다른 종족들도 눈에 들어왔다.

 고령의 백발노인, 등이 굽은 할머니, 젊고 예쁜 여성, 뚱뚱하고 체격이 거대한 중년남성, 뼈만 남아 툭 치면 고꾸라질 것 같은 모습으로 보아 아사한 듯한 청년, 키가 땅딸막한 고블린, 10살밖에 되지 않은 것 같은 작은 아이, 채 눈도 떠보지 못한 태아, 조그만 꼬물이 아기를 품에 안고 있는 여성, 키가 남들보다 머리 하나는 더 큰 멀대, 반대로 살아 있을 때 땅콩이라는 별명이 있었을 것 같은 땅꼬마, 타고난 장애가 있는 듯 머리카락이 다 빠지고 얼굴이 기괴하게 뒤틀린 남자, 딱 봐도 오래 투병한 티가 나는 병색이 역력한 병자, 칼에 찔린 듯 온몸이 칼자국투성이인 사람 등…… 정말이지 다양한 양상의 마지막 모습들이었다. 아무래도 여러 종족 중 인간의 수명이 가장 짧고 인구가 많은 탓에 다른 종족에 비해 영혼의 수가 훨씬 많았다.

노인이 많은 편이긴 하지만 그 외의 나이대의 사람들도 많았다. 비교적 젊은 나이에 죽은 사람들도 많다는 것이었다.

듣기야 스승님에게 많이 들었지만 실제로 보는 건 처음이라 신기한 감이 없지 않아 있었다. 영혼들은 딱 정해진 곳으로 가는 게 아니라 각자 다른 곳을 향해 하염없이 나아갔다. 그 한중간에 있다 보니 인파가 많은 도시 한가운데에 있는 느낌이었다. 물론 밀도는 여기가 더 낮을 테지만.

영혼들의 움직임은 그저 앞만 보고 나아가는 것이 아니었다. 그들은 자유롭게 주변을 둘러보며 제 의지를 가지고 나아갔고, 죽음의 그림자라고는 찾아볼 수 없었다. 고통스러워 보이지도, 아파 보이지도 않았다. 항상 끔찍한 고통 끝에 으스러져 가는 사람들만 보고 사는 나에게는 일종의 신선한 충격이었다.

내 시야를 배우는 수많은 영혼들 중 몇몇의 모습이 물처럼 일렁이더니 곧 하나의 물방울이 되어 위쪽으로 두둥실 떠올라 하늘로 올라갔다. 아니, 이곳은 인간계가 아니니 하늘은 아닌가? 하여튼 그렇게 위로 날아오르는 여러 물방울 중 하나를 따라 시선을 올리니, 자동으로 눈이 크게 뜨였다.

그곳에는 한 강이 있었다. 강이라기엔 조금 묘하지만, 허공에 물

같은 것이 원형으로 흐르는 모양새였는데 마치 거대한 반지 같았다. 나는 새로운 세상을 살피는 관찰자의 눈으로 그것을 쳐다보다 잠시 후 시선을 내렸다.

영혼들은 내가 보이지 않는 것인지 전혀 동요하지 않은 채로 자기 갈 길을 재촉했다. 그 모습을 주의 깊게 살피며 내 모습이 보이지 않는다는 걸 다시 한번 확인한 나는 무언가 눈에 띄는 것이 있는지 주변을 둘러보았다.

'아마 이곳에도 수장이나 왕 같은 이가 있을 거란 말이지……'

그러니 그게 누구든 그 사람을 찾아야 했다. 이 많은 영혼들을 내가 한 명 한 명 살피고 있을 순 없는 노릇이니.

그리 생각하고 움직이려 했지만, 곧 그럴 필요가 없어졌다.

"……거기 누구지?"

다소 당황한 듯한 목소리가 귓가에 날아와 꽂혔다. 반사적으로 몸을 긴장시키며 뒤를 돌아보자 영혼들 사이로 한 남자가 보였다. 머리카락과 눈동자 색이 다른 영혼들의 색 같은 반투명하고 옅은 하늘색 물빛이었으나 피부와 옷의 색은 인간과 흡사했다.

"아직 육체와 분리되지 않은 건가?"

아, 저 사람이다. 본능적으로 알 수 있었다. 저 사람이 이곳의 수장이었다.

나는 고개를 살짝 들어 올린 채 또렷한 목소리로 말했다.

"난 이곳의 영혼이 아닙니다."

"그럼……"

남자는 자신이 말한 것 말고는 떠오르는 게 없다는 듯 눈을 가늘게 떴다. 남자의 모습을 잠시 지켜보던 나는 팔찌에 고여 있던 스승님의 기운을 슬며시 흘려보냈다. 그러자 남자의 눈이 커지더니, 곧 상황을 이해한 듯한 표정으로 말했다.

"수호자님께서…… 보내신 건가?"

"그렇습니다."

"하, 참."

남자가 재밌다는 표정으로 실소하더니 손으로 옅은 하늘빛 머리카락을 쓸어 올렸다.

"이 기나긴 시간 동안 아무 교류가 없던 그분께서 갑작스레 보내온 사람이라."

남자의 뜻밖의 반응에 속으로 살짝 당황했다. 뭐지? 스승님에게 완전히 종속된 자는 아닌 건가? 반응이 뭔가 부정적인데.

"오해할까 봐 말하자면, 내가 그분의 수하인 것은 아닙니다. 그분의 명령을 들어야 할 이유는 없습니다."

이것 또한 의외로 냉소적인 태도였다. 다만 적의는 아닌 듯하니 적당히 구슬리면 들을 법도 한데……

"알고 있습니다. 또한, 이건 명령이 아니라 일종의 부탁입니다. 들어주실 수 있으십니까?"

"듣고 무리하지 않다면 고려해 보도록 하지."

그가 수긍할 법한 가능성이 보이자 나는 차분히 용건을 읊었다.

"제가 말하는 특정한 영혼이 이곳에 있는지 알아봐 주셨으면 합니다."

"특징은?"

"이름은 레아이고, 성별은 여자입니다."

"겨우 그게 단가?"

남자는 다소 짜증이 묻어나는 목소리로 말했다.

"이 세상에 그 조건에 부합하는 이만 찾아도 수천 명은 될 것 같은데? 종족은 모르나?"

"브레일리 웬디움 아일리스."

어느 정도 예상했던 반응에 나는 스승님이 읊었던 말을 뇌까렸다. 뒤늦게 내 말을 알아들은 남자가 멍청하게 되물었다.

"……뭐?"

"그분께서 이리 전하라 하셨습니다. 하면 아실 것이라 하셨는데, 혹시 모르십니까?"

"아니, 잠깐, 방금 뭐라 했지? 브레일리 웬디움 아일리스?"

"……그렇습니다."

남자의 예상치 못한 반응에 나는 잠시 당황했다. 그의 반응이 격한 건 아니었는데, 그저 그 말이 지금 왜 나오는지 이해하지 못한 표정이었다.

내 말을 들은 남자는 묘한 표정으로 내 발끝부터 머리끝까지 지그시 훑어보았다. 그 모습에 나는 소리 없이 미간을 좁혔다. 뭐야? 그 말의 뜻이 뭔데 나를 이렇게 관찰하듯이 봐?

이런 나의 머릿속을 읽기라도 한 듯, 그가 문득 입을 열었다.

"그분이 보낸 사람이라고 했지. 그럼 그대는 어떤 위치지?"

"······무슨 말씀이십니까?"

남자의 의도를 읽으려 일부러 되물었다. 질문 자체가 완벽히 이해가 가지 않은 까닭도 있었다.

"보아하니 고대어를 모르는 눈치인데 여기까지 왔다고 하니 의외라서. 혹, 무례한 질문이었나?"

고대어? 나도 모르던 그 말이 고대어였나?

새로운 사실을 알게 되었지만 내색하진 않았다. 그저 말없이 그가 하는 말을 들으며 쓸 만한 정보를 찾아내려 애썼다.

"아, 그대는 고대어가 뭔지도 모르겠군. 아주 옛날에, 그러니까 세상이 막 탄생할 때쯤 사용했던 언어다. 지금은 쓰던 사람들이 모두 이곳을 거쳐 잊히게 됐지만, 태초부터 세상과 함께 시간을 걸어온 이들은 기억하고 있지."

그가 생각보다 자세히 설명해 준 덕에 새로운 사실을 다수 알 수 있었다. 그의 말이 끝났음에도 잠시 침묵하던 나는 조용히 입을 열었다.

"나는······."

내가 조심스럽게 운을 떼자 남자의 시선이 올곧게 나를 향했다. 그 눈빛이 마치 듣고 있다는 말을 대신하는 것 같았다.

"나는, 수호자님의 맹약자입니다."

내가 말을 끝내자마자 주위에 침묵이 고였다. 내 말의 의미를 알아들은 남자의 눈이 화등잔만큼 커졌다가 마침내 탄성을 터트리며 말했다.

"바깥세상에 큰일이 생겼나 보군. 그분께서 맹약자를 만드실 정도면."

"……"

딱히 대꾸할 말이 생각나지 않아 침묵으로 답을 대신했다. 하지만 남자는 내 대답 없이도 대부분의 상황 파악이 가능한 모양이었다. 그는 잠시 고개를 기울이며 생각에 빠져 있는 듯하더니 곧 이해했다는 의미로 고개를 끄덕였다.

"하기야, 맹약자라면 고대어를 모르는 것도 이해가 가는군. 그대는 생이 유한한 피조물이니. 그 옛날엔 존재하지도 않았을 테니까."

짐짓 나이 들어 보이는 말을 하는 그를 보며 20대 중후반밖에 안 되어 보이는 얼굴로 그런 말 하면 괴리감 느껴진다고 생각했으나 굳이 입 밖으로 내뱉진 않았다.

그러다 순간 정신이 번쩍 들었다. 스승님의 명령을 수행하러 왔다가 이 무슨 한가한 꼴이란 말인가. 한시바삐 돌아가야 한다는 생각이 머릿속을 가득 메웠다.

"그래서, 그 레아라는 영혼이 이곳에 있는 겁니까?"

그러자 그는 한 번 더 나를 뚫어져라 쳐다보더니 곧 고개를 저었다.

"아니, 나도 처음 보는데. 이런 건."

그런데 나의 말과 그의 말이 뭔가 어긋난 느낌이 들었다. 나는 의아함을 느끼며 고개를 살짝 기울였다.

"처음이라니요. 그게 무슨……"

"아아, 그대는 모르겠……"

무슨 말인지 물으려던 나와 뒤늦게 설명하려던 그의 말이 부딪혀 허공에 흩어졌다. 나는 어색해하는 것이 투명하게 들여다보이는 그를 보며 담담히 주도권을 넘겼다.

"먼저 말씀하시죠."

"아…… 그래. 그러지."

동시에 말한 것도 민망하고 내가 먼저 주도권을 넘긴 것도 의외였는지 그의 말 중간이 어색하게 끊겼다. 하지만 나는 그런 것쯤은 담담히 모른 체 해주었다. 지금 중요한 건 그런 것 따위가 아니라 그가 하려던 말이었다.

"그대는 고대어를 알지 못하는 관계로 설명하자면…… 고대어는 문장의 뒤에서부터 해석한다. 그러니까, 어순이 반대라는 말이지. 그리고 브레일리는 같다, 웬디움은 사람, 아일리스는 너의 혹은 당신의 앞에 있는, 이라는 뜻이다. 그러므로……"

졸지에 외국어를 배우는 학생이 된 기분으로 집중하고 있던 나는 뒷말을 듣지 않아도 알 것 같았다.

'브레일리 웬디움 아일리스'의 뜻을.

"브레일리 웬디움 아일리스는, '너의 앞에 있는 사람과 같다.'는 뜻이다."

그의 말이 끝나자 머리가 빠르게 돌아가는 것과 동시에 다소 멍해졌다.

그러니까, 그 고대어는 '너의 앞에 있는 사람과 같다.'는 뜻이고, 이 말은 스승님이 이 남자한테 전하라고 한 말이지. 그럼 여기서 '너'는 저 남자고, 저 남자 앞에 있는 사람은······

'······나?'

나랑 같아? 무엇이? 설마 그 레아라는 여자랑? 근데 그 여자랑 내가 뭐가 같은데? 성별 빼곤 아무 연관이 없는 것 아니었나?

머리가 팽팽 돌아가는 와중 의구심도 갈수록 커져갔다. 머릿속에 떠오르는 수많은 의문 중 답을 구한 게 하나도 없기 때문이었다.

그런 나를 뚫어져라 쳐다보던 남자는 가볍게 숨을 내뱉으며 설명을 덧붙였다.

"처음엔 나도 뭔가 했는데, 보니까 알겠군. 무슨 말인지."

"무슨 뜻입니까?"

"그걸 내가 그대에게 알려줘야 하는 이유는?"

물 흐르듯 이어지는 대화에 무심코 물은 말이 곧바로 반박으로 막혔다. 하지만 받아칠 말이 없어 그저 입을 다물었다. 그의 말대로 그가 내게 말해줘야 할 이유는 없었다.

굳은 내 표정을 본 남자는 이내 얼굴을 풀며 피식 웃었다. 마치 별거 아니라는 듯이.

"그리 기분 나빠할 건 없네. 어차피 그대는 그분에게 이 내용을 전달하기만 하면 끝나는 것 아닌가."

맞는 말이었다.

전혀 틀릴 것 없는 말에 나는 그저 느릿하게 눈을 깜박이며 그를 쳐다보았다. 별 의미 없는 행동이었다. 지금 내 머릿속에 든 생각은 '왜 아직도 스승님이 날 돌려보내지 않나.'였다. 방금 그의 대답으로 레아라는 영혼, 아니 여기 없다면 아직 죽지 않았을 테니 레아라는 자라고 해야 하나? 하여튼 그 사람이 여기 없다는 것도 확인했으니 이제 돌아가야 했다.

그러나 아직까지 응답이 없는 걸 보니 다른 일을 하느라 바쁜 모양이었다.

그렇다 하여도 기다림이 그리 길진 않을 것이라, 그저 잠시 기다리기로 마음먹었다. 그러다 문득, 한 가지 생각이 떠올랐다.

"……실례가 되지 않는다면, 그대의 존함을 물어도 되겠습니까."

이왕 이곳에 오게 된 거, 저 남자의 이름만 알아가도 나쁘지 않은 수확이었다. 이름에는 뜻이 담겨 있기 마련이니 그의 이름으로 이곳에 대한 정보를 얻을 수 있을지도 몰랐다.

'영혼 세계라곤 하지만, 잘 모르는 곳이니까.'

한 생명체로서 미지에 대한 호기심을 가지는 건 당연한 일이었다. 미지에 대한 두려움을 가지기에는 스승님이라는 빽이 있었다.

나의 물음에 그는 살짝 당황한 듯 표정이 흐트러졌다. 그러고는 손으로 자신의 얼굴을 매만지며 입을 열었다.

"이름을 말하는 것이라면…… 나는 없네만."

"네?"

전혀 예상치 못한 대답에 나답지 않게 반문했다. 나는 재빨리 다소 흐트러진 표정을 정리하고는 조심스럽게 말했다.

"죄송합니다만, 이해가 되지 않았습니다."

"말 그대로, 나는 이름이 없다는 말이다. 이해 못 할 게 있나?"

"……이유를 물어도 되겠습니까?"

순수하게 호기심이 일어 조심스레 물으니 그가 여상한 투로 말했다.

"불러줄 사람이 없으니 당연한 것 아니겠나?"

아.

한 가지 깨달음이 머릿속을 울렸다.

자신의 이름을 자신이 말하는 경우는 많지 않다. 이름이란 다른 이가 불러주는 것인데, 이곳에서 그는 혼자였다. 주변에 무수히 많은 영혼들이 있으나 그들은 나를 대하듯 그가 보이지 않는 것처럼 행동했다. 기실 이 넓은 공간에 홀로 있는 것과 다름없는 것이다.

"제가 괜한 걸 물었군요."

"아니, 자연의 이치에 따라 자연스러운 건데 뭘 그리 난감해하나. 애초에 수호자께서도 존함이 없으실 텐데."

그렇긴 할 것이다. 직접 물어본 적은 없으나 스승님과 꽤 오래 지낸 것 같은 루시안마저도 그의 이름을 부른 적은 없었으니 말이다. 그저 수호자라 불리울 뿐, 그 또한 이름이 없었다.

인간과는 다른 사고방식을 가진 그는 정말 아무렇지도 않아 보이는데, 그럼에도 불구하고 불편함을 느끼는 스스로를 발견한 나는 속으로 실소를 머금었다.

'그래도 인간들 사이에서 몇 년 살았다고 사고방식도 물든 모양이지.'

다른 종족에 비해 너무나 약해서일까, 인간들은 다른 종족에 비해 상당히 섬세한 사회와 관계를 맺는 경향이 강했다. 작고 약할수록 뭉치는 것이 생존에 유리하니 그런 것이었다. '역지사지' 따위의 의미를 가진 단어를 사용하는 종족 또한, 종족의 수가 너무 많아 정확히 알 순 없어도 내가 알기론 인간뿐이었다.

물론 나에게도 인간의 피가 흐를 것이긴 하나, 그다지 인정하고 싶지 않은 사실이었다.

둘 모두 할 말이 없어 침묵이 흐르는 그때, 때마침 발끝에서부터 황금빛이 확 터져 나왔다.

'스승님이군.'

좀 늦는다 싶었건만, 그래도 썩 늦지 않은 때였다.

흘끗 그를 일별하니 환하게 발광하는 황금빛을 새로운 장난감을 바라보는 아이처럼 반짝이는 눈으로 관찰하고 있었다.

'이걸 처음 보나?'

이 자도 스승님처럼 초월적인 존재이니 스승님의 고유 권능인 이것을 모를 리 없으리라 여겼는데, 그게 아닌 걸 보니 정말로 교류가 없던 모양이었다.

세상을 유지하는 자와 영혼의 흐름을 관리하는 자는 얼추 비슷할 듯했는데, 그것도 아닌 건가.

그런 생각을 하던 와중, 시야가 온전한 빛을 발한 황금빛으로 밝게 뒤덮였다. 그리고 감았던 눈을 떴을 때는, 또다시 빛무리로 가득한 공간이 펼쳐져 있었다.

'빛에서 어둠으로 갔다가 다시 빛이라니.'

눈에 무리가 갈 것은 생각지도 못하는 건지 안 하는 건지. 속으로 작게 불평하며 가장 환한 빛을 찾아 두리번거렸다. 그리고 머지않아 그것을 발견한 나는 그곳을 향해 가볍게 묵례했다.

"안녕하십니까, 스승님."

『그래. 결과는 어떻더냐?』

나 참, 뭐 저리 급할까 싶었지만, 잠자코 묻는 말에 답이나 했다.

"그곳에 없답니다."

그러자 스승님에게서 굉장히 오묘한 기색이 풍겼다. 표정은 보이지 않아도 눈치로 알 수 있었다. 안도인 듯 하지만 그뿐만이 아니었다. 무언가 더 있는 듯했지만, 스승님의 의중을 모르는 나로선 알 길이 없었다.

"이제 돌아가도 되겠습니까."

나는 누가 봐도 불충한 태도로 고개를 모로 기울였다. 이제 좀 놓으라는 일종의 시위였다. 그러자 발끝에서 황금빛이 폭발적으로 발광하더니 시야가 홱 바뀌었다.

'아 진짜, 말 좀 하고 이동시키면 어디가 덧나냐고.'

아주 약간의 어지럼증을 느끼며 눈을 뜨자 처음 보는 건물 앞이었다. 하지만 나는 그곳이 어디인지 알 것 같았다.

그 안에서 흘러나오는 기운을, 너무나도 잘 알았기에.

재회

[레이첼]

 그곳은 척 보기에도 꽤나 외진 부지였다. 달리 말하자면 COAD와 멀다는 뜻이고, 그만큼 감시가 덜하다는 뜻이기도 했다. 아무리 용을 쓴다지만 세상이 보통 넓은 게 아닌 데다가 매지시스의 인원 수는 한정되어 있으니까.
 건물의 외벽은 겉으론 나무로 만든 것처럼 보이지만 나는 알았다. 저 어두운 갈색 나무판 안쪽에 더없이 단단한 콘크리트가 있다는 것을. 이 남루한 외형은 그저 눈속임에 불과했다.
 늘 상비하고 다니는 긴 로브를 뒤집어쓴 뒤 입구를 지키고 있는 사람들에게 다가갔다.
 "거기."

"누구십니까."

고저 없는 음성이 무뚝뚝하게 이어졌다. 나 또한 감정을 읽을 수 없는 목소리로 담담히 답했다.

"자네 수장을 뵙고 싶은데."

"지금은 일이 많아 곤란합니다. 나중에 다시 방문해 주십시오."

'일이 많다?'

기껏 돌려 말하는 꼴이 우스워 속으로 웃었다. 아, 당신들은 수장과 수장의 죽은 줄 알았던 동생이 피 터지는 싸움을 벌인 걸 고작 '일이 많다.'라고 표현하는 모양이지?

'루이도 영 노련치 못하네. 아랫사람을 입단속시킬 거면 제대로 했어야지 이렇게 속이 뻔히 보이는 핑계를 들어서야 쓰나.'

얼굴 보면 한소리 좀 해야겠다. 일단 앞길을 막는 이 녀석들을 치운 다음에.

나는 우습다는 듯 냉소하며 말했다.

"글쎄, 내가 누군지 알아도 자네 수장이 그리 답할지 궁금한데."

"당신이 누구든 간에, 출입은 불가합니다. 돌아가 주십시오."

"일단 전하고 보지 그런가? 붉은 눈을 가진 여자가 왔다고 전해도 같은 말이 돌아오면 돌아가겠네."

나는 아주 당당하고 오만하게 굴었다. 이리하면 내가 범상치 않은 이라는 것을 알아서 알아차릴 것이기에 퍽 편한 전략이었다. 내 존재 자체가 내뿜는 심상치 않은 기백을 읽었는지 경비원들도 마지못해 한 발짝 물러났다.

경비원의 눈썹이 꿈틀하더니 둘 중 한 명이 문을 열고 안으로 들어갔다. 상관에게 보고하러 가는 모양이었다.

잠시 후, 경비원이 묘한 표정으로 돌아와 내게 들어와도 된다는 말을 전했다. 그 표정을 굳이 해석하자면 이 상황이 못마땅한 듯했다.

그제야 건물 안으로 들어갈 수 있게 된 나는 한 방으로 안내받았다. 다만 좀 의외인 것이 있었는데, 건물의 어딘가가 무너지거나 하다못해 금이 간 흔적조차 없던 것이다.

'수장 자리를 탈환하려면 결투밖에 방법이 없는 걸로 알고 있는데.'

거의 목숨을 건 생사결이었을 텐데 건물이 이렇게 멀쩡하다고? 어디 준비된 곳에서 했을 리도 없다. 길거리에서 버티다 못해 죽은 줄 알았던 동생이 돌아올 걸 어찌 알고 준비한단 말인가. 알고 있다 해도 준비할 필요 따윈 없다.

그럼 이건 뭘까, 건물 자체가 특수한 재질인 건가? 칼부림의 난동 속에서도 멀쩡할 만큼 튼튼한?

그런 생각을 하며 방 앞에 멈춰 섰다. 경비원이 문을 두드리자 곧 안쪽에서

"들어와."

하는 소리가 들려왔다. 허락이 떨어진 후 문을 열고 들어가자 집무실 같은 넓은 공간에 책상에 앉아 있는 루이가 보였다.

"모셔 왔습니다, 녹터스 님."

모셔 와? 말은 퍽이나 정중하지.

'그나저나 녹터스면…… 아.'

이 조직의 수장을 '녹터스'라고 칭한다는 사실이 머릿속에 떠올랐다. '녹터스'라는 칭호 자체가 하나의 고유명사처럼 쓰이는 것이다.

"수고했다."

짤막한 말을 내뱉은 루이가 살짝 숙이고 있던 고개를 들었다. 그러자 얼핏 보기에는 무표정한 얼굴이 보였다. 입꼬리 끝이 살짝 움찔거리기는 했지만.

'오, 표정 관리는 괜찮네.'

혹시 내가 오자마자 평소처럼 좋다고 웃어버릴까 봐 조금 염려했는데…… 괜한 걱정이었나 보다.

루이가 말을 끝내자 경비원이 허리를 90도 숙여 깍듯이 예를 표한 후 밖으로 나갔다. 문이 닫히고 경비원의 발걸음 소리가 멀어지길 기다린 나는 이내 얼굴을 가리고 있던 로브를 벗었다.

"안녕, 루이."

"레이첼 님."

내가 이름을 부르자마자 루이의 입매가 순식간에 부드러이 풀어졌다. 조금 전의 무감정한 표정을 상상하기 어려울 정도였다. 루이는 눈 깜짝할 새에 자리에서 일어나 나에게로 다가왔다.

"기다렸어요. 조금 늦으시는 듯해서."

늦는 것 같은 게 아니라 진짜 늦었단다.

어느 망할 스승님 때문에 말이지.

"……그래."

속말을 삼키며 적당히 대답한 나는 문밖을 턱짓하며 말했다.

"경비원들의 인사말은 좀 바꾸는 게 좋을 것 같은데, 일이 많다는 건 너무 의심받기 쉬워."

"알겠습니다."

뜬금없는 조언에도 군더더기 없는 깔끔한 대답이었다. 바꿀 만한 몇 가지 예시까지 생각해 놨던 나는 조금 김빠진 기분이 되었다.

'이렇게 군말 없이 받아들일 줄은 몰랐는데.'

뭐…… 필요 없는 말이 줄어든 건 좋은 거지.

루이는 전에도 내 말이라면 당황스러울 만큼 당연하게 따르곤 했다. 다만 그땐 어려서 그런 거고, 성인이 된 지금도 이럴 줄은 몰랐지만.

하지만 뭐라 하기에도 애매한 것이, 자기가 해야 하는 것은 스스로 잘했다. 심지어 내가 한마디 참견하지 않아도 더없이 완벽하게 해냈다. 그저 요상한 타이밍, 그러니까 내가 예측할 수 없는 타이밍에 내 말을 무조건적으로 따를 뿐이었다.

딱히 나쁜 건 아니었다. 내가 뭐 이상한 의견을 내는 것도 아니니까. 그저 조금…… 기분이 묘해서 그렇지.

"뒤처리는?"

"깔끔하게 끝냈습니다. 그리 어렵지도 않았고요."

그의 말에 피식, 비웃음과 비슷한 바람 소리가 잇새로 새어 나왔다.

그가 말하는 '그리 어렵지 않았다.'의 대상은 그의 형이었다. 루이의 유년 시절 때는 결코 넘지 못할 벽과 같았을 절망이자 울분의 대상.

하지만 나는 현재의 루이와 그가 붙었을 때의 결과를 일말의 의심도 없이 확신할 수 있었다. 백이면 백, 루이의 승리일 것이 틀림없었다. 내가 루이를 가르쳤기에 누구보다 잘 알았다. 지금의 그라면 COAD 중에서도 총 10급 중 3급까지는 이길 수 있을 듯했다.

'2급은 나랑 이로, 그리고 그 외 사람들과 FSC의 후계자들이니까……'

거기까진 아직 무리일 것 같긴 하지만.

그래도 뛰어난 재능을 타고난 데다 노력도 했고 스승이 스승이니만큼, 기대에 부응하는 실력은 갖추었다고 할 수 있었다.

"잘됐네. 이제 아랫사람을 거를 차롄가?"

"아뇨. 몇몇을 제하면 '녹터스' 자체에 충성하는 사람들이라서요. 그놈이 특별히 부리던 놈들만 처리하면 더 손댈 건 없을 겁니다."

"그렇구나."

루이가 녹터스로 굳건히 버티는 이상 아랫사람들은 염려할 필요 없다는 말이었다.

루이가 잘 자리 잡은 것도 확인했고, 뒤처리도 잘한 것 같으니 이제 볼일은 끝났다. 로브를 뒤집어쓰고 몸을 돌려 문손잡이에 손을 뻗던 찰나, 미성의 목소리가 나를 붙들었다.

"그, 레이첼 님."

루이의 부름에 나는 도로 고개를 돌려 그를 쳐다보았다. 그러자 루이가 잠시 머뭇거리더니 이내 조심스레 입을 열었다.

"앞으로는, 루이가 아니라 '리온'이라고 불러주실 수 있으실까요?"

그 말에 진의를 파악하느라 대답이 늦어졌다. 잠시 머리를 굴리던 나는 이내 그 연유를 깨닫고는 작게 탄성을 내뱉었다.

"아, 루이는 아명으로 남기겠다는 거니?"

루이의 입장에서 '루이'라는 이름은 별로 좋은 의미가 아니었다. 무엇보다 지옥 같던 어린 시절을 떠올리게 하는 단어가 아닌가.

'나도…… 비슷한 이름이 있었지.'

그땐 아무렇지도 않았는데, 지금 생각해 보면 불쾌하기만 했다.

'……하여튼 쓸데없는 상념은 됐고.'

어쨌거나 루이라는 이름에 좋은 기억이 없어서든, 아니면 성인이 됐으니 마음가짐을 새로이 하고 싶어서든 내가 신경 쓸 일은 아니었다. 내 입장에서야 둘 다 별 차이 없으니.

"마음대로 해. 내게 물을 일은 아니잖아. 리온."

일부러 말끝에 '리온'을 붙였더니 루…… 아니, 리온의 표정이 소리 없이 밝아졌다.

'역시 웃는 게 보기 좋네.'

"이만 갈게."

양쪽 다 볼일이 끝났으니 이제 진짜 가야 되겠다 생각하고 움직이려던 순간, 문 너머 복도에서 다급한 발소리가 들리더니 곧 다소 크고 빠른 노크 소리가 방을 울렸다.

똑똑똑.

"실례하겠습니다. 녹터스 님."

"무슨 일이지?"

순식간에 표정을 굳힌 리온이 나와 마주할 때와는 전혀 다른 목소리로 말했다. 높은 사람들이 으레 그렇듯 고저가 없어 의중을 읽기 힘든 목소리였다.

'저렇게 하니까 그래도 나랑 있을 때랑은 다르게 지배자 느낌이 나네. 다행이라고 해야 하나.'

"COAD에서 사람이 방문했습니다."

……뭐?

갑작스러운 방문에 놀란 것도 잠시, 다소 당황한 나에게 리온이 작게 소곤거리며 설명을 해주었다. 그 역시 예상치 못한 일인 듯 당황한 눈치였다.

"저도 조금 전에 알게 됐는데, 이 조직이 COAD의 정보망 중 하나인 모양이더라고요. 이곳의 불법적인 일을 눈감아 주는 대신 정보와 충성을 요구했다고 했습니다."

'그런데 지금 여긴 왜 온 거지?'

밖에 있는 사람을 의식하며 입 모양으로 묻자 리온이 친절하게 답해주었다. 물론 여전히 목소리를 낮춘 채였다.

"주인이 바뀌었다고 하니 와본 거겠죠. 새로운 놈이 써먹을 만한가 아닌가 보려고."

'아니라면?'

"죽이겠죠. 어떻게든."

입 모양으로 중얼거리는 말을 용케 알아들으며 대화를 이어가는 리온을 보며 나는 한쪽 입꼬리를 끌어올렸다. 저들이 이곳에 온 이유를 정확히 짚어낸 그의 모습이 흡족했기 때문이었다.

'그럼 어떻게 해야 할까?'

'우선 따르는 편이 좋겠습니다. 굳이 척을 지는 것보단 가까이서 정보를 캐는 게 나을 테니까요.'

문제를 내는 선생님 같은 투로 묻자 모범 대답이 돌아왔다. 심지어 중요한 내용이라고 덩달아 소리 없이 입 모양으로 말하기까지 했다. 나는 속으로 생각했다. 이 정도면 합격이라고.

'그래, 그럼 나는 이만……'

포탈을 타고 가겠노라고, 그리 말하려 했다. 혹시나 밖에 나갔다가 COAD에서 온 사람을 만나면 곤란하니 말이다.

그때였다.

문밖에서 들려오는, 또 다른 발걸음 소리를 들은 것은.

'무슨……'

지금 포탈을 쓰기에는 늦었다. 포탈은 열고 닫는 시간이 필요했기에 저 속도라면 포탈이 닫히는 모습을 들키게 될 것이 분명했다.

그렇다면 어딘가에 숨어야 하나? 잠시만, 그렇지만 이곳엔 마땅한 공간이 없……

벌컥.

"아, 여긴가."

"N, N 님! 지금은 아무도 들이지 말라고……"

미처 생각을 끝내고 실행하기도 전에 문이 열리고 사람들이 들어왔다. 그리고 그중 맨 앞에 있는 사람의 음성과 그를 막는 경비원이 부르는 호칭을 듣는 순간, 심장이 철렁 내려앉으며 몸이 그대로 굳어버렸다. 그건 내가 어찌할 수 있는 반응이 아니었다.

네이브.

'네가 왜……'

네가 왜 여기 있는 거지?

당연한 이야기지만 COAD에서도 업종은 여러 개로 나뉜다. 가장 크게는 외부업과 내부업으로 나뉘고, 그 안에서 또 세부화되는 식이었는데……

'네이브가 여러 정보망 등 COAD의 몇몇 휘하 기관 담당도 겸하고 있는 건 알고 있었지만, 이런 일까지 할 줄은 몰랐지!'

심지어 나는 이런 조직의 수장이 바뀔 때 COAD에서 직접 사람을 파견한다는 것조차 알지 못했다. COAD가 원체 폐쇄적이어야지. 거의 모든 이들이 자신이 하는 일 외에는 어떤 일이 있는지도 모른 채로 사는 게 보통일 정도였으니까.

"당신인가? 이번에 수장이 된 이가."

일행 중 가장 앞에 서 있던 네이브가 당당한 어조로 말했다. 네이브의 뒤에는 3명 정도 되는 사람들이 따라 서 있었는데, 네이브를 제외하곤 모두 나처럼 긴 로브를 두른 차림새였다.

'이런 곳에서 로브를 두르지 않는다는 건, 로브를 두를 필요가 없다는 뜻.'

정확히는 정체와 외형을 숨길 이유가 없다는 뜻이었다. 마스터 C의 후계자가 이런 외모를 가지고 있다는 사실을 다른 사람이 알든 말든 신경 쓰지 않을 만큼 자신감이 있다는 것이다.

'오히려 저 모습에 위압감을 느끼기도 한다고 하니까.'

생각을 해보라, 주변에는 모두 로브 속에 꼭꼭 숨어 있는 와중에 혼자만 모습을 드러내고 있다면 어찌 됐든 눈에 띄지 않겠는가. 그런 연극적인 효과를 가장할 의도도 없지 않아 있을 것이다.

나는 푹 눌러쓴 로브 아래로 네이브의 모습을 힐끔거리며 관찰했다.

'처세술이 좋네. 무례하진 않지만, 자신이 상관이라는 걸 가감 없이 드러내고 있어.'

아니, 어쩌면 당연한 걸지도 모르겠다. 네이브는 그런 위치니까. 나와는 다르게.

"네. 그렇습니다."

리온 또한 순식간에 표정에서 감정을 지우고 의례적인 미소를 지어 보였다. 하지만 거기서 그치지 않고 더욱 생글거리듯 웃어서 되레 감정을 읽기 어렵게 했다.

"옆에 있는 자는 누구지?"

얼굴을 감추려 고개를 살짝 숙이고 있어 그의 얼굴을 볼 순 없었지만 네이브의 시선이 나를 향했다는 것쯤은 알 수 있었다. 목소리를 들으면 나인 것을 들킬 게 뻔했기에 나는 침묵했다. 대신 리온이 입을 열었다.

"제 의뢰인입니다. N 님께서 하필이면 상담 중에 들어와 버리신 터라 자리를 비워두지 못했군요. 이만 내보내겠습니다."

내 얼굴이 드러나지 않게 조심하며 리온을 힐끗 일별하니 그가 내게 나가라는 의미로 턱짓했다. 혹시라도 이런 상황이 오면 의뢰인인 척하기로 사전에 말을 맞춰두었던 터라 조금은 마음이 놓였.

초조함 탓에 빠르고 강해진 심장박동을 숨기며 자연스러운 걸음으로 문까지 다다랐다. 문을 열기 위해 문고리에 오른손을 올린 순간, 네이브의 목소리가 귓가에 내리꽂혔다.

"거기."

명백히 나를 지목한 음성이었다. 이젠 심장이 쿵쾅대다 못해 귓가에 소리가 울릴 지경이었지만 겉으론 애써 태연함을 가장하며 뒤를 돌았다. 물론 얼굴이 절대 보이지 않도록 손으로 후드를 꾹 눌러쓴 채였다.

어차피 이 조직 자체도 떳떳지 못한 지하조직이기 때문에 이곳의 의뢰인을 가장한 이상 대답을 하지 않아도 아주 이상한 일은 아니었다. 네이브도 딱히 대답을 바란 부름은 아니었는지 곧바로 말을 이었다.

"이따가 나 좀 보지."

뭐?

'내가 널 왜 봐. 보면 칼부림밖에 더 할까.'

어처구니없는 말을 들은 나는 기가 차다는 표정을 지었다. 어차피 로브 때문에 보이지도 않았을 테지만. 물론 정체를 들킨 게 분명하다는 생각에 심장이 난리를 치는 건 덤이었다. 정체를 들킨 게 아니라면 그가 나를 붙잡을 이유가 없었다.

"옆방으로 모셔라. 업무가 끝난 후 찾아갈 테니."

모시긴 뭘 모셔. 아니, 애초에 나랑 네가 왜 만나는데.

'아, 납득할 만한 이유가 하나 있긴 하구나.'

나를 체포할 속셈이라면 말이 되지. 근데 그럴 거면 그냥 여기서 잡지 왜 굳이 자리를 옮겨?

만약 리온과 내가 한통속일 가능성까지 고려해서 리온과 떼어놓을 생각이었다면 굉장히 맞는 말이긴 한데, 거기까지 생각했을 가능성은 상당히 낮았다. 그러니 다른 가능성을 생각해 보자면…… 지금 옆방으로 옮겼을 때 기습이라도 하려나?

일단 네이브의 명령에 따라 나를 안내하는 사람을 순순히 따라갔다. 포탈을 사용해 도망갈까 하는 생각도 했지만 그럴 순 없었다. 포탈을 쓰면 쓴 흔적을 따라 소량의 마력흔이 남기 때문이었다. 물론 아주 적은 양이기에 그걸 추적하는 게 보통 어려운 일은 아니지만, 네이브 정도의 실력이라면 그것도 식은 죽 먹기에 불과했다.

어쩔 수 없지.

'기습이라도 하면 다 때려눕히고 튀는 수밖에.'

그러면 COAD에서 리온에게 따져 물을 수도 있겠지만 뭐, 의뢰인에 불과하고 나머진 모른다라고 하면 알아낼 길이 없었다. 그 후에 리온을 만나기가 좀 까다로워지겠지만 그것도 딱히 큰 걸림돌이 되진 않았다. 조금 귀찮아지기야 하겠지만.

그렇게 나는 어느 한 방으로 들어가게 되었다. 아, 물론 날 안내한 녀석도 같이. 아마 감시할 목적인 것 같긴 한데 좀 의아했다. 기습을 계획하는 놈들은 보통 감시를 하지 않는다. 상대를 방심시켜야 될 마당에 왜 경계심만 높이겠는가. 근데 왜 이놈은 여전히 방을 떠나지 않은 채 나를 감시하고 있었다.

'……설마 네이브, 얼굴 좀 보자는 말이 진심인 건 아니겠지.'

설마, 너랑 내가 무슨 할 말이 있다고 만나?

혹시나 싶은 마음에 그 이유를 짐작하려 기억을 되짚어 본 나는 얼마 지나지 않아 한 가지 깨달음을 얻었다.

'……아.'

우리, 마지막으로 만났을 때 그렇게 헤어졌었구나.

너에게 내가 반역자라는 걸 들킨 날, 그때가 마지막이었다.

'……할 말이 있을 만하네.'

정확히는 물어보고 싶은 게 많겠지.

그런데 어쩌나, 그중에서 내가 대답할 수 있는 게 있을까 모르겠다.

그렇게 잠시 여러 가능성을 짚어보던 나는 결심했다.

일단 만나보자.

어차피 기습을 하면 아까 말했듯이 가뿐히 밟아버리면 되고, 잡아가려고 하면 튀면 되고, 진짜 얼굴 보고 대화라도 나누자고 하면 적당히 맞춰주다가 상황 봐서 잘 빠져나가면 될 일이다.

'우선 두고 보자고.'

과연 뭐라고 하는지. 단단히 지켜볼 것이다.

[네이브]

'여기서 너를 보게 될 줄은 꿈에도 몰랐는데.'

안내하는 사람을 따라 방 밖으로 나가는 레이첼을 보며 쉴 새 없이 쿵쿵 뛰는 심장을 겨우 진정시켰다.

그날 헤어지고 나서 끊임없이 생각했다. 너는 왜 COAD를 배신했을까, 그때 화를 내지 말고 차분히 대화를 나눠봤어야 했나? 다시 만나면 어떻게 해야 하나? 아니, 다시 만날 순 있을까? 만약, 만약에 다시 만난다면…… 우리는 서로에게 칼을 겨눠야 하나?

의문의 대부분은 레이첼에게 물어봐야만 답을 알 수 있는 것들이었다. 다만 딱 두 가지, 내가 결론을 내릴 수 있는 것이 있었다.

만약 다시 만나게 된다면, 나는 너를 어떻게 대해야 될지.

만약 다시 만나게 된다면, 나는 너를…… 체포해야 할지.

우선 후자부터 답을 하자면, 답은 '체포할 수 없다.'였다. 내가 체포해서 데려가면 무슨 꼴이 날지 뻔히 아는데 어떻게 체포할 수 있을까. 설령 레이첼의 존재 자체가 COAD에 위협이 된다 하더라도 나는 레이첼을 체포할 수 없었다.

'문제는…… 레이첼의 성격상 나를 엄청 경계할 거란 말이지.'

그런데 우리가 차분하게 대화만 할 수 있을까, 그것이 좀 걱정되었지만 지금 당장은 이보다 좋은 방법이 생각나지 않았다. 지금 다른 방에 있을 레이첼을 떠올리며 본래 용건으로 만나러 온 이를 돌아보았다.

"잠시 실례했네. 이만 본론으로 넘어가지."

웃는 낯으로 고개를 돌리자 차분하게 웃고 있는 자의 얼굴이 눈에 들어왔다. 밤이라 그런지 빛나는 은발이 시렸다. 햇빛 아래에서 보면 제비꽃색이었을 눈동자가 지금은 어두운 흑자색이었다.

그자의 얼굴을 찬찬히 뜯어보던 나는 처음에 느낀 감상을 되새겼다.

'역시, 어리다. 이 조직의 수장이라고는 믿을 수 없을 정도로.'

물론 전 수장도 22세로 어린 편이긴 했다. 그런데 이곳에 오기 전 확인한 보고서에 따르면 저자는 전 수장과 2살 터울의 형제였다. 그러니 지금 약 20살일 텐데 자기 형제를 이겼단 말이지. 심지어 6년 동안 실종 상태였다는데, 그동안 실력을 쌓은 건가.

'하면 누구에게?'

어렸을 적의 실력 차이는 쉽게 극복되는 것이 아니었다. 그런데 지금에 와서 수준급의 실력을 갖춘 실력자가 되었다는 것은 정말 훌륭한 스승이 없다면 불가능한 일이었다.

이런 내 속은 모르는 그는 흠잡을 데 없는 미소를 보이며 인사했다.

"이곳의 수장 녹터스. COAD에 인사드립니다."

지금 나는 N이 아니라 COAD를 대표하는 사람이기에 그가 내게 하는 인사말도 내가 아닌 'COAD'에 하는 것에 가까웠다.

"그래."

짤막하게 인사를 받았다. 서로 적당히 예의를 챙기는 것처럼 보일지 몰라도 새로운 수장과 나의 태도에 따라 앞으로의 관계가 크게 바뀔 수도 있는 만큼 양측 모두 어느 정도 긴장을 유지하고 있었다.

"그대, 진명이 어떻게 되지?"

갑작스러운 본명 공개 요청에 당황할 법도 한데 그는 곧바로 대답했다.

"리온입니다."

'흠, 대답이 꽤 빠른데?'

기실 그가 내게 자신의 진명을 꼭 밝혀야 할 이유는 없었다. 대신 대답에 따라 그에 담긴 진의가 다를 수는 있는데, 예를 들면 바로 대답하면 나를 경계하지 않는다는, 즉 신뢰의 의미이고, 잠시라도 머뭇대거나 거절한다면 불신의 의미로 해석할 수 있었다. 한마디로 나를, COAD를 믿지 않는다는 뜻으로. 그렇게 되면 나 또한 그 의미를 알아차리게 되고, 그러면 사이가 틀어질 가능성까지도 생기게 되는데……

'그런데 이 모든 가능성을 그 짧은 시간 안에 계산하고 답했단 말이지.'

좋게 말하자면 처세술이 좋은 거고, 나쁘게 말하자면 어린것이 영악한 것이다. 물론 어느 쪽이든 멍청한 것보다는 낫지만 그렇다고 딱히 기꺼운 일도 아니었다.

"그렇군. 잘 알겠네."

길지 않은 몇 마디가 오가는 동안 각자의 태도는 한결같았다. 나는 오만하거나 무례하지 않되 관찰하는 시선으로 그를 탐색했고, 그 또한 정중하고 깍듯한 태도를 유지하되 간간이 나를 살피듯 일별했다.

"……COAD에서는."

짧은 침묵이 오간 후, 그가 조심스럽게 입술을 떼었다.

"원래 이렇게 요직에 계신 분이 오는 겁니까?"

휘하 조직의 수장이 바뀌는 일에 마스터의 후계자씩이나 되는 거물이 오는 게 일반적인 일이냐는 말이었다. COAD에서 전보를 보내긴 했으나 내가 오리라고는 예상치 못한 모양이었다.

'실종됐다가 다시 돌아와 자리를 탈환했다고 하더니, 아비로부터 아무것도 듣지 못한 건가.'

하기야, 아들이 둘인데 하나가 실종되고 다른 하나는 정식 후계자가 되었다. 그리고 시간이 지난 후에 죽은 줄 알았던 동생이 돌아와서 형을 죽였다. 딱 답이 나오는 상황 아닌가.

쫓겨났거나, 도망쳤거나, 둘 중 하나지.

아, 죽이려고 했다가 실패했을 가능성도 있겠군. 그러나 진실이 무엇이든 나와는 상관없는 일이었다. 어차피 지금 중요한 것은 현재 수장이 누구냐는 것뿐이었으니까.

'지금 막 돌아온 상태라 정보가 부족한 모양인데.'

보통은 전대 수장에게 전해 받지만, 이번 녹터스의 경우에는 그럴 겨를이 없었기에 이런 사소한 정보는 모르는 모양이었다.

흐음……

내가 굳이 도와줘야 할 필요는 없겠지. 내가 훨씬 더 바쁜데 뭐 좋을 게 있다고.

"그런 경우도 있고 아닌 경우도 있지."

"……그렇군요."

불친절한 나의 대답에 그의 답변도 다소 느리게 돌아왔다. 이쯤 되니 이 상황에도 변함없이 짓는 저 미소가 퍽 대단하게 느껴졌다.

"더 할 말이 없다면 이만 가보도록 하지."

그리 말하며 내 뒷사람들에게 손짓하자 동상처럼 움직임이 없던 사람들이 절제된 움직임으로 몸을 돌렸다. 나는 가기 전 마지막으로 그의 얼굴을 바라보았다. 나의 시선을 느낀 그는 나와 눈을 맞추며 남자답지 않게 예쁜 얼굴로 미소 지었다. 그 모습을 말없이 응시하던 나는 이내 고개를 돌리고 방을 나섰다.

레이첼이 있을 방 앞에 서자 심장이 속절없이 뛰기 시작했다. 얼른 보고 싶다는 막연한 설렘과 레이첼의 얼굴에 드리운 싸늘함을 마주할 두려움이 뒤섞인 두근거림이었다.

'아, 그러고 보니, 레이첼은 기감이 좋아서 문을 열지 않아도 이미 내가 온 걸 알았을 텐데.'

이제 와 알아차려 봤자 때늦은 깨달음이었다. 천천히 심호흡을 한 나는 문고리를 돌려 안으로 들어섰다.

안에는 로브를 입은 두 사람이 거리를 둔 채 서 있었다. 한 사람은 레이첼이고, 다른 사람은 나와 함께 온 COAD의 사람이었다.

나는 그중 한 사람에게 나가라는 의미로 손을 내저었다. 그러자 그는 그림자처럼 말없이 방을 나갔다.

달칵.

문이 닫히는 소리가 고요한 방에 나지막이 울렸다. 둘만 남은 상황에서 여전히 로브로 얼굴을 가린 레이첼을 향해 나는 예쁘게 웃어 보였다.

"레이첼."

몇 번 더 모른 체할 수도 있을 것 같다고 생각했는데, 의외로 레이첼은 담담히 손을 들어 올려 푹 눌러쓴 로브를 벗어 보였다.

헤어진 후 처음 보는 레이첼의 모습에 숨이 트이는 것도 잠시, 시선을 마주치는 붉은 눈동자가 지독히도 무감해서 속이 쓰렸다. 무표정한 얼굴에서는 일말의 감정조차 읽을 수 없었다.

오래전부터 봐오던 온기의 편린조차 없는 레이첼을 보자 가슴 한편이 욱신거리기 시작했다. 단순히 관계가 바뀐 것에 대한 씁쓸함만이 아니었다.

레이첼은 쉽게 곁을 내주지도 않지만 한번 비틀어진 관계는 칼같이 끊어내는 사람이었다. 그리고 한번 끊어낸 사람을 다시 제 울타리 안으로 들이는 경우도 일절 없었다. 그래서 그 울타리 안에서 쫓겨나지 않으려 그리도 애를 썼건만, 이렇게 어긋나 버릴 줄은 꿈에도 몰랐다. 이건 그 부분에서 오는 슬픔과 아픔이었다.

"어떻게 알았어? 나인 거."

레이첼이 눈을 가늘게 뜨며 물었다. 그 눈에 서려 있는 것은 선명한 경계였다.

그 와중에도 말을 놓는 레이첼이 기꺼워서, 나의 미소는 더욱 깊어졌다. 그런 내가 미친 것 같다고 스스로 자각하면서도 그랬다.

COAD에서 레이첼은 내게 항상 존대를 했다. 그게 서로의 거리감을 나타내는 행동이라는 걸 모를 만큼 나는 멍청하지 않았다. 그래서 나는 내심 레이첼이 말을 놓기를 원해왔다.

우리 사이에 일말의 거리감도 없었던 그때처럼.

물론 지금 레이첼이 말을 놓은 것이 그 뜻이 아니라는 건 잘 알았다. 잘 알기에, 또 한 번 아팠다.

"……네가 문을 열려고 할 때, 그때 알았어."

레이첼과 다르게 나는 어제 만나고 오늘 만난 친구를 대하듯 편한 어투로 말했다. 나까지 경계하고 벽을 세우면 우리의 관계가 그대로 끊어질 것만 같았다.

레이첼이 계속 벽을 세운다 해도 나는 손을 내밀 것이었다. 그렇게 하지 않으면 안 되었다.

"그때?"

레이첼이 고개를 비틀었다. 거기서 어떻게 알아챘다는 것인지 이해하지 못한 표정이었다.

"그 팔찌."

내 시선이 레이첼의 오른쪽 손목을 향했다. 그 순간 그 의미를 알아차렸는지 레이첼의 손끝이 흠칫 움찔거렸다.

"네가 매일 하고 다니잖아."

모르려야 모를 수가 없었다. 레이첼은 하루도 빠지지 않고 팔찌를 했고 나는 매일 레이첼의 모습을 쫓았으니까. 눈에 익지 않는 게 이상할 정도였다.

레이첼의 얼굴에 짧은 낭패감이 스쳤다. 그러나 그 흔적은 눈 깜짝할 사이 지워졌다. 나를 적으로 의식한 것이 분명한 행동이었다. 속이 불편했다. 아니, 기실 불편한 것인지 아픈 것인지 분간이 되지 않았다. 별것 아닌 작은 행위에도 일일이 상처받는 내가 한심했다. 내가 이렇게 아파한다고 레이첼이 알아주는 것도 아닌데.

"왜 만나자고 했어?"

레이첼이 경계심 가득한 눈으로 물었다. 그 와중에 꼭 필요한 말만 하는 것이 느껴졌다. 평소에 레이첼의 감정 변화에 많이 신경 쓰다 보니 남들 같으면 알아차리지 못할 것들도 일일이 알아차리고, 또 그것에 상처받았다.

"……물어볼 게, 있어서."

"말해. 대답해 줄 수 있을진 모르겠지만."

단칼에 거절하지 않은 것에 감사해야 하는 건지. 진짜로 대답을 해줄지 말진 모르겠지만 나는 물어야 했다. 나는 긴장감에 손가락을 꼭 쥐었다. 주먹 쥔 손이 조금 습하게 느껴졌다.

"……왜 배신했어?"

내 질문에 레이첼은 조소를 터트렸다. 그 모습을 보고 당황한 나의 표정을 관망하던 레이첼이 되물었다.

"뭘?"

"뭐라고?"

"내가 뭘 배신했는데?"

그걸 진짜 몰라서 묻는 건가. 나는 레이첼의 진의를 알 수 없어 혼란스러운 눈으로 그녀를 바라보았다.

"COAD를, 배신했잖아."

COAD를, 나를, 배신했잖아.

그녀에게 가닿지 않을 목소리가 입안을 맴돌았다.

레이첼이 반역자라는 걸 처음 알았을 당시의 기억이 떠오르자 그때 받은 상처도 뒤이어 떠올랐다.

수많은 의문이 머릿속을 채웠지만 가장 비중이 큰 것은 그것이었다.

네가 우리를 배신했다면, 대체 언제부터 그랬던 것인지.

적어도 처음부터는 아니었을 거라고 믿고 싶었다.

만약 그런 거라면 내가 너무…… 비참해지니까.

내가 웃으며 자연스럽게 '우리'라고 말할 때, 너는 늘 다른 생각을 했다는 것 아닌가. 단 한 번도, 둘 다 '우리'라고 생각한 적은 없다는 것이었다.

그것만 생각하면 가슴이 문드러지는 것 같았다.

그러니까 아니길 바랐다.

처음부터는 아니었기를.

우리가 같은 생각을 하고, 같은 미래를 그린 적이 있었기를……

내 말에 레이첼은 같잖다는 듯한 표정을 지으며 말했다.

"한 번이라도 함께한 적이 있어야 배신이지. 난 그런 적 없는데."

아니, 아니야.

우리는 COAD에 함께 속해 있었고, 함께 임무를 수행한 적도 있으며 별 의미 없는 일로 함께 시간을 보낸 적도 있었다.

하지만 마음으로는 이렇게 부정해도 머리로는 알고 있었다.

레이첼이 말한 '함께'는 물리적으로 같은 공간을 공유한다는 의미가 아니라는 것을.

그걸 알기에 가슴이 저 끝까지 내려앉았다.

참 얄궂기도 했다. 왜 딱 그 생각을 하고 있을 때 그리 말해서 사람을 절망하게 만드는지.

나는 감정 없는 눈으로 나를 바라보는 레이첼의 모습을 아로새기듯 눈에 담다가, 이내 가만히 눈꺼풀을 내렸다. 시야가 어두웠다.

속이 엉망인 와중에도 이것만은 알 것 같았다.

설령 레이첼이 한 행동이 배신이 아닐지라도, 내가 느낀 감정은 분명 배신감이었다.

내가 표정 관리를 제대로 했는지 알 수 없었다. COAD에서 평생을 살면서 숨 쉬듯이 했던 것인데, 이상하게도 지금은 해내지 못했을 것 같다는 예감이 들었다. 그 예감을 더 분명히 해주듯, 나를 보는 레이첼의 표정이 아주 미묘하게 변했다.

약간의 시간이 지난 후에야 나는 입을 열었다.

"……그래, 그건, 그건 그렇다 치고. 이유는 뭐야?"

"왜 반역자가 됐냐고 묻는 건가?"

"……그래."

사실 나도 내가 뭘 물어보고 싶은 건지 모르겠다. 묻고 싶고, 듣고 싶은 말은 많은데, 네가 그걸 말해줄 리가 없으니.

약간 느리게 돌아온 나의 대답에 레이첼은 나의 눈을 똑똑히 응시하며 말했다.

"이유야 많지. 네가 생각하기에 정말로 이유가 없는 것 같아서 물어보는 거야, 설마?"

"……"

……글쎄.

기실 대상이 레이첼이라는 것만 지워놓고 본다라면, 한 사람이 역심을 품을 만한 연유는 여러 가지가 있었다.

이 세계는 문제가 많았다. COAD에 모든 권력, 물자, 부, 등이 모여 있다 보니 매지시스가 아닌 평범한 인간들은 살아가는 것 자체가 힘겨웠다. 그렇다고 해서 COAD에서 복지 따위를 해주는 일도 거의 없었다. 가뭄에 콩 나듯 아주 가끔 해줄 때마저도 보여주기식에 불과했다.

　인간들이 살아가고 돈을 버는 방법은 많지 않았다. 매지시스의 사용인이나 매지시스가 운영하는 회사에 취업할 수 있으면 운이 좋은 거였다. 취업에 실패하면 COAD에서 노동력을 필요로 할 때 일용직으로 쓰이고 적은 임금을 받거나, 아니면 물건이나 음식을 생산해 다른 인간을 상대로 장사를 하며 생계를 이어가야 했다. 정 상황이 어려운 이들 중에는 매춘을 하는 경우도 있었다. 뭣도 가진 게 없으면 길거리에서 구걸을 하는 사람도 심심치 않게 찾아볼 수 있었다. 그렇게 해도 인정이 박해서 얼마 받지도 못하는 경우가 태반이었다.

　가장 높은 곳에 있으면 아래 사정은 눈에 들어오지 않는다는데, 어느 정도는 맞는 말이었다. 눈에 들어오지 않는 게 아니라 보고도 모른 척한다는 것이 다르지만 말이다. 나 또한 그리 다르지 않았다.

　솔직히 말해 가엾지 않은 것은 아니다. 나도 감정이란 게 있는 사람이니 그걸 보고도 아무렇지 않을 순 없었다. 하지만, 그렇다고 해서 내가 그들에게 무엇을 해줄 수 있는가? 무엇을 해주는 게 의미가 있나? 어차피 근본적인 원인은 이미 이 땅에 뿌리박힌 지 오랜데. 그것을 바꿀 수 있는 방도는 없었다. 이기적인 소리지만, 내 입장에서는 바꿀 이유도 없었다.

　그래서 외면하고 살았다. 외면하는 자신을 떳떳하게 만들어 줄 그럴듯한 명분도 있었다.

우리는 마법을 쓸 수 있고, 저들은 죽었다 깨어나도 마법을 쓰지 못할 테니까. 그러니 저들과 나는 처음부터 다른 것이었다. 우리가 이렇게 높은 곳에서 살고, 저 밑바닥에 저들이 사는 것은 당연한 이치였다.

내가 이런 사고방식을 가지게 된 데에는 COAD의 교육도 한몫했다. 굳이 내가 고민하지 않아도 이런 식으로 가르쳤으니까.

우리는 처음부터 인간과는 다른 존재이고, COAD가 인간들을 지배하는, 이러한 수직적인 관계가 형성된 것은 아주 오래전의 일이다. 그 이후로 격변이 일어나 COAD가 흔들린 적은 단 한 번도 없었으며, 앞으로도 그럴 것이다.

뭐 대충 이런 내용이었다.

주변 환경이 이런 식이니 그 말에 반박하는 게 더 이상할 지경이었다. 물론, 반박하는 말을 내뱉기라도 했다간 바로 저승행 열차를 타게 되겠지만 말이다.

그래서 그냥 눈감고 살았다. 도덕적인 잣대로 보았을 때는 결코 용서받을 수 없는 일이더라도 현실적으로는 현명한 방법이었다.

결국 이것은 COAD의 생존방식이라고도 할 수 있었다. 그렇게 해야 정신을 붙들고 그곳에서 살아갈 수 있었으니까.

물론 나도 이것이 정상이 아니라는 것은 잘 알고 있었다. 하지만 설마 이 뿌리 깊은 모순을 레이첼이 지적할 줄은 몰랐다.

레이첼은 COAD 사람이 아님에도 그 누구보다 완벽하게 COAD에 적응했다. 마법 사용의 유무를 넘어서 애초에 사람을 해치고 고문하고 이용하는 등에 굉장히 초연한 태도를 취했다. 이게 말이 초연한 것이지, 사실상 거의 무감한 수준이었다.

이뿐만 아니라 철저한 약육강식의 체계인 것도, 배신이 난무하고 아무도 믿을 사람이 없는 COAD 특유의 사회적 분위기에도 아무렇지 않아 보였다. 처음 COAD에 들어왔을 때 혹시나 충격받을까 걱정하며 지켜보던 것이 무색할 정도로.

그래서 레이첼이 COAD에 반기를 들었다는 걸 알게 됐을 때에도, 도덕적인 이유일 것이라고는 생각지도 못했다. 처음부터 그런 것과는 거리가 먼 이였기에. 내가 레이첼을 박하게 평가하는 것이 아니라 객관적으로 봤을 때 그랬다.

그런데 이제 와서 도덕을 운운하다니, 이걸 믿어야 되나 말아야 되나?

양심의 가책을 느끼는 레이첼이 상상되진 않지만 여기서 "넌 도덕심 따윈 없잖아!" 하는 것도 웃겼다. 진짜 만에 하나라도 진심이면 어쩌려고.

그런 이유들로 할 말을 잃고 입을 다무니 레이첼이 그럴 줄 알았다는 듯 입꼬리를 비틀었다.

"없기는 무슨, 네가 제일 잘 알겠지."

여전히 입을 다물고 복잡한 표정을 짓고 있는 나를 잠시 응시하던 레이첼이 곧 입을 열었다.

"그리고."

어느새 살짝 레이첼을 피해 있던 시선을 들어 올리자 아까와는 다른 표정을 짓고 있는 레이첼이 시야에 들어왔다.

"이딴 건 왜 물어봐?"

이런 질문이 날아올 줄은 몰랐기에 잠시 당황했다. 왜 물어보긴 왜 물어봐. 궁금하니까, 네 상황을 이해하고 싶으니까. 하지만 레이첼은 내가 대답할 시간을 주지 않고 이어 말했다.

"네 입장에선 그냥 잡아가면 끝이잖아? 넌 다른 반역자들한테도 이렇게 일일이 물어보고 잡아갔어? 아니잖아."

신랄한 레이첼의 말에 정곡을 찔린 나는 망치로 한 대 얻어맞은 기분이었다. 물론 나도 내가 레이첼을 대하는 태도가 다른 반역자들을 대하는 태도와 완전히 다르다는 것을 인지하고 있었고, 그것에 대해 구태여 변명할 생각도 없었다.

어째서 다르냐고 물으면…… 레이첼이니까. 그래, 너니까. 그 대답밖에 생각나지 않았다.

그래서 그냥 솔직하게 말했다.

"아니었지."

"그런데 나한텐 왜 이러실까."

"너니까."

이번에는 레이첼이 말이 없어졌다. 레이첼의 얼굴에 짧은 시간 동안 다채로운 감정들이 스쳐 지나갔다. 아주 미묘한 변화들이었지만 적어도 나만큼은 알아볼 수 있었다. 잠시 어처구니없는 표정으로 눈을 나를 바라본 레이첼이 시니컬한 어투로 중얼거렸다.

"미쳤구나."

"미치진 않았어."

평소라면 레이첼의 말에 반박하지 않았을 테지만 이번에는 가만히 있기 싫었다. 내가 내린 '너이기에'라는 결론이 똑똑히 제정신으로 내린 결론이라는 것을 부정당하는 건 용납할 수 없었다.

내 대답을 들은 레이첼이 코웃음을 쳤다.

"아. 그래, 그렇겠지. COAD에선 미친 게 정상이니까."

"……"

그 말을 들으니 진지하게 고민이 되기 시작했다. 나는 제정신인 건가 아닌 건가. 그래서 COAD에서는 나름 정상인 편에 속한다고 생각했는데.

그래도 객관적으로 봤을 때 내가 정상이든 아니든, 내가 한 말이 진심인 것은 변하지 않았다. 이 마음을 레이첼이 알아줬으면 하는 바람도 어쩔 수 없이 존재하긴 하지만…… 그리 가능성이 높지 않다는 것 또한 너무도 잘 알고 있었다.

"나 때문이라고? 나니까 이렇게 대해주는 거라고?"

레이첼이 비꼬는 듯한 말투로 내 말을 되뇌었다. 곧 그녀의 입가에 비뚜름한 미소가 걸렸다.

"지금의 내가 아니라, 그때의 나를 떠올리는 건 아니고?"

날카로운 말에 나는 몸을 작게 움찔했다. 그런 내 모습을 지켜본 레이첼의 눈이 차갑게 식었다.

"잘 들어, 네이브. 지금의 나는 그때의 내가 아니야. 네가 그리워하는 소녀는 이미 없어진 지 오래고."

방금 나도 모르게 움찔했던 것이 레이첼 내면의 어딘가를 건드린 모양이었다. 나를 보는 레이첼의 붉은 적안에는 차디찬 한기가 엿보였다.

"그건 그냥 허망한 백일몽에 불과해. 어린 날에 하잘것없는 꿈에 불과하다고. 넌 꿈을 꾼 거고, 꿈에서 깨면 네가 있는 이곳은 현실이야."

시선이 닿는 곳이 얼어붙을 것처럼 차가운 눈이 내 속을 꿰뚫어 볼 듯 직시했다.

"현실에서 꿈을 찾으면 안 되지, 안 그래?"

그녀의 말 하나하나가 내 속을 후벼팠다. 우리가 진심으로 함께 웃었던 나날을 부정하는 말을 들으니 눈시울이 달아올랐다.

허망하지 않다고. 하잘것없는 꿈에 불과하지 않다고 말하고 싶었다.

하나 끝내 입이 떨어지지 않았다.

말을 해봤자 너는 받아들이지 않을 것이고 또다시 그날들을 부정할 것이 자명한데, 그것들을 다시 듣고 무너지지 않을 자신이…… 없었다.

뜨거워진 눈가를 달래려 빠르게 눈을 깜박였다. 목구멍에 눈물이 응어리진 것 같이 느껴져 목소리가 나오지 않았다.

"그러니 네가 만약 그때를 떠올리며 날 봐주는 거라면, 그냥 잊어. 그게 더 성가시니까. 그리고 네가 그러는 거 COAD에 들키면 너나 나나 곤란해지는 거, 알잖아?"

맞는 말이었다. 내가 레이첼을 만나고도 체포하지 않은 것을 COAD에서 알게 된다면 반역자와 내통했다는 오명을 쓰기 충분했다. 그리고 레이첼의 입장에서도 더 이상 나와 엮이고 싶지는 않을 터였다.

"……."

"……."

그러고 나니 우리 둘 사이에 침묵이 고였다. 나는 속이 타들어 가고 가슴이 욱신거려 미치겠는데, 레이첼은 표정 변화가 없어 무슨 생각을 하는지 모르겠다. 그냥 무표정 그 자체였다.

아무 말도 하지 않으니 잡생각만 늘었다. 생각의 흐름은 점점 기억 속을 유영하기 시작했다.

'……아, 그러고 보니, 그런 일이 있었는데.'

이걸 말하는 게 좋을까?

레이첼이 COAD를 탈출할 때 내가 도움을 준 것이 있었는데, 그 사실을 말할지 말지가 고민되었다.

그러니까, 때는 내가 레이첼의 정체를 알고 그녀에게 친히 확인받았던 날이었다. 레이첼을 만난 뒤 집에 돌아갔다가 마스터 C의 부름에 불려 갔던, 그때.

COAD에 도착한 나는 곧바로 편지에 적혀 있던 A-349호, 명칭 특별 회의실로 향했다. 아직 레이첼로 인한 번뇌로 머릿속이 정리되지 않은 상태였지만 속내를 숨기는 것은 익숙하고 또 능숙했으니 문제없었다. 적어도 겉으로는.

특별 회의실은 말 그대로 특별 회의가 열릴 때 사용하는 장소였다. 정확히는 FSC와 그 후계자들만 참석하는 회의가 이루어지는 곳. 그곳으로 부른 걸 보면 아무래도 지금 그 특별 회의가 열릴 모양이었다.

'아무리 보안을 위해서라도 이렇게 갑작스레 부르는 건 도저히 적응이 안 되네······.'

이번 회의는 예정되지 않은 긴급회의였고 항상 그렇긴 하지만 소수 인원만 참여하는 비밀회의이기도 했다. 빈번한 일은 아니었지만 그렇다고 특별히 의문을 가질 일도 아니었다. 이곳, COAD야말로 비정상적이고 비상식적인 일이 당연하게 일어나고 이상하지 않게 여겨지는 곳인데 어찌 이리도 작은 일에 의문을 품을까.

특별 회의실에 도착해, 노크를 한 뒤 문을 여니 나를 제외한 참석자가 모두 착석해 있었다. 아, 예정된 시간보다 빨리 오는 문화가 있으면 이럴 때 곤란하다. 지각하지 않았는데 지각한 것 같은 기분이랄까. 나는 애써 실없는 생각을 하며 마지막 남은 의자에 앉았다.

자리 배치는 정해진 규칙에 따라 정해졌다. 원형 테이블을 중심으로 마스터 FSC가 연이어 앉고, 남은 자리에 후계자들이 앉는다. 후계자는 자신의 마스터 정면, 즉 맞은편에 앉아야 했다.

"무슨 일이십니까?"

대충 분위기를 살핀 나는 삭막한 표정에 사무적인 투로 입을 열었다.
 특별 회의. COAD의 피라미드 꼭대기에 있는 이들만이 참석하는 회의. 이것은 퍽 우습게도 비공식 회의였다. 앉는 자리만 제외하면 정해진 순서나 규칙은 없다. 공식 회의에서 하는 것처럼 짤막한 개회사와 폐회사도 없다. 따라서 다른 공식적인 자리가 그러하듯 높은 위치에 있는 사람이 말의 포문을 열 필요도 없었다. 만약 공식 회의에서 내가 이딴 식으로 먼저 말을 꺼냈으면 혀가 잘렸겠지.
 남들은 FSC와 그들의 후계자가 서로 각별한 친분이 있는 줄 알지만 기실 그 정도는 아니었다. FSC는 각자 자신의 후계자와는 가까운 거리를 유지했으나 그다지 살가운 관계는 아니었다. 애정보다는 의무감에 가까우리라. 또한 그들 사이에서는 수직적인 성향이 강해서 위아래가 확실했다. 물론 사람에 따라 다른 경우도 가끔 있었겠지만, 대부분이 그러했다.
 또한 그런 만큼 자신의 마스터 외 다른 마스터과의 관계도 딱히 가깝진 않았다. 아, 뭐 중요한 일이 있을 때 미리 알려주는 등의 교류가 있긴 하지만, 그 이상으로 간섭하는 일은 없었다. 괜히 건드렸다가 무슨 보복을 당하려고.
 내가 말을 꺼내자 마스터 S가 여상히 웃으며 말했다.
 "다들 내주 월요일에 연회가 열릴 예정이라는 건 들으셨겠지요?"
 "그렇습니다."
 마스터 F의 후계자가 담담한 목소리로 답했다. 딱히 호의적이지도, 날카롭지도 않은 음성이었다.

마스터 S의 말대로 나 또한 진작에 보고받았던 내용이었다. 원래라면 별 고민 없이 참석했겠지만, 어제 레이첼이 제 입으로 반역자라는 걸 확인한 터라 얼굴을 보기가 꺼려졌다.

아니, 정확히는 대체 어떻게 대해야 할지 모르겠는 거지만.

내 복잡한 속을 모르는 마스터 F는 사무적인 투로 말을 받았다.

"그렇다면 COAD 내부에 변절자가 있다는 것도 들었나?"

순간 회의실 공기의 온도가 급속도로 내려갔다. 피부에 솜털이 서는 듯한 착각이 들 만큼 싸늘한 공기에 날카롭게 날을 세운 감각이 선명했다. 나는 심장이 쿵 하고 내려앉는 감각을 느끼며 빨라진 심박수가 들키지 않도록 숨을 골랐다.

"누굽니까?"

F의 후계자가 차분하지만 서늘한 음성으로 말했다. 칠흑처럼 검디검은 눈동자에 고요한 냉기가 어렸다.

"레이첼 소이어. 이로 아브란테."

마스터 C가 건조한 목소리로 두 가지 이름을 입에 담았다.

아, 망했다. 보는 이만 없었다면 초조함에 입술을 짓씹었을 게 분명했다. 볼 안쪽 여린 살을 대신 깨무는 것도 이들 앞에선 별 차이 없는 일이었다.

설마 레이첼이 벌써 들킬 줄은 몰랐는데. 이렇게 되면 어떡해야 하지? 내가 레이첼을 보호해 줘야 하나?

그나저나…… 레이첼은 그렇다 쳐도 나머지 한 명은 조금 의외였다. 이로 아브란테라. 아브란테는 대대로 COAD에 충성하는 가문이었다. 그렇지 않은 이들도 가끔 있긴 했지만 딱히 반항하지도 않았다. 몇 년 전 이로 아브란테의 친부가 사망하긴 했지만, 그 아들이 반감을 품었을 거라고는 예상 못 했는데.

'이번 대의 아브란테는 순간 동하는 흥미를 쫓는 단순한 자라 들었는데…… 속으로는 달랐던 건가.'

하기야, 많지 않은 만남의 기억 속에서 그는 항간에서 말하는 것처럼 단순한 사람이 아니었다. 항상 웃고 유쾌한 듯 보이지만 마냥 순진하지도 않았다. 뭐, COAD에 순진한 사람이 있겠느냐마는.

그래도 예상치 못한 이임은 여전했다. COAD의 사람들 중에는 여러 유형이 있었다. 그중에서 그는 깊은 충성심을 갖진 않아도 딱히 불만도 없는 유형의 사람이었다. 그저 자신의 호기심과 흥미가 충족되면 그만, 그 이상은 신경 쓰지 않던 이. 어찌 보면 자극하지만 않으면 반목하지도 않으니 이쪽 입장에선 통제하기 쉬운 사람이었는데, 내 안목이 틀린 모양이었다. 이렇게 배신한 걸 보면.

"아브란테?"

나와 비슷한 생각을 한 모양인지 S의 후계자인 R의 고개가 기울어졌다. 그녀의 눈동자 색을 똑 닮은 장밋빛 머리칼이 고갯짓에 따라 흐트러졌다.

일반적인 COAD 사람이라면 저런 식으로 되묻지 않았을 것이다. FSC의 후계자여서 봐주는 것이 아니었다. 오히려 더 엄격했으면 엄격했지, 자신들의 후계자라고 눈감아 주진 않았다. R에 저렇게 행동할 수 있는 이유는 따로 있었다.

우선 R은 이곳에 있는 이들 중 제일 어렸다. 남들은 다 20대 중반이거나 그 이상인 와중에 혼자 22살이니 말 다 했지. 그리고 가장 큰 이유는 바로 그녀의 성격이 원래 저런 식이라는 것과 간간이 튀어나오는 무례한 행동을 그녀의 마스터인 S가 방관한다는 데 있었다.

R은 '겉보기에는' 철이 없고 진중치 못한 성격이었다. 남들이 모두 심각하고 무거운 표정을 지어도 홀로 아무렇지 않게 시답잖은 농담을 던지며 꺄르르 맑은 웃음을 터트릴 수 있는 이였다. 또한 그러한 모습을 보여도 마스터 S는 그녀를 나무라지 않았다. 물론 선을 넘는 행보를 보인다면 그 즉시 처벌하고도 남았겠지만, R 역시 아슬아슬하게 그 선을 넘지 않으며 스릴 넘치는 외줄타기를 즐겼다.

그녀의 마스터인 S가 그녀의 행동을 교정하지 않으니 다른 마스터 F나 마스터 C도 직접적으로 그녀를 타박하지 않았다. 공식적으로 R의 책임자는 마스터 S였기 때문에 R이 특별히 큰 문제를 일으키지 않는 이상 다른 이가 그녀를 나무랄 이유도, 명분도 없기 때문이었다. 물론 굳이 하겠다면야 못 할 연유도 없지만 마스터들끼리 달갑지 않은 문제로 부딪치는 것은 서로서로 피하는 경향이 있기에 그런 별것도 아닌 일을 크게 키우지 않았다.

그렇기에 R이 저러한 모습을 보여도 적당히 넘어가 주는 것이리라. 하나 이곳에 있는 이들 모두가 알고 있었다.

그녀의 진정한 면모가 어떠한지를.

그녀의 언행은 가벼우나 의도적으로 아슬아슬하게 선을 넘지 않았고, 말투는 철이 없어 보일지언정 날카로웠다. 나이는 어리나 그것이 아둔하고 우매하다는 의미는 아니었다. 그녀의 두뇌 회전은 누구 못지않게 빨랐고, 남들이 눈치채지 못한 것을 알아채는 데 능했다. 또한 그녀는 자신의 마스터를 닮아 자신의 감정을 감추고 필요에 따른 표정을 가장하며 남의 의중을 파악할 줄 알았다.

손속에 자비가 없고 천진한 반면 잔혹하다는 것은 꼭 이곳에 있는 이들이 아니어도 알고 있으리라.

앞서 말했던 그녀의 단점을 깎아내리기에는 다른 능력들이 차고 넘친다는 말이었다.

심지어 전투력도 상당히 높았다. 그녀의 속성은 흔하다면 흔한 편인 '식물'이었으나 그 숙련도가 상당했다. 많고 많은 식물들 중 그녀가 가장 애용하는 것은 장미였다. 뭇사람들의 시선을 사로잡을 만큼 매혹적인 것이 가시를 품고 있으니 이 얼마나 아름다우냐……는 말을 한 전적이 있는 것으로 보아 그녀는 장미를 굉장히 높이 여기는 모양이었다.

다소 진중치 못한 그녀의 행동에도 늘 그랬듯 지적하지 않고 넘어갔다. F의 후계자인 D는 R의 행동을 거의 무시하다시피 하며 물었다.

"어찌 처리하실 생각이십니까?"

처리.

그 말을 듣는 순간 간담이 서늘해졌다. 물론 겉으로는 전혀 티를 내지 않았지만 속으로는 불안이 가득 차오르는 것을 느꼈다.

"이번 연회 때 함정을 파서 유인한 후 사살할 것이다. 그들도 마스터가 직접 초대한 연회를 불참할 순 없을 테니 참석 여부는 염려하지 않아도 된다."

자신의 후계자의 물음에 마스터 F가 답했다. 사람을 죽일 계획을 세우면서도 평온한 표정에서는 불필요한 감정의 찌꺼기조차 찾아볼 수 없었다.

이를테면 죄책감이라든지, 사람을 죽이는 이야기를 하는 것에 대한 불쾌감이라든지 하는 것들.

달리 말하자면 비도덕적인.

COAD의 사람이라면, 아니, COAD에서 살아남으려면 갖지 말아야 할 것들이 철저하게 배제된 눈이었다. 그러니 모두가 탐내는 세 개의 옥좌 중 하나를 차지하는 데 성공한 것이겠지.

그들의 뒤를 이어 그 찬란한 옥좌에 앉으려면 나 또한 그리해야 했다. 이제는 괜찮아졌지만, 어릴 적에는 조금은…… 힘들었었다.

검으로 사람을 베는 것보다, 심장을 뚫고 깊숙이 박힌 검을 뽑아낼 때 튀는 흥건한 양의 피에 젖는 것보다 방금까지도 살아 움직이던 것이 더는, 영원히 움직이지 않을 것이란 사실을 맞닥뜨리는 것이 제일 어렵고 괴로웠다.

그 사람이 꼭 내가 아는 사람이 아니더라도. 생전 처음 보는, 심지어 내게 적의를 가진 사람이더라도 느껴지는 토악감은 그대로였다. 미워하던 이가 더는 없다는 것에 대한 후련함 따윈 없었다.

그래도 이제는 괜찮다. 전보다는 많이 괜찮아졌다. 겉으로 전혀 티 내지 않을 수 있을 만큼은 되었다.

"구체적인 계획이 어떻게 되는데요?"

R이 비교적 가벼운 목소리로 물었다. 그 깃털 같은 무게에 그래도 FSC 앞이라고 다리를 꼬지 않은 걸 칭찬해야 하는 걸까, 잠시 고민해야 했다.

"목표물이 들어오고 방심했다 싶을 때 신호하면 연회에 참석한 이들 모두가 그들을 체포할 것이다. 비상사태에 대비해 외부에는 그림자를 배치할 예정이다."

마스터 F의 말에 아닌 척해도 다들 놀란 눈치였다. 대충 '그렇게까지 할 필요가 있나?'라고 생각하는 듯 보였다. 내가 보기에도 놀랄 만한 대처였다. 물론, 나는 놀란 것뿐만 아니라 실제로 그렇게 시행하면 레이첼이 막아낼 방도가 없다는 것에 속으로 초조해하고 있었지만.

변절자라고 강경하게 나오는 것도 이해한다. 레이첼과 아브란테 모두 전투 2급이니 철저히 준비하는 것도 말이 된다. 그러나 그곳에 있는 사람들이 전부 뛰어드는 것도 모자라 그림자까지 부른다는 건, 확실히 정도가 과하다 할 수 있었다.

"그렇게까지 해야 할까요?"

내가 레이첼을 옹호하는 것이 들킬까 차마 말도 못 하는 사이 D가 살풋 미간을 좁히며 달갑지 않다는 어조로 말했다. 단순히 인력이 낭비되는 것이 문제가 아니었다. 이건 COAD의 위신이 걸린 문제였다.

겨우 변절자 두 명 잡겠다고 온 병력을 투입한 것이 알려지면 COAD의 체면이 상할 가능성이 다분했다. 평소에는 그저 사람들을 입막음하면 그만이었겠지만 지금 작전은 참여자가 너무 많았다. 그 많은 이들을 모두 완벽하게 함구시키는 것은 불가능하진 않지만 어려울뿐더러 정말 완벽히 함구시키는 데 성공한다 쳐도 이미 참여한 사람만 해도 많기 때문에 별 소용이 없었다.

그러니 입막음으로 해결될 문제는 아니고, 그로 인해 면이 상할 바에야 그냥 투입 인원을 줄이는 게 나았다. 평소라면, 그랬을 것이다.

그러나.

D의 물음에 내내 조용하던 마스터 C가 낮은 음성으로 말했다.

"그대들은."

물론 여기서 '그대들'이란 FSC를 제외한, 그들의 후계자들이었다.

"소이어와 아브란테의 실력이 어느 정도인지 정확히 알고 있나?"

차분해 보이는 D의 표정에는 변화가 없었으나 R은 의문스러운 얼굴로 한쪽 눈매를 들어 올렸다. 물론 일부러 표정을 드러낸 것이었다. 감정을 숨기고자 했으면 충분히 숨길 수 있었으리라.

"무슨 말이십니까?"

이건 내가 한 말이었다. 나는 레이첼과 그나마 가까이 지낸 만큼 그가 한 말의 뜻을 어렴풋이 알 것도 같았지만 모르는 척 말을 꺼내었다. 내내 입을 다물고 있는 것도 수상하니 말이다.

내 말을 들은 R의 시선이 잠시 나를 향했다가 마스터 C에게 돌아갔다.

"소이어와 아브란테가…… 2급이었던가요?"

흐릿한 기억을 더듬는 듯한 그녀의 말에 나는 고개를 끄덕여 주었다. 혼잣말이다시피 하는 말에 친절하게도 대답해 줄 위인이 이곳에 나뿐이기 때문이었다. 모르긴 몰라도 R 또한 나를 염두에 두고 물은 것일 터였다.

내게서 자신이 아는 정보를 다시 한번 확인한 R이 말을 이었다.

"전투 등급 테스트를 조작하는 게 가능한 건가요? COAD의 보안이 그렇게 허술하진 않은 걸로 알고 있는데."

"조작은 아니지만 제 실력을 숨기는 건 가능하겠죠. 우리만 해도 딱 2급으로 나올 만큼만 힘을 쓰지 않습니까."

그녀의 말을 들은 D가 무감한 목소리로 말했다.

그의 말은 꽤나 설득력이 있었다. 실력을 조작하는 건 불가능하지만, 숨기는 건 가능하다는 것. 실제로 우리가 그렇게 하고 있으니 말이다.

FSC의 후계자들은 기본적으로 전투든 처세술이든 모든 면에서 다른 이들보다 몇 배는 뛰어나다. 남들이 보호자의 안온한 울타리 안에서 우쭈쭈하며 자라날 동안 우리는 천부적인 재능을 가진 채 전문적인 인력들에게 실컷 굴려지며 단련하니 당연한 결과였다.

자연히 같은 나이에 같은 경력이어도 그에 따른 결과나 실력은 우리가 훨씬 우수했다. 다만, 문제는 여기서 발생했다.

전투 등급 테스트는 절대 평가였다. 1등부터 꼴등까지 줄을 세우는 게 아니라 정해진 기준이 있고 그 기준에 따라 등급이 나뉜다는 말이다. 즉 어떤 때에는 4급이 100명일 때도 있고, 어떤 때에는 같은 등급이어도 인원수가 천차만별로 갈릴 수도 있었다. 물론 특별한 사건이 있지 않은 이상 크게 변동이 있지는 않지만.

현재는 FSC만이 속해 있는 1급 또한 마찬가지였다. 평범한 매지시스는 접근할 수조차 없는 수준이라 그렇지, 딱 정해진 기준만 넘으면 마스터들과 같은 급이 될 수 있다는 의미였다. 비록 역사적으로 마스터를 제하면 1급을 통과한 사람이 전무하기에 1급은 '마스터 등급'이라는 인식이 파다하게 퍼져 있지만 말이다.

그런데 이게 다른 매지시스 입장에서는 아무런 이상이 없으나, 마스터들의 후계자들에게는 참으로 골치 아픈 문제였다.

COAD 시스템상 마스터가 죽지 않는 한 마스터 자리가 교체되는 일은 거의 일어나지 않는다. 소위 말하는 '은퇴'가 불가능한 것은 아니나, 은퇴할 정도로 세력이 줄어들고 쇠약해지기 전에 암살당하기 때문이었다. 그런 사유로 인해 역대 마스터의 평균 수명을 살펴보면 놀라우리만큼 짧다는 사실을 알 수 있었다.

여기서부터가 본론인데, 다른 매지시스들은 애초에 평생을 바쳐 노력해도 1급의 발끝에도 미치지 못한다. 그런데 마스터의 후계자 중에서는 선대 마스터가 죽어 자신이 마스터에 오르기도 전에 1급을 통과해 버리는 이들이 있었다. 그렇게 되면 오히려 실력이 검증되는 것이니 좋은 것 아니냐는 생각을 할 수도 있겠지만, 정치적인 시선으로 본다면 그것은 되레 골치 아픈 독이 되었다.

일단 COAD 특성상 마스터들끼리 실력이나 세력 같은 면에서 차이가 나면 안 된다. 공동통치에 가장 중요한 요인이었다. 그렇게 된다면 힘의 균형이 깨지고 누군가가 1인자로 떠올라 독재자가 되기 마련이기에 다들 그것만은 한사코 막으려 했다.

이것은 마스터의 후계자들 또한 매한가지였다. 그들은 이변이 없는 한 후에 마스터가 될 이들이고, 마스터가 된다고 하여 후계자 시절의 과거가 사라지는 것은 아니니 말이다.

한데 후계자들 중 누구는 1급이고 누구는 2급이 되면 대놓고 차이가 나버리게 되는 것이다. 차라리 마스터와 후계자가 전부 1급이라면 좀 나을 수도 있겠으나, 그렇게 되면 마스터와 그들의 후계자의 실력 차이가 직관적으로 나타나 보이지 않기 때문에, 그건 또 그거대로 문제였다. 마스터의 정의는 '현존하는 인물 중 가장 강한 3명'이니. 결국 마스터가 후계자보다 강해야 했다. 그리고 그 강함이 객관적인 수치로 나타나 보여야 했다.

그리하여 나온 대책이 1급을 통과할 정도의 실력이더라도 딱 2급으로 나올 정도로만 테스트 때 힘을 조절하는 것이었다. 마스터의 후계자라고는 하나 공식적인 지위는 일반적인 COAD 일원 중 한 명이니 다른 이들과 같은 2급이라고 문제가 되지는 않았다.

대신 어쨌든 수준을 확인해야 하니 따로 비밀 테스트를 보긴 하지만. 그 결과는 해당 테스트 관계자와 FSC, 그리고 그들의 후계자들만이 접근 가능하니 유출될 염려는 없었다. 그리고 결과 확인은 FSC와 그 후계자들 모두에게 공유되었다. 즉, 후계자끼리는 서로의 명확한 실력을 어느 정도 안다는 의미였다.

다만 그 전략을 다른 이가 쓸 거라고는 생각 못 했던 것이 함정이었다. 이유가 있어서 실력을 숨기는 후계자들과 달리 다른 COAD 사람들은 자신의 역량을 감출 까닭이 전혀 없으니 말이다. 테스트 결과가 좋을수록 자신의 위신이 높아지고 출세할 가능성이 향상되는데 그걸 자기 발로 걷어찰 이가 있을 줄은 누구도 예상치 못했던 것이다.

"여러분들 생각이 맞습니다. 아마도 아브란테의 실력은 테스트 결과에 가까울 것 같지만 소이어는…… 오차가 클 것 같아요. 의도적일 가능성도 높고요."

S의 말에 R의 미간이 곱게 구겨졌다. 당연한 반응이었다. 2급보다 높다면 최소 1급 이상, 심할 경우 우리와 비등한 실력이라는 소리니까. 마스터의 후계자는 마스터를 제하고 누구보다 강해야 하는데 이만한 실력자가 나타났으니 위기감을 느끼는 게 당연했다.

"그럼……"

R이 미간을 다소 찡그리며 티가 나지 않게 아랫입술을 사리물었다. 장밋빛 눈동자에 깃든 것은 숨기지 않은 선명한 분노였다.

"우리를, 속였다는 거군요."

감히, 이 COAD를.

'우리'와 'COAD'를 연결시킴이 자연스럽다.

그 안에 깔려 있는 것은 자신을 포함한 우리들은 곧 COAD라는 지독한 오만함이었다.

그것을 깨닫자 반사적으로 말을 하는 R에게 향해 있던 시선을 살짝 옆으로 옮겼다. 그녀의 눈에서 비쳐오는 것을 더 이상 보지 않기 위함이었다.

왜지.

나는 저것에 불쾌감을 느껴선 안 된다.

심지어 나 또한 저것을 당연시해야 옳다.

한데 나는 왜 저것이 거슬릴까.

저 오만함이, 아니, 오만함도 아니다. 오만이 아니라 자신감과 당당함이라 칭해야 옳았다.

내가 속한 곳의 신념과 나의 감상이 충돌할 때마다 괴리감이 느껴졌다. 처음 있는 일은 아니었다. 오히려 너무나 오래되어 더욱 심각한 일일 뿐.

이런 일이 한두 번의 일시적인 현상이라면 그다지 놀랄 것도 없다. 어쩌다 생겨나는 반항심인가 싶으면 그만이다. 기실 일시적인 반항심이라 쳐도 그것을 다른 사람에게 들키면 퍽 곤란해지겠지만, 그래도 속으로 꼭꼭 숨겨 들키지만 않으면 괜찮다. 나쁘지 않았다.

한데 그게 아니라면, 아예 내 머릿속에 박혀버린 하나의 관념이라면 나는 어찌해야 할까.

나는 미래에 마스터가 되어 COAD의 최정점에 오를 이이고, 그리하려면 그 누구보다도 COAD에 어울리는 사람이어야 했다. 그런데 내 내면의 신념이 이런 식이라면, 나는……

"속였다면 속인 것에 대한 대가를 치르게 하면 그만이다."

냉정한 F의 목소리가 나의 상념을 억지로 끊어내었다. 내가 내면의 동요를 감추는 데 능한 것이 새삼 다행으로 느껴졌다. 누구보다 남의 기색을 읽는 데 능한 사람들 사이에서도 겉으로나마 태연할 수 있었으니까.

"어찌 처리하실 계획이십니까."

목소리도 퍽 사무적이게 나온다. 다행스럽게도.

"그림자의 출정조는 이미 뽑아두었다. 그러니 연회에 참석할 이들에게 이 작전을 전달할 사람을 보내도록 하지. 그건 아랫사람에게 지시할 테니 너희가 해야 할 일은 없다. 대신 너희는 연회에 참석하지 말도록."

"왜죠?"

앞서 설명하는 이는 마스터 F였고, 뒤에 따라붙은 가볍기 그지없는 목소리는 R의 것이었다.

"2명 이상의 마스터가 참석하는 것도 드문데 너희들까지 올 필요는 없다. 무슨 대행사도 아니니."

"명 받들겠습니다."

D가 담담히 답하자 R과 나도 뒤늦게 충정의 말을 되뇌었다.

"명 받들겠습니다."

"명 받들겠습니다."

평소에는 가볍기 짝이 없는 R도 지금만큼은 진중해 보였다. 비록, 눈 깜짝할 새 사라져 버릴 무게감이었긴 해도 말이다.

여기까지가 그날에 있었던 일이었다.

하나 이 계획이 실제로 실행되는 일은 없었다. 이유는 단순했다. 내가 계획의 일부를 방해했기 때문이었다.

아무리 생각해도 레이첼과 이로 아브란테 단둘이서 연회에 참석할 사람들과 그림자를 전부 상대하는 건 무리였다. COAD 안에서는 마법을 사용하는 데도 제약이 걸리기 때문에 더더욱.

나는 레이첼이 체포되는 것만은 결코 원치 않았다. 그래서 난생 처음으로 하달받은 계획을 조금 어그러뜨리기로 마음먹었다.

그림자는 FSC의 명령만을 따르기 때문에 그쪽은 어찌 손댈 수 없었고, 대신 연회에 참석할 사람들에게 명령을 전달할 사람을 손대기로 했다.

레이첼은 바보가 아니다. 연회에서 자신에게만 공격이 쏟아진다면 분명 무언가 잘못되었음을 인지하겠지. 자신의 정체가 발각되었다는 것도 알아챌 것이다. 어차피 그림자도 부를 것이라 했으니 내가 전달을 막는다고 해도 레이첼이 위험을 알아차리는 데는 문제가 없다. 레이첼 실력을 생각해 보아 그림자들에게 잡힐 염려도 없을 테고.

퍽 나쁘지 않은 작전이었다. COAD를 배반할지 말지에 대한 죄책감이 자꾸만 심장 어귀를 찔러오는 것만 빼면 말이다.

지금까지 나의 삶의 터전은 두말할 것 없이 COAD였고, 나는 COAD의 수장이 될 사람으로 길러진 이였다. 그런데 이런 내가, COAD의 뜻에 반하는 일을 해도 되나. 아니, 할 수는 있나?

나를 키워준 사람도, 퍽 삭막하지만 중요하고 유일한 인간관계도, 냉혹하지만 너무나 익숙한 이곳의 공기도, 내 인생 전체가 전부 COAD에 있는데?

레이첼의 정체를 알고도 묵인한 것은 어찌저찌 죄책감에서 회피할 수 있었다. 비록 레이첼이 무슨 짓을 저지를지 몰라 가슴을 졸여야 한다고 해도 당장 사고를 칠 것은 아니니 그럭저럭 괜찮았다. 레이첼이 반역자라는 걸 알았다 뿐이지, 무슨 암살 계획 같은 걸 저지를 작정이라는 걸 알아낸 것은 아니지 않은가.

물론 반역자인 이상 아무 짓도 저지르지 않을 리가 없겠지만, 그래도 이건…… 솔직히 말해서 자기 합리화의 문제였다.

그렇지만 레이첼의 정체를 묵인한 것도 모자라 아예 작전을 방해해서 그녀를 돕겠다는 것은, 빼도 박도 못하는 배신이었다. 이것까지 자기 합리화를 하면 그건 합리화가 아니라 그냥 말 같지도 않은 억지에 불과했다.

하지만, 하지만 그럼에도 불구하고……

그때 작전이 성공했다면 레이첼은 분명 죽은 목숨이 되었을 터인데, 다른 건 다 그렇다 치더라도 그것만은 용납할 수가 없었다. 레이첼의 죽음을 상상하기만 해도 심장이 철렁 내려앉으며 전신의 피가 싸늘하게 식는 느낌이었다.

그래서 그랬다.

그랬기 때문에 지금까지 살아온 곳을 배반하고 작전을 망가뜨렸다.

연회에 참석할 사람들에게 명령을 전달할 자를 은밀히 빼돌려 붙잡아 두는 것은 어렵지 않았다. 다만 그림자는 FSC의 명령만을 듣기 때문에 건드리는 것이 거의 불가능했다.

……사실 아무리 결심했다고 해도 거기까지 손대는 것은 심리적으로 힘들기 때문이기도 했다.

뿐만 아니라 이상적으로도 어차피 레이첼 실력상 그림자에 잡힐 일은 없으니 굳이 일을 늘릴 필요는 없었다. 내가 손댈 수 있다고는 해도 FSC가 버티고 있는 이상 위험 요소도 분명히 존재하니 말이다.

또한 레이첼 입장에서 생각해도 아예 아무 일도 일어나지 않아서 위기를 감지하지 못하는 것보다 차라리 위험을 느끼고 도망을 치거나 대책을 세우는 게 나을 것이었다.

그래서 결과적으로는, 이미 일어났던 대로였다. 그림자들이 연회장에 뛰어들었고 아무런 말도 전달받지 못한 다른 이들은 당황하고 어리둥절해했다. 그리고 그 틈을 틈타 레이첼과 아브란테는 무사히 빠져나갔다.

사실 무슨 10대 중반쯤 되는 어린아이도 하나 있었다고 하는데, 그건 나도 예상치 못한 일이었다. 무엇보다 그 어린애가 COAD의 경비를 뚫었다는 것이 믿기지 않았다.

그 소식을 듣고 참, 복잡한 감상이었다. 그런 인재가 레이첼 곁에 있으니 다행이라고 안심해야 할지, 아니면 위협이 되는 능력을 가진 반군이 늘었다고 불쾌해해야 하는 건지.

아무튼, 그런 일이 있었는데 이걸 레이첼에게 말해야 할지 고민이었다.

'사실, 무슨 보답을 바라고 한 일은 아니지만…… 그래도 말하고 싶은 마음이랄까.'

달리 말하면 욕심이겠지만.

그때는 정말로 딴마음 먹지 않고 한 일이었는데, 막상 레이첼을 앞에 두니 말하고 싶은 마음이 불쑥 고개를 치켜들었다.

'하지만 안 돼.'

'내가 너 도와줬으니까 칭찬해 줘.'도 아니고. 이런 구구절절한 이야기를 해서 뭐 어쩌겠다는 건가. 이 상태에서 그런 말을 해봤자 득 될 것 하나 없었다.

그렇게 말하지 않기로 마음먹은 그 순간, 본능적으로 느껴지는 서늘한 기운에 정신이 번쩍 들었다. 나와 똑같은 것을 느낀 레이첼이 나와 동시에 창문 쪽으로 고개를 획 돌렸다. 그리고 내가 채 반응하기도 전에 레이첼이 순식간에 옆 책장에 꽂혀 있던 책을 빼내어 던져 유리창을 깨고는 창밖으로 뛰쳐나갔다.

나 또한 레이첼을 부르는 대신 땅을 박차고 창 너머로 뛰어내렸다. 말을 할 시간조차 아까웠다.

방금 나의 뛰어난 기감으로 느낀 것은, 자신의 존재를 감추고 있는 살기 어린 인기척이었다. 그 살기가 누구를 노린 것인지는 모르겠으나, 얼핏 마력이 느껴지지 않는 걸로 보아 일단 COAD에서 보낸 자는 아니었다.

그러면 나를 노린 걸 수도 있고, 아니면 다른 이유로 레이첼을 노린 것일 수도 있었다. 둘 중 어느 것이든 좋지 않았다.

밖으로 뛰어내려 하체에 마력을 두른 채 안정적으로 착지하자 바로 나무가 빽빽이 늘어서 있는 숲이었다. 불과 7~8m 앞에서 레이첼이 이제 막 살수와 전투를 시작하고 있었다. 검이 바람을 가르는 소리와 금속성 마찰음이 요란했다.

'한둘이 아니야.'

못해도 여덟은 되는 것 같았다. 그중 3명이 레이첼과 전투 중이고, 나머지 중 3명은 기습을 준비하는 듯 조금씩 움직이고 있었다. 그리고 남은 이들은 기척을 내지도 않고 가만히 있는 걸로 보아 상황을 보다가 도망칠 생각인 것 같았다.

'그렇겐 안 되지.'

나는 곧바로 가볍게 손을 휘저어 마력을 운용했다. 그러자 나로부터 희뿌연 안개가 피어오르기 시작하더니 이내 순식간에 레이첼과 살수들이 있는 곳까지 집어삼켰다.

레이첼이 앞이 안 보이면 안 되니 레이첼 주변의 안개만 약간 걷어냈다. 기실 기감이 뛰어난 레이첼은 눈을 감고 싸운대도 전혀 지장이 없을 테지만, 그래도 편리함을 위한 약간의 배려였다.

나의 속성은 '안개'. 별의별 특이한 속성이 많은 COAD에서도 꽤나 흔치 않은 속성이었다. 불이나 번개처럼 공격에 특화된 것도 아니고, 물이나 결계처럼 방어에 특화된 것도 아니나 상당히 유용한 능력이기도 했다.

'안개' 속성은 기본적으로는 주변에 안개를 퍼뜨리고, 그 안개의 움직임을 조종하는 능력이다. 그러나 실력이 향상되면 그 섬세함이 비약적으로 상승했다. 짙은 안개 속 어느 한 곳만 안개를 싹 없앨 수도 있고, 많은 양의 안개를 압축하면 물을 만들어 낼 수도 있었다.

안개로 공격이나 방어 등 직접적인 전투를 하는 건 어렵지만 전투의 무대를 꾸미기에는 최적이었다. 주변에 안개만 깔아 놓으면 1 대 1, 1 대 다수, 근거리, 원거리 전부 우위를 점할 수 있었다. 상대는 짙은 안개에 휩싸인 반면 나는 안개의 작은 물방울들의 움직임까지 전부 읽을 수 있으므로 나무 같은 장애물과 적의 위치까지 알 수 있는 것이다. 눈을 가린 상대와 싸우는 것과 다르지 않았다.

따라서 나는 주로 검으로 싸우되, 능력은 덤으로 보태는 전투 스타일이었다.

나는 안개를 가르며 상시 소지하는 검을 꺼내 신속하게 숨어 있던 이들을 베었다. 온몸에 피가 튀었지만 전혀 개의치 않았다. 정확히 급소를 베인 이들은 미약한 단말마의 비명만을 남긴 채 저항도 하지 못하고 명을 달리했다.

풀숲에 숨어 있던 놈들을 먼저 처리한 뒤 곧바로 기습을 준비 중이던 이들에게 달려갔다.

"뭐, 무, 무슨……"

얼떨결에 무기를 들고 방어하는 이들의 자세를 가볍게 무너뜨린 후 한 놈은 목의 급소를, 한 놈은 뒤에서 심장을 찔러 즉사시켰다. 그리고 안개의 움직임을 읽어 레이첼의 위치를 파악하고 숨 돌릴 틈 없이 그쪽으로 뛰어나갔다.

애초에 그리 멀리 떨어져 있지 않았던 터라 만나는 것은 금방이었다. 눈앞에 레이첼이 보이자 본능적으로 눈으로 발끝부터 머리 끝까지 다친 곳 없나 샅샅이 훑었다. 레이첼이 저런 잔챙이들에게 생채기 하나 날 리 없다는 걸 능히 알면서도 그랬다.

급하게 처리하느라 피를 잔뜩 뒤집어쓴 나와 달리 레이첼은 늘 그랬듯 최대한 피가 튀지 않도록 하였는지 비교적 청결한 모습이었다.

나는 레이첼에게 다가가며 물었다.

"괜찮아?"

검에 잔뜩 묻어 벌써 말라서 끈적해지기 시작하는 피가 레이첼에게 닿지 않도록 뒤로 숨겨 대충 털었다. 피를 하도 많이 털다 보니 이젠 요령까지 생겨서 손가락과 손목의 스냅만으로도 잘 털게 된 것은 웃픈 현실이었다.

레이첼은 전투의 여파로 인해 얼굴을 감추고 있던 로브가 완전히 벗겨진 상태였다. 검을 빙빙 돌려 피를 털어내던 레이첼이 내 쪽으로 고개를 돌렸다. 여전히 냉랭한 표정이었으나 나를 보는 순간 그 표정이 무너졌다. 정확히는 내 너머를 보고서.

그리고 바로 그 순간에, 나 또한 본능적인 직감을 느꼈다.

내가 죽인 놈들은 숨어 있던 놈 둘, 기습하려고 움직이던 놈 둘. 지금 이 순간 레이첼의 발밑에 쓰러져 있는 놈들은 셋.

그리고 처음 내가 짐작했던 놈들의 수는 총…… 여덟이었다.

벼락같은 깨달음과 함께 능력으로 인해 내 등 뒤에 있는 안개 속 존재감이 느껴지자 등골이 서늘해졌다. 그것을 인지한 내가 반사적으로 검을 휘두른 것과 내 검이 놈의 몸에 닿지 않았는데도 내 뺨에 뜨듯한 온도의 새로운 피가 튄 것은 거의 동시였다. 속으로는 멈칫했으나 일단 몸에 힘을 실었으니 머뭇거리지 않고 검을 휘둘러 그자를 베었다. 그러나 검이 그의 살을 파고들어 장기와 뼈를 가르는 순간, 명확한 확신이 들었다.

나의 공격은, 그저 이자의 죽음을 몇 분 앞당기는 역할밖에 하지 못했다는 것을.

그의 목숨을 앗아간 것은 내가 아니었다.

나는 그를 베자마자 뒤를 돌아 레이첼을 보려 했다. 그러나 레이첼은 내가 미처 그녀의 표정을 확인하기도 전에 도약하여 굵은 나뭇가지들을 딛고 갑작스레 떠나버렸다.

그 탓에 나는 작금의 상황을 이해하기 위해 한참을 그 자리에 서 있어야 했다.

내게 새로운 피가 튀기기 직전에 무언가가 내 얼굴 바로 옆으로 스쳐 날아갔다는 사실을 깨닫고, 뒤늦게 이상함을 감지한 건물 안 사람들이 밖으로 나올 때까지.

검을 휘두르는 이유

[레이첼]

나는 달렸다. 쉼 없이, 오랜만에 약간은 숨이 차오를 때까지 달렸다.
'미쳤구나.'
나는 여전히 달리는 상태로 미간을 구기며 자조했다.
미친 게 틀림없었다.
그게 아니고서야 네이브가 위험해지는 그 순간 생각을 거치지도 않고 마법을 쓸 리가 없었다.
그 전까지의 일들은 그래도 큰 문제 없었다.
네이브가 정말로 대화를 청해왔고 나는 이전처럼 대하는 대신 일부러 날카롭게 가시를 세우고 상처를 주었다. 진심으로 그가 미웠다기보다는, 그렇게 '해야 하기' 때문이었다.

　이제 내가 그를 어떻게 생각하는지는 중요하지 않았다. 어떻게 '대해야 하는지'가 중요할 뿐이었다. 그에 대한 내 생각이 어떻든, 우리는 적이 되었고 나는 적에게 응당 취해야 할 태도를 취했다. 이것은 많은 장점이 있었다. 일단 그가 내게 어떤 의미인지 고민할 필요가 없었으며, 그로 인해 머리 아픈 고뇌에 빠질 필요도 없었다.

　내가 느끼는 감정과 생각은 나조차 모르는 곳으로 치워두고, 내가 해야 할 행동과 말을 하고 정해진 태도를 취하는 건 어렵지 않은 일이었다. 지금껏 살아오면서 필요할 때마다 쉬이 이용하던 방식이기도 했다.

　간단히 말하자면 그저 별것 아닌 '연기'였다.

　……아. 물론 방금 전, 딱 한 번 진심이 튀어나와 버린 순간이 있긴 했다.

　왜 나만 특별하게 대하는 거냐고 물었던 순간. 사실 그렇게 의미 있는 질문은 아니었다. 그저 그의 모순을 지적해 정신을 흔들려는 의도였을 뿐이었다.

　그러나 그가 말했다. 너니까 이러는 거라고.

　뭇 여자들의 마음을 설레게 했을 그 말에, 나는 역린이 건드려지고 말았다.

　지금껏 네이브가 나를 퍽 친근하게 대해왔고, 나 또한 그것을 자각하고 있었다. 다만 그 친근함이 온전히 '나'를 향한 것이라고는 생각하지 않았다. 지금의 나라기보다는, 어렸을 적에 만났던 그 밝은 아이를 내게 투영하고 있을 뿐이라 여겼다. 즉 그는 나를 대하고 있는 게 아니라 내 안 어딘가에 있을 아이를 보고 있는 것이라고. 그리 믿었다.

만약 우리가 그 어린 시절을 공유하지 않았더라면 현재의 친분은 생기지 않았을 테니까. 네이브는 밝고 긍정적인 '오로라'를 친구로 삼은 것이지 매사에 부정적이고 감정 없는 레이첼을 친구로 받아들인 게 아닐 테니까. 그저 '레이첼'을 잘 지켜보면 어딘가에 오로라가 있지 않을까 하는 생각으로 친근하게 지내는 것일 뿐이라고 생각했다.

……물론 그런 것치고는 과하게 치대긴 했지만. 오래 떨어져 있다 만났으니 그런가 보다 했다. 기억은 시간이 지날수록 미화되는 경향이 있으니.

하여튼 이렇게 생각하고 있는 나에게, '너이기 때문에'라는 말은 설레는 진심이 아닌 기만에 불과했다.

어차피 '내'가 아니라 그 작은 아이를 떠올리고 있는 거면서. 그런 주제에 '나'를 보고 있는 것이라 말하는 것은 기만이었다. 그래서 순간 진심으로 쏘아붙이고 말았다.

"나 때문이라고? 나니까 이렇게 대해주는 거라고?"
"지금의 내가 아니라, 그때의 나를 떠올리는 건 아니고?"

정곡을 찔린 듯 움찔하던 네이브의 손끝에 머리가 싸늘하게 식어버렸다.

역시 그랬구나.

내 생각이 맞았구나.

너마저도…… '나'를 대하는 게 아니었구나.

원래 짐작하고 있던 것을 본인에게 확인받은 느낌이었다. 비록 그것이 말이 아닐지라도 침묵은 긍정이라는 말이 있지 않은가.

그래서…… 그때 한 말들은, 연기가 아닌 진심이었을지도 모르겠다.

그러나 거기까진 아주 큰 일은 아니었다. 어차피 네이브는 내가 뱉은 모든 말들을 연기가 아닌 진심으로 받아들일 테니 말이다.

그러나 문제는 그 후였다.

꽤 긴 침묵이 흐르고 있을 때, 순간 본능이 작은 인기척을 잡아냈다. 누구의 수하인지는 모르겠지만 살수가 있었고, 목표가 나인지 네이브인지도 모르겠으나 일단 강렬한 살기가 느껴지기에 내가 먼저 선수를 쳤다.

유리창을 깨고 나가 검을 뽑고 살수와 전투를 시작했다. 도중에 갑작스러운 안개가 덮쳤으나 네이브의 것임을 알았으므로 당황하지 않았다. 오히려 기회였다. 뛰어난 감각으로 순식간에 내 주변 살수들의 위치를 파악하곤 하나하나 처리해 나갔다.

피가 튀는 건 딱 질색이었으므로 최대한 깔끔하게 죽였고, 내 주위에 있던 놈들을 다 죽이고 나서 숨을 고르며 주변을 살폈다. 그러자 불과 몇십 초 전보다 기척이 훨씬 적어진 것이 느껴졌다. 나에게로 빠르게 다가오는 누군가가 있었으나 익숙한 기척이었으므로 가만히 있었다.

아니, 지금 생각해 보면 그것도 비이성적인 행동이었다. 이전에 아무리 친밀했다 하더라도 이제는 적이다. COAD는 나의 적이고, 네이브는 COAD의 일원이니까. 심지어 마스터의 후계자인데, 분명 경계해야 하는데……

아무튼 그 후 네이브가 내 지척에 도달했고, 전보다 옅어진 안개 속에서 나를 부르는 그의 목소리에 고개를 돌렸다. 어찌 되었건 주변에 있던 놈들을 다 해치워 준 것 같으니 이번엔 어떤 얼굴을 지어야 하나, 라는 생각을 하던 그때. 나는 보았다.

나에게 다가오는 그의 너머로, 치명상을 입힐 작정으로 안광을 번뜩이며 칼을 휘두르는 놈의 모습을.

그걸 보자마자 순식간에 마법으로 손바닥보다 조금 짧은 길이의 작고 얇은 얼음 창을 만들어 그에게 날렸다. 생각하고 행동한 것이 아니었다. 미처 따져보기도 전에 몸이 먼저 움직였다.

남은 적의 존재를 알아챈 네이브가 뒤돌며 검을 휘두르는 것과 동시에 네이브의 얼굴 바로 옆으로 얼음 창이 날아가 놈의 심장에 정확히 들어박혔다. 허공으로 흩뿌려지는 피를 보며 하마터면 얼음이 네이브의 얼굴에 맞을 뻔했는데, 그렇지 않아서 다행이라는 생각을 했다.

그리고 그 수없이 흩뿌려지는 방울진 핏방울 중 하나가 내 뺨에 닿았을 때, 그제야 제정신이 돌아왔다.

미쳤구나.

그 순간에 가장 먼저 든 생각은 그것이었다.

대체 어쩌자고 마법을 날렸을까. 네이브가 누군데, 그 대단하신 마스터의 후계자가 아닌가. 방금 내가 나서지 않았어도 충분히 스스로 방어할 수 있는 사람이었다. 암살자가 오는 경우도 많으니 그런 상황이 되레 일상이고 숨 쉬듯이 자연스러울 텐데.

내가 어떤 멍청하고 어처구니없는 짓을 저질렀는지 깨달은 순간, 도저히 네이브와 눈이 마주치고 멀쩡한 표정을 유지할 자신이 없어졌다. 그래서 도망치듯 그 자리를 떠나고 말았다.

세상 끝자락까지라도 달려갈 것만 같던 나는 어느 정도 찬 바람을 맞고 이성이 돌아오자 뜀박질을 멈췄다. 두근대던 심장도 차츰 정박자를 되찾았다.

나는 굳은 얼굴로 주위를 살폈다. 사실, 솔직히 말하자면 그 자리를 떠난 이유가 하나 더 있었다.

살수를 죽이고 나서부터 느껴지던 맹렬하고 강력한 기운.

한때 COAD의 일원으로서, 누구의 것인지 모를 수가 없었다.

그자가 왜 이런 외진 곳에 있는진 몰라도, 마주쳐서 좋은 상대는 절대 아니었다. 그래서 핑계도 댈 겸 도망쳤는데……

'쫓아오고 있어.'

나는 굳은 얼굴로 호흡을 가다듬으며 고개를 고정시킨 채 기감을 곤두세워 주변을 살폈다. 그리고 아주 미세한 인기척이 난 곳을 향해 몸을 돌렸다.

'하……'

COAD에서 회의 때마다 가끔씩 보던 얼굴. 모든 것을 맹렬히 살라먹는 화염이 떠오르는 진한 장밋빛 머리칼에, 그와 똑 닮은 붉은 눈동자.

마스터 S의 후계자, R이었다.

나를 쫓아온 것이 맞는 듯 그녀가 나무 사이에서 걸어 나왔다. 그녀는 지금껏 쫓아왔던 것이 분명함에도 우연을 가장하듯 눈을 동그랗게 뜨더니 이내 눈꼬리를 낭창하게 접으며 미소 지었다. 물론, 장밋빛 눈동자에 깃든 것은 명백한 살기였다.

"안녕. 레이첼, 맞죠?"

묘하게 밝고 어린아이 같은 목소리로 말한 그녀는 친구에게 하듯 가볍게 손을 흔들었다.

나는 대답하지 않았다. 대답할 필요성을 느끼지 못해서였다. 나는 이제 COAD의 일원이 아니었고, 그녀의 말에 대답해야 할 이유가 없었다.

그러나 상당히 강적인 그녀 입장에선 나의 답변 유무 따윈 상관이 없었던 모양이다.

"흐응. 왜요, 갑자기 나타나서 놀랐어요? 어디부터 봤는지 궁금한가요?"

비음을 섞어 말한 그녀가 고개를 살짝 기울였다. 그 단순한 동작에 얼마나 많은 계산이 들어갔을지는, 본인만이 알 수 있을 터였다.

"그런 건 관심 없고……"

나는 무감하지만 서늘한 표정을 지으며 검집에 손을 올렸다.

"하루 종일 COAD에서 자리매김에 열중해야 될 사람이, 이런 보잘것없는 곳엔 왜 온 것이지?"

사실 관심이 없진 않았다. 만일 방금 전 내가 네이브를 돕는 장면을 목격했다면 그건 정말로 낭패였다. 그러나 그런 티를 낼 순 없었다.

일단 검을 꺼내진 않은 채로 대치 상태를 유지했다. 싸운다면야 상대는 될 테지만 검만으로는 안 되니 마법을 써야 했다. 마법을 쓰면 고통이 뒤따라오니 여기서 R을 죽일 작정이 아니라면 싸우지 않는 게 나았다.

'일단 피하는 게 상책인데……'

포탈을 여는 건 좋지 않았다. 열고 닫히는 시간이 있어서 그사이 따라 들어올 수도 있기 때문이었다.

그렇다고 아까처럼 무작정 뛸 수도 없었다. 마스터의 후계자인 R을 떨쳐낸다는 건 거의 불가능에 가까웠다. 붙잡히지 않는 것은 가능하나 도망치는 것은 어려웠다.

'……스승님한테 도움을 청해볼까.'

나쁘지 않은 생각이었다. 스승님에게는 오직 그만이 가지고 있는 고유의 권능, 순간이동이 있으니 말이다. 다만 특정한 능력을 오직 한 사람만이 쓸 수 있다는 것은 양면의 독이 되기도 했다.

그 능력이 사용되는 것을 누군가 보았다면, 시행자가 누군지 바로 알아챌 테니까. 가장 큰 문제는 COAD가 스승님의 존재를 알고 있다는 것이었다.

'스승님과 내가 관련이 있다는 걸 들키면 곤란해.'

이러지도 저러지도 못하고 속으로 안절부절못하는 나와 달리 R은 여상스러운 투로 말했다.

"확실히 듣던 대로 까칠하시네요. 그래도 걱정하지 말아요. 오늘은 체포하려고 온 게 아니니까."

"그럼?"

"한 가지 드릴 말씀이 있어서요."

R이 입꼬리를 끌어올려 묘한 미소를 지어 보였다.

접점이 없던 R이 내게 개인적인 말을 할 가능성은 낮았다. 그러니 이건 COAD의 입장을 전하는 것에 가까울 것이다.

"그쪽, 가족이 있으시던데."

다만 저런 말이 나올 줄은 예상치 못했다.

"……가족이야 있었지."

5년 전 COAD에 들어오기 위해 한 매지시스 부부의 딸 행세를 했다. 진짜 가족도 아니었고 호적에 올려주는 대가로 그쪽에서 원하는 것도 들어주었으니 다른 교류는 없었지만, 그래도 서류상으로는 가족이 맞았다. 비록 몇 년 전에 둘 다 순차적으로 죽어버렸지만.

"아니, 그 가짜 말고요."

단박에 날아온 단호한 부정에 나는 얼굴을 굳혔다. 그들이 아니라면 가족이라고 부를 만한 이는 없었다. 눈을 떴을 때부터 나의 세상엔 스승님과 루시안뿐이었고, 그 전의 기억은 없었으며-네이브와의 기억은 사정이 있어 특별히 기억하는 것이고, 다른 기억은 없었다―스승님의 명령을 수행하기 위해 세상에 나온 것이 겨우 5년 전이었으니까.

그 후 명령을 수행할 방법을 모색하던 중 네이브와 우연히 마주치게 되었고 COAD에 들어가는 것이 명령을 수행하기 적합하다 판단해 들어가게 된 것이었다. 이리도 단순하게 요약할 수 있는 나의 삶에 '가족'이라 할 만한 이는 그 매지시스 부부 말고는 없었다.

하면 R이 말하는 이는 대체 누구인 걸까?

이러한 나의 혼란을 알기라도 한 듯, R이 한 손으로 입가를 살포시 가리며 무지한 자를 불쌍히 여기는 눈빛으로 말했다.

"정말 모르나 보네요…… 저런, 대체 어찌하면 자신의 혈육마저도 잊을 수 있을까."

동정하는 듯한 말투에 짜증이 치밀어 오르긴 했지만, 그것에 전혀 감정을 소모하지 못할 만큼 귀에 박혀 드는 단어가 있었다.

'잊었다, 라……'

그 말은, 처음부터 몰랐던 게 아니라 과거 어느 순간에는 기억하고 있다가 후에 그 기억을 잃어버렸다는 말이 아닌가.

제 의지와는 상관없이 심장이 두근거렸다. 그 말을 듣는 순간 짚이는 것이 있기 때문이었다.

스승님.

나의 첫 기억부터 등장하는 이.

그리고 덮어두고 있던 흐릿한 기억들.

『그건 이젠 기억할 필요 없는 거란다. 알겠느냐? 굳이 나쁜 기억을 되살릴 필요는 없지 않으냐.』

스승님을 만난 지 얼마 안 되었을 때 그가 늘 반복하던 말. 그때는 별말 없이 수긍했었다. 기억도 안 나고, 그의 말대로 굳이 기억하고 싶지도 않았으니까. 스스로 원해서 봉인된 기억 따위 궁금하지도 않았다.

지금이라고 해서 기억해 내고 싶은 건 아니었다. R이 하는 말이 사실이 아닐 수도 있었다. 그리고 만약 사실이라 해도, 열쇠로 단단히 잠가둔 기억을 이제 와 꺼내어 무엇할까.

"……그래서."

잠시 멈칫했던 나는 겉으로나마 평정을 가장한 채로 물었다.

"하고 싶은 말이 뭐지?"

동정 어린 표정을 연기하던 R의 눈이 가늘어졌다. 그러나 그도 잠시, 곧 환하게 웃으며 특유의 천진한 말투로 말했다.

"우리가 찾을 수 있는데, 해줄까요?"

그 입에서 나온 소리는, 퍽 적지 않은 이들이 혹할 법한 매혹의 속삭임, 혹은 개소리였다.

그녀의 말에 나는 한쪽 입꼬리를 비뚜름하게 올렸다. 눈이 달려있다면 누구나 알 수 있을 만큼 명백한 비웃음이었다.

"내가 왜?"

진심이 아닌, 완벽한 연기였다.

사실 퍽 궁금했다. 아주 잠시 저 소리에 혹할 만큼은. 그러나 가족에 대해 알아보고 싶다 해도 내 힘으로 찾아내야지, COAD의 손을 빌리는 건 안 될 말이었다. 대충 생각해 봐도 가족을 찾아준다 해놓고 인질로 삼을 가능성이 농후하지 않은가.

나의 반응이 예상외라는 듯 그녀가 흐응 하고 비음을 흘리며 고개를 살짝 비틀었다. 꽤나 자연스러웠지만 당황을 숨기려는 의도가 내 눈에는 훤히 보였다.

"그래요."

하나 내가 한 번쯤은 더 제안할 것이라 여겼던 것과 다르게, 그녀는 아주 손쉽게 물러났다. 마치 아쉬울 것 없다는 듯이.

둘 다 서로 한 번씩 예상을 빗나갔으니 쌤쌤인 건가.

그런 시답지 않은 생각을 하며 슬금슬금 도망칠 준비를 했다. 물론 눈에 보이는 행동을 한 것은 아니고, 어디로 뛰어야 따라잡기 힘들까 생각하며 주변을 살피기만 한 게 다였지만.

"본인이 싫다면야 뭐, 더 권하지 않을게요. 나중에 후회해도 소용없을 테니까."

말은 가벼우나 경고하듯 덧붙여진 말에 나는 속으로 비웃었다.

후회를 한다면 진작에 했겠지.

스승님과 처음 만났던 그날에.

지금의 나는 기억도 하지 못하는, 그날에.

"더 이상 할 말이 없다면 이만 가도록 하지."

사실 그녀와 나 사이에 이렇게 친절히 말하고 가는 것도 우습지만, 그래도 일단 싸우지 않기로 결정한 이상 도발하지 않는 것이 현명했다.

등을 보이지 않으려 뒤돌지 않은 채 그녀의 반대 방향으로 땅을 박찼다. R은 그때까지도 별다른 행동을 보이지 않았다. 그저 감정이 드러나지 않는 눈으로 나를 바라보고 있을 뿐이었다. 나 또한 눈만 그곳을 떠났을 뿐 끝까지 그녀를 향해 신경을 곤두세웠다.

[가론]

쐐에엑-

검이 바람 소리를 내며 허공을 갈랐다. 짧은 단도이지만 그렇다고 소리가 작은 건 아니었다.

한참을 홀로 검을 휘두르던 나는 곧 마무리 동작을 하며 격한 움직임을 멈췄다. 가쁜 호흡 탓에 가슴이 크게 오르내리기를 반복했다.

호흡이 채 갈무리되기 전에 단도를 허리춤에 찬 검집에 꽂았다. 손을 대충 털며 기지 안으로 돌아갔다. 어차피 건물 바로 옆에서 연습하고 있던 터라 많이 갈 것도 없었다.

잠잠한 얼굴로 걸어가던 나의 얼굴에 순간 옅은 쓸쓸함이 비쳤다. 이미 느끼고 있긴 했지만. 확실히 몸이 둔해졌다. 뭣도 못 하고 1년을 물처럼 흘려보냈으니 그럴 만도 하지만. 그래도 쓸쓸함은 숨길 수 없었다.

그나마 다행인 점은 돌이킬 수 없는 부상을 입거나 몸이 노화한 건 아니라서 노력만 하면 되돌릴 수 있다는 것일까.

'사실, 대련을 하면 좀 더 빨리 늘 수 있을지도 모르겠지만.'

대련할 상대가 이로 아니면 레이첼인데, 왜인진 모르겠지만 레이첼은 외출이 잦았다. 그에 비해 이로는 대부분 기지에 머물렀다.

내가 이로에게 대련을 신청했다가 잘근잘근 밟힐 미래가 쉽게 떠올랐지만, 그래도 사감보단 실력 향상이 먼저였다. 결심을 끝낸 나는 이로의 방으로 향했다.

어젯밤, 이로와 레이첼이 COAD에서 완전히 나와 기지로 돌아왔다. 사실 잘은 몰라도 빠져나오기 쉽지 않았을 거라는 것쯤은 알고 있으니 마중이라도 하려고 기다리고 있었는데, 참다 참다 잠시 화장실에 다녀온 사이 이로가 돌아와 버렸다. 한마디로 엇갈린 것이다.

그런 줄도 모르고 한동안 기지 입구에 쭈그려 있다가, 문뜩 혹시나 하는 생각이 들어 방을 찾아가 조심스럽게 문을 열어보니 역시나 이로가 침대에 널브러진 옷가지처럼 뻗어 있었다. 씻거나 옷을 갈아입지도 못한 채였다. 나는 일말의 안심과 쓸데없이 낭비한 시간에 한탄하며 내 방으로 돌아가 잠을 청했더랬다. 레이첼의 방문은 예의상 열지 않았다. 방문에 귀를 대는 것만으로도 안에 없다는 걸 알 수 있었다.

똑똑.

"야."

이로의 방 앞에 도달한 나는 빠르게 두 번 문을 노크했다. 작은 인기척과 함께 문이 열렸다.

"왜? 형. 심심해?"

"너 시간 있냐?"

쓸데없이 눈치 빠른 자식은 자신을 찾아온 나를 보고, 내 말을 듣고는 비음을 매며 양 입꼬리를 히쭉 올렸다. 뭣 때문인진 몰라도 일단 자신이 필요하다는 것쯤은 짐작한 것이 틀림없었다.

"아니? 시간 없는뒈?"

그러니 5살짜리 꼬마처럼 부자연스럽게 발음을 꼬며 저토록 얄미운 눈빛을 보내는 거겠지. 남아돌다 못해 넘쳐흐르는 것이 시간일 텐데도 말이다.

당장이라도 만화에서 빡칠 때 나오는 효과인 '빠직'이 머리에 붙는 것 같았으나, 속으로 후, 후, 후, 심호흡을 한 다음 친절히 웃으며 입을 떼었다.

"입 닫고 나와."

그러고는 오른발을 들어 문을 걷어찼다. 아주 세게 차진 않은지라 위험하진 않았지만 짚고 있던 문이 사라져 순간 흐트러진 이로를 끌어당기기에는 충분했다.

"우왓!"

팔을 잡힌 채로 끌려 나온 이로는 반사신경을 자랑하기라도 하듯 곧바로 중심을 잡았다. 그러나 이미 방 밖으로 나온 터라 딱히 상관없었다.

"아 왜왜왜, 왜 불렀는데."

"대련 좀 하자고."

"아하."

용건을 들은 이로의 입꼬리가 끝을 모르고 솟아올랐다. 그는 매우, 아주 즐거워 보였다. 새순을 닮은 연녹색 눈동자에 호승심이 깃들었다. 갑자기 그에게 대련을 청한 것이 후회되기 시작했다.

"오케이. 그깟 대련, 아주 잘근잘근 밟아주겠어. 분발해 봐 형. 상처 몇 개는 줄여야 연고를 아낄 수 있을 거 아냐?"

앞으로 어떻게 될지 모르니 연고를 아끼는 거야 좋지만, 그걸 놀려먹는 데 사용하는 것도 참 재주였다. 나는 뭐라 대꾸하는 대신 잡고 있던 이로의 손목을 바로 놓았다.

도발에는 침묵과 무시가 답이다. 나는 자꾸만 귀에 윙윙대는 이로의 말을 무시하며 기지 밖으로 걸어갔다. 어차피 내가 이렇게 말도 안 하고 움직여도 이로가 따라오리란 걸 알았다. 봐온 것은 오래되지 않았지만, 저 자식이 호기심과 흥미는 절대로 참지 못하는 성미라는 것은 알았다. 그 호기심과 흥미 안에는 호승심도 포함이었다.

[이로]

"내가 선빵 간다. 오키?"

"마음대로."

나는 어깨에 대포를 얹은 채로 자세를 잡았다. 입은 시원하고 섬

뜩한 호선을 그리고 있고 눈은 전투심으로 번뜩였다. 누가 봐도 완벽한 '전사'의 모습이었다.

나는 싸움이 좋았다. 강자와 1 대 1로 붙는 것도 좋고, 도륙이나 살육도 나름 괜찮았다. 피를 보면 흥분하고 날뛰는 것은 전사로서 당연한 것이 아닌가. 물론 도륙이나 살육은 상대가 너무 약하기 때문에 조금 하다 보면 금방 질리기 일쑤지만 말이다.

COAD에서는 '전사다움'을 중요시 여긴다. 아무래도 힘으로 인간들 위에 군림하고 있기 때문인지, 강함은 미덕이고 약함은 죄악이었다. COAD에서는 아주 중요한 인물이 아니라면 부상자를 챙기지 않는다. 버려지지 않으려면 알아서 살아남아야 했다.

나는 다행히도 친부와 친모를 닮아 강한 편이었다. 기실 강한 아이를 낳을 목적으로 낳았으니 당연한 것일까. 다만 한 가지 비극적인 것은, 물려받으면 안 될 것까지 물려받아 버렸다는 것이었다.

두 강자의 피를 이어 강하지만, 각각 따로 물려받은 것도 있었다. 친부에게선 외모, 어머니에게선……

'아.'

스스로의 표정이 어두워지고 있음을 깨달은 나는 억지로 생각을 멈췄다. 다시 입꼬리를 끌어올렸다. 연녹빛 눈은 본래의 호승심을 되찾았다. 진심이라고 믿어지지 않을 정도로 빠르게.

이러면 안 된다.

그 어린 날, 침대 머리맡에서 어머니와 약속하지 않았던가.

웃겠다고.

광대의 가면을 쓰고 웃으며 살겠다고.

살아남겠다고.

살아남으려면 웃어야 했다. 한데 자꾸만 가면을 쓰니 되레 가면에 뒤집어쓰였다. 내가 지금 짓고 있는 웃음이 거짓인지 진심인지 분간이 되지 않았다. 그러나 나쁘지 않았다. 그렇게 나 자신이 허물어지는 것도 괜찮겠다고 생각했다. 대단한 사람이 되지 못하고 순간의 욕구만을 쫓으며 살다가 별것 없는 삶을 살고 죽는 것도 아버지에 대한 일말의 반항쯤은 될 수 있을 거라고. 그렇게 미약한 반항심을 가져보기도 했다.

그러다가 정말 삶이 지루해질 즈음에, 레이첼을 보았다.

처음엔 별것 아니었다. 진부하기 짝이 없는 COAD에서 첫 만남에 더없이 강렬한 인상을 남겼으니 자연스럽게 흥미가 생긴, 수도 없이 해왔던 일의 연장선에 불과했다.

그러나 약간의 시간이 지나자, 그녀가 '그저 그런' 사람이 아님을 알아차렸다.

COAD 사람은 모두 이기적인데, 그녀는 아니었다. 조금 막무가내 같긴 하지만 이기적인 건 분명 아니었다. 그리고 무엇보다, 그녀와 나는 동류였다.

가식적이다 못해 다른 사람의 삶을 사는, 그리하여 자신마저 잊어버린 부류. 그저 형식적인 미소를 짓고 끝내는 게 아니라 정해놓은 배역에 따라 뒤로 넘어가며 박장대소를 하거나, 아니면 반대로 싸늘히 무시해 버리는. 그렇게 '하고 싶은' 것이 아니라 '해야 하는'

행동을 연기하며 살아남는 이들.

겉으로 드러나는 행동과 성격은 완전히 반대였으나 신기하게도 같은 부류였다. 자신의 얼굴 대신 남의 얼굴 가죽을 뒤집어쓴 사람들이었다.

언젠가 참석했던 연회에서 매지시스들에게 한결같이 서늘한 표정으로 대응하는 레이첼을 보며 그것을 깨달은 순간 나는 광인처럼 웃었다. 미친 듯이 즐거웠다.

아, 그렇구나.

너도 그런 삶을 사는구나.

나와 같은 삶을 사는구나.

상념에서 급속히 빠져나온 나는 순식간에 손을 놀려 대포를 조작해 가론을 향해 포를 쏘았다. 가론은 포가 발사되자마자 재빨리 옆으로 피하고 나에게 달려왔다. 손에 든 단도의 날이 햇빛에 비쳐 매섭게 번뜩였다.

나는 가론이 가까이 접근하기 전에 연달아 포를 쏘았다. 그의 움직임으로 다음 동작을 예상해 던지는데도 꽤 잘 피해 다녔다.

확실히, 가론의 장점은 스피드였다. 얇고 긴 체격에 고루 발달한 잔근육을 효과적으로 이용했다. 그것이 공격의 사정거리가 좁은 단검의 단점을 커버해 주었다. 그 와중에 단검을 다루는 기술도 상당했다. 객관적으로 봤을 때 그는 훌륭한 단검 사용자였다.

그런데······

비처럼 쏟아져 내리는 포를 피한 가론이 높게 점프하며 내 급소를 향해 검을 내려찍었다. 가론은 마력이 없으므로 도약도 못 하건만 그런 것치고 꽤 높은 점프였다. 나는 재빨리 옆으로 피했다.

'야매로 익힌 것치고는…… 상당히 급소를 잘 노린단 말이지.'

반역죄로 가론과 그의 가족이 잡혀 왔을 때 조사지에서 가론에 대한 대략적인 정보를 읽을 수 있었다.

성명: 가론. 성은 특정 불가.

혈연관계: 확인 불가.

거주: 체포되기 직전까지 카멜오르다에서 40대 부부와 10대 여자와 함께
　　　생활한 것으로 확인. 그들 모두 혈연관계는 아닌 것으로 판명.

죄목: 반역죄, 사회 교란죄…… 외 세 가지.

……

..

.

주거지의 지역명으로 보아 중심지에서 멀리 떨어진 외지에서 한 부부와 10대 여자아이와 함께 살았던 것으로 보였다. 다만 희한한 것은 그들 모두 혈연관계는 아니었다는 것이다. 그러나 내가 만난 가론은 그들을 '가족'이라고 불렀다. 어머니라고, 아버지라고, 여동생이라고 부르며 그들이 눈앞에서 죽어가자 자신이 대신 죽기라도 할 것처럼 울부짖었다. 그래서 아무것도 묻지 않았다. 세상에는 남만도 못한 가족이 있듯, 피로 이어지지 않은 가족 또한 존재하는 법이니까.

그런데 그렇게 외지에서 살았으면, 자연스럽게 무위도 형편없어야 하는 게 아닌가? 누가 검을 산골에서 홀로 나물만 먹고 연마해서 터득하나, 그래도 가르쳐 주는 스승이 있어야 할 것 아닌가.

한데 가론은 뒷골목에서 배워먹은 것치고는 실력이 상당했다. 기실 자연스러운 것은 아니었다. 의문과…… 나아가 의심이 생길 만큼 기이한 일이었다.

아주 긍정적으로 생각해서, 단순하게 천재라고 치자. 그렇지만……

또다시 지척에 접근한 가론이 나의 목을 향해 검을 휘둘렀다. 나는 살짝 물러나며 품에 숨겨두었던 작은 검을 꺼내 막았다. 그 또한 범인은 쉽사리 눈에 담을 수도 없을 속도였다. 공격이 무산된 가론은 다시 한번 검을 휘두르려다가, 순간 발을 잘못 디뎌 몸을 약간 휘청였다. 나는 그 틈을 놓치지 않고 빈틈을 향해 검을 찔러 넣었다.

그렇지만, 그렇다기에는, 천재라기에는 모자란 부분들이 드문드문 보인다. 영재라곤 쳐줄 수 있지만, 천재는 분명 아니다.

검을 맞대다 보면 상대에 대해 어느 정도 알 수 있다. 어떤 마음으로 이 순간에 임하고 있는지, 어떤 바람으로 검을 잡았는지, 그리고…… 그는 어떤 검인지.

죽이는 검인지, 지키는 검인지, 사는 검인지, 살리는 검인지, 아니면 아무런 목적도 의미도 없는 허깨비에 불과한 검인지.

가론은 그런 의미에서 상당히 독특했다. 제 한 몸 간수하고, 가족을 지키기 위해 검을 들었을 텐데, 그렇다면 지키는 검이어야 할 것 같은데.

 몇 번의 합을 나눈 후 내가 뒤로 훌쩍 뛰어 거리를 벌렸다. 포를 쏘았으나 가론은 어느새 감을 잡았는지 아슬아슬하게 피해 다니며 또다시 순식간에 내 목전에 다다랐다. 그가 또 한 번 목의 굵은 핏줄을 향해 검을 꽂아 넣는다. 시퍼런 날은 서늘하고 흥분한 백안은 동공이 확장되어 있다. 나는 거의 옆으로 눕다시피 허리를 꺾으며 간신히 검의 궤적을 피해 갔다.

 그는 놀라우리만치 급소를 잘 노렸다. 형형하게 빛나는 백안과 마주치면 대련에 불과하다는 걸 잊고 순간 오금이 저릴 정도였다. 나에게는 그조차 흥분의 기폭제가 될 뿐이지만 일반인은 겁에 질릴 게 분명했다.

 그렇다. 그는 지키는 검보다는 죽이는 검에 가까웠다.

 숨을 빼앗고, 생명을 꺼트리고, 강물을 붉게 물들이는 검.

 왜지?

 왜 지키는 검이 아니라 죽이는 검이지?

 무엇을 그리도 없애고 싶었기에. 무슨 마음으로 검을 잡았기에.

 만약, 원래는 지키는 검이었지만 1년 전 가족이 죽은 뒤로 복수심에 죽이는 검이 된 거라고 생각하면 말이 안 되는 일은 아니다.

 그러나 정말 그뿐인가? 어떤 검인지에 대한 것은 하루 이틀에 걸쳐 만들어지는 것이 아니었다. 검을 잡은 평생에 걸쳐 쌓이는 것이다. 만약 1년 전 가족이 죽은 후부터 복수심에 불타기 시작했다고 해도 그때부터는 구금되어서 날붙이 하나 못 잡아봤을 텐데. 끓어오르는 분노를 검에 담아낼 시간조차 없었을 텐데. 그런데도 이토록 선명한 살의를 품고 있는 그의 검을 겨우 그것으로 설명할 수 있나?

여러 가지 의문이 떠오르지만, 입 밖으로 내뱉진 않을 것이다. 원래 상대를 속속들이 알고 있는 것보다 조금 비밀스러운 것이 훨씬 흥미로운 법이니까. 상대가 한사코 감추려는 비밀을 파헤치는 재미가 있었다. 가론이나 레이첼 역시 예외는 아니다.

이번에는 내가 반격할 차례였다. 나는 대포의 적절한 위치에 달려 있는 두 손잡이를 단단히 붙잡고 코앞에 있는 가론에게 통나무처럼 내려찍었다. 때로는 물건이 본래의 용도 말고 다른 방식으로 쓰일 수도 있는 법이다. 대포 또한 포를 쏘는 것 외에도 그 육중한 무게로 깔아뭉개는 게 은근 효과가 좋았다. 아무도 그것을 그렇게 사용하리라고 상상치 못하기 때문이다. 그것은 가론도 마찬가지였다.

어찌저찌 피하려고 한 것 같긴 한데, 약간 몸을 비틀기는 했으나 성공하지는 못했다. 가론은 원래 내가 조준했던 머리통에서 벗어나 허벅다리를 맞았다. 아니, 다리가 대포 아래에 깔렸다는 표현이 맞겠다. 나는 그 밑에서 벗어나려 몸을 비트는 가론 위에 올라타 목에 검을 겨누었다. 자칫하면 닿을 거리라 가론도 멈칫하며 움직임을 멈췄다.

"자."

나는 다치지 않도록 검의 넓적한 면으로 가론의 목을 꾹 누르며 의기양양한 미소를 지었다.

"내가 이겼지?"

조금 아쉽고 분하다는 듯한 백안이 미간이 찌푸려짐에 따라 눈꺼풀 밑으로 살풋 숨어들었다. 그는 이내 왼손 주먹을 꽉 쥐어 보였다. 항복의 의미였다.

나는 벌칙으로 가론의 등을 아프지 않게 치고는 자리에서 일어났다.

[레이첼]

포탈을 넘어 기지에 발을 디뎠다. 정확히는 기지와 멀지 않은 풀숲이었다. 인기척이 들려 나무 사이 보이는 광경으로 고개를 돌리니 이로와 가론의 모습이 보였다. 가론은 엎드려 있었는지 막 몸을 일으키고 있었고 이로는 그런 가론을 놀리는 듯 보기만 해도 약오르는 얼굴로 가론을 놀리고 있었다.

대련이라도 했나보다. 나는 그렇게 생각하고는 아이들이 있는 별장으로 걸음을 옮겼다. 아이르와 대화를 해야 하기 때문이었다.

어제, 아이르가 COAD에 멋대로 따라왔다. 분명 안 된다고 했는데도 말이다. 결과적으로는 잘됐지만 그렇다고 해서 그냥 넘어가 줄 생각은 전혀 없었다.

아이르는 COAD에 오면 안 된다. 나중에는 몰라도 지금은 아니었다. 지금은 정령사가 사라진 지 오래이기 때문에 COAD의 메인 시티에는 정령에 대한 대비가 거의 없어서 오히려 나보다 더 활동이 자유롭긴 하지만, 그래도 아이르는 위급 상황에 대한 대처가 부족했다. 그 나이에는 당연한 것이지만, 그게 실전에 나서도 된다는 뜻은 아니었다.

'만약에, 정령사가 꼭 필요한 때라면 몰라도……'

그러나 어제는 아이르가 '꼭' 필요한 상황이 아니었다. 위험하지 않았다고는 할 수 없지만 이로와 나는 어떻게든 그곳을 빠져나갔을 거다. 정 안 된다면 스승님이나 루시안에게 도움을 청해서라도. 금제에 묶여 있는 스승님은 COAD에 별 힘을 쓸 수 없을 테지만, 금제가 없는 루시안은 괜찮을 터였다. 남의 도움은 끔찍이도 싫어하는 나이지만 그렇게 해서라도 빠져나왔을 거란 말이다.

그러니 아이르는 오지 않아도 되었다. 하물며 그 아이가 꼭 필요한 상황이었더라도 허락 없이 쫓아왔으면 혼쭐을 냈을 거였다. 그렇지 않는다면 다음에 또 그렇게 행동할 테니까.

적당히 빠른 속도로 걷던 발걸음이 문 앞에서 멈췄다. 나는 문을 열고 별장 안으로 들어갔다. 안이 어두웠다. 나는 벽시계를 보았다. 좀 늦은 시간이긴 했지만 아직 잘 시간은 아니었다. 이 시간이면 보통 각자 자기 방에 있을 터였다. 나는 여자아이들의 방이 있는 서쪽 계단으로 올라갔다.

나는 계단을 올라가 2층의 짧은 복도를 바라보았다. 2층은 사이에 놓여 있는 가벽을 경계로 남자아이들의 공간, 여자아이들의 공간이 나누어져 있는데 여자아이들이 더 적기 때문에 동쪽보다 서쪽 공간의 복도가 더 짧았다.

나는 아이르의 명패가 붙어 있는 방의 문을 손가락 관절 부분으로 똑똑 두드렸다. 이내 들어오라는 목소리 대신 문을 열고 나온 아이르와 눈이 마주쳤다.

나일 줄은 몰랐는지 아이르의 연한 살구색 눈이 동그래졌다. 척 보아하니 '올 것이 와버렸다.'라는 표정이었다. 감정을 숨길 생각 따윈 없는 얼굴이다. 늘 표정 관리를 하는 COAD 사람들만 보다 보니 아이르의 반응은 볼 때마다 신선한 감상을 받았다. 살굿빛 눈동자가 사정없이 요동쳤다.

"안, 안녕하세요?"

"그래."

나는 고개를 살짝 기울이며 말했다.

"들어가도 되지?"

"……네."

두려움과 작은 다짐이 담긴 목소리였다. 아마 곧 쏟아질 질책에 대한 다짐일 터였다. 나는 아이르를 따라 방으로 들어가 문을 닫았다.

"잠깐 앉아봐."

[아이르]

자식을 살 떨리게 하는 부모의 말이 세 가지 있다.

첫째는 풀 네임을 부르는 것이고.

둘째는 '나와봐.'이고.

셋째는 '앉아봐.'이다.

비록 부모 자식 사이는 아니지만 그중 하나를 들은 내 심정이 어떻겠는가.

'살려주세요……'

심장이 남아나지 않을 지경이었다.

레이첼 님은 원래도 차가운 미인상이시지만, 무표정을 지으면 그 서늘함이 배가 됐다. 4년 동안 봐왔으니 겉으로 드러나진 않아도 목소리만으로 어느 정도 기분을 유추할 수 있었다.

레이첼 님이 화가 났다. 그것도 아주 많이.

분노한 맹수 앞에 선 초식동물이 취할 수 있는 태도야 하나뿐이었다.

"네……"

얌전히 순응하는 것.

나와 레이첼 님은 침대에 걸터앉았다. 심장이 격하게 제 존재를 알려댔지만 일단 무시하기로 했다.

슬금슬금 눈을 피하다가 힐끔 눈치를 봤을 때 시선이 딱 마주쳐 버렸다. 맑고 깨끗해서 예쁜 붉은 눈동자 한 쌍이 나를 직시했다. 이상했다. 분명 눈도 예쁘고 얼굴도 예쁜데, 그걸 쳐다보는 나는 숨 막혀 죽을 것 같았다.

"아이르."

"네."

그래도 목소리는 착실하게 나온다. 말끝이 조금 떨리긴 하지만 괜찮았다.

"어제 왜 따라왔니?"

고저 없는 음성이었다. 분노가 묻어나지도, 다른 감정을 찾아볼 시도조차 차단해 버리는 목소리였다.

레이첼 님이 물은 것은, 충분히 예상했던 질문이었다. 그런데도 다시 한번 생각하게 됐다.

'내가 왜 따라갔었더라……'

한동안 마구잡이로 떠오르는 생각을 말로 정리하느라 대답할 때까지 시간이 걸렸다. 그러나 레이첼 님은 그저 가만히 나를 기다려 주셨다.

"……제가요."

조심스럽게 시작한 말에 레이첼 님의 눈의 초점이 더 또렷해졌다. 조금 떨리긴 하지만 냅다 호통칠 분위기는 아니라 나는 말을 이어갔다.

"레이첼 님이 절 데려와 주셨을 때, 정말, 진심으로 감사했거든요. 말로 표현 못 할 정도로. 그래서 언젠가 꼭 보답해야 된다고 생각했어요."

만약 가족이라면 이런 호의를 당연하게 받아들일 수 있을지도 모른다. 그러나 우리는 남이었다. 아주 어렸을 때라면 몰라도, 12살은 처음 만난 사람을 온전한 가족으로 받아들이기엔 조금 늦은 나이였다. 아예 입양같이 법적으로도 가족이라면 좀 다를 수도 있겠지만 우리는 그것마저 아니었다.

그러니 레이첼 님은 내게 은인일 뿐이었다. 너무나도 소중하고 감사한 은인. 그러나 가족은 될 수 없는.

그런 분에게 은혜를 입었으니 반드시 보답해야 했다. 엄마가 그렇게 말했었다. 도움을 받으면, 은혜를 입으면 꼭 보답해야 된다고. 그게 도리라고.

"그리고 어차피 레이첼 님께서도 말씀하셨잖아요. 제 능력을 쓸 곳이 있어서 거둔 거라고. 그래서 다행이라고 생각했어요. 그걸로 보답하면 되겠다, 하고. 근데 어제 일은 제가 도울 수 있는 거였잖아요. 제가 도움이 되는데 왜 데려가지 않으셨어요? 저 어리지 않아요. 정령도 잘 다루고 사리 판단 정돈 할 수 있어요. 물론 위험한 건 알지만, 모르는 건 아니지만 그래도 짐은 되지 않을 수 있는데……"

나는 COAD에 대해 잘은 몰랐다. 다만 그곳이 정령에 관한 방비가 취약하다는 건 알았다. 그럼 내가 가는 것이 도움이 되지 않을까? 정령술 말고 레이첼 님께 검술도 배웠다. 기체화했다가 검으로 한 번 공격하고, 다시 기체화하는 것만 반복해도 웬만한 적은 이길 수 있었다. 내 실력이 뛰어나다는 건 자만이 아닌 객관적인 사실이었다. 레이첼 님도 인정했다.

그러니 레이첼 님이 당연히 나를 데려가실 거라 예상했다. 레이첼 님은 냉철한 분이시니까, 도움이 되는 이를 데려가지 않을 이유는 없다 여겼다. 위험 요소가 있긴 하지만 그것도 타파할 수 있을 거라 믿었다.

그러나 레이첼 님은 나를 데려가지 않았다. 오지 말라고 했다. 고작 어리다는 이유 하나만으로.

속상했다. 믿을 수 없었고, 나를 못 믿으신다는 생각에 화가 났다. 무모한 행동이란 건 알았지만 그래도 레이첼 님 뒤를 따라붙었다. 몰래 따라갔다가, 정말 위험하다 싶으면 끼어들고 아니면 조용히 돌아올 작정이었다. 정령의 도움을 받아 기체화하여 닫히기 직전의 포탈을 통과하는 것은 어렵지 않았다. COAD 역시 수월하게 잠입했다. 기척에 예민한 몇몇 COAD 사람들 때문에 놀라기도 했지만 잡히지 않았다.

"그런데 왜…… 가지 못하게 하세요?"

내가 말하는 동안 레이첼 님은 조용했다. 표정 하나 바뀌지 않은 채 가만히 나를 바라보기만 했다. 내가 말을 마치고 약간의 시간이 지난 뒤 레이첼 님께서 입을 여셨다.

"넌 어리고, 경험도 없어. 사실 실전에서 가장 중요한 건 실력이 아니야. 순발력, 달리 말하자면 임기응변이지. 간단한 선택 하나로 생사가 갈려. 넌 그게 무슨 느낌인지 알아? 길모퉁이 하나 잘못 들었다고 누군 죽고 누군 살아. 그때 어떻게 해야 되는진 알아?"

나는 입을 열지 못했다. 아무 말도 하지 못했다. 답을 몰랐으니까.

"네 실력? 나도 인정해. 꽤 쓸 만한 건 맞지. 근데 너는 경험 따윈 한 번도 없잖아. 너를 죽이려 달려드는 이를 상대해 본 적 있어? 진정 살기가 담긴 공격을 받아본 적 있어? 너보다 실력이 떨어지는 이와 겨뤄본 적도 없으면서 너 같은 건 10초도 못 버틸 상대한테 덤비겠다고? 그건 자살하고 싶을 때나 쓰는 방법이고, 네가 할 짓은 아닌데."

"……적을, 적을 만나면 기체화해서 피하려고……"

"옆에 동료가 있으면 어쩌려고?"

숨이 턱 막혔다. 만약 그런 상황이 생기면 정령의 힘을 빌려 내가 아닌 다른 대상을 기체화하면 될 테지만, 그것은 상당히 어려운 기술이었다. 지금의 나는 사물은 기체화시킬 수 있지만, 사람은 불가능했다. COAD에서 이로 님을 기체화시켜 주지 못한 이유였다. 다행히 이로 님은 혼자 적을 상대할 수 있으니 괜찮았지만, 만약 다른 사람이라면……

"그러면 그냥 너 혼자 도망치려고 그랬어?"

"아니요!"

나는 거의 새된 목소리로 소리쳤다. 절대로, 절대로 그럴 생각이 아니었다.

"아니면 뭐?"

입술이 떨렸다. '아니면'. 나 혼자 도망치는 게 아니면 어떡하려고 그랬지? 내 계획이 뭐였지?

혼란스러운 머리를 굴리다 얼마 지나지 않아 깨달았다.

아, 나 계획이 없었구나.

망치로 한 대 얻어맞은 기분이었다. 머리가 멍해졌다.

계획 따윈 없었다. 그저 어리석은 열정과 고집이 엉뚱한 곳으로 분출되었을 뿐이었다. 감당할 수 없을 만큼 커다란 구멍으로, 얼마나 큰일인지 가늠도 못 하면서. 계획이랍시고 적어둔 종이는 구멍이 숭숭 뚫린 창호지에 불과했다. 뭉툭한 손가락으로 대충 쑤셔도 뚫려버리는 얇디얇은 창호지.

"……죄송해요."

자동으로 고개가 땅으로 떨어졌다. 부끄러웠다. 순간 욱한 마음을 가지고 무모한 짓을 저지른 것이. 심지어 결과가 잘되어 다행이지만, 만약 내가 COAD에게 발각됐더라면? 그래서 레이첼 님과 이로 님에게 짐이 되었다면?

상상만 해도 미친 듯이 죄송스럽고 손이 떨렸다. 게다가 그런 일이 실제로 일어날 뻔했다.

고개를 숙이고 있어서 레이첼 님의 표정이 보이지 않았다. 레이첼 님이 잠시 침묵하다가 입을 열었다.

"네가 정말 진심으로 전투에 참여하고 싶다면 언제든지 얘기해. 가르쳐 줄게. 어떤 마음으로 전장에 나가야 하는지. 돌발 상황에 가장 중요시 해야 될 게 뭔지. 다만 이것만은 지금 말할게."

나는 고개를 들어 레이첼 님을 바라보았다. 루비를 닮은 날카로운 눈동자가 나를 직시했다.

"전투에 참여하고 싶다면, 죽음을 각오해. 너의 죽음뿐만 아니라 타인의 죽음까지도. 동료의 죽음, 적의 죽음, 너의 죽음. 그걸 견뎌내는 건 전투에 참여하는 기본 중의 기본이니까. 이것도 못 하겠다면 전장엔 발도 들이지 마."

살굿빛 눈동자가 흔들렸다. 그러나 한번 침을 삼킨 후 입 밖으로 나오는 대답은 떨지 않았다.

"네."

"네가 한 짓은 무모한 행동이었지만 이미 반성하는 것 같으니 더 이상 뭐라 하지는 않을게. 대신 한 번 더 이런 일을 벌인다면, 난 그때부터 너에게 전투를 가르치지 않을 거야. 알겠어?"

전투를 가르쳐 주지 않는다는 말은 전투에 참여할 자격을 빼앗는다는 뜻과 같았으나, 나는 고개를 끄떡였다. 앞으로는 또 그런 짓을 할 생각은 전혀 없었다.

"그럼 난 이만 갈게. 일이 좀 있어서."

"네. 안녕히 가세요."

나는 처음보단 밝은 목소리로 그녀를 배웅했다.

[레이첼]

몇 시간 뒤.

나는 레이가 있는 집으로 가 피를 먹이고, 영양가 없는 이야기를 나눈 뒤 기지로 돌아온 참이었다. 상대가 어른이라면 할 일만 끝내고 나왔을 테지만, 아이들은 애정에 대한 목마름 때문에 자잘하고 실용성 없는 대화를 들어줘야 할 때가 있었다.

'그나저나, 정말 보면 볼수록 레이는……'

나와 너무 닮았다.

성격을 말하는 게 아니었다. 외모도 닮긴 했지만, 그건 그런가 보다 하고 넘길 수 있다. 그러나 내가 신경 쓰이는 것은 다른 것이었다.

'생판 남인 사람끼리 기운이 그렇게 비슷할 수가 있나?'

물론 같은 종족에, 비슷한 힘 혹은 권능을 쓰면 아주 불가능한 일은 아니었다. 그러나 나는 그럴 수가 없었다. 일단 단일 종족이 아닌 데다가 힘을 쓴 만큼 몸에 타격이 오는 특이 체질이었다. 혈육도 아닌 이와 이 모든 조건이 겹치는 건 길 가다 벼락 맞을 확률보다 낮았다.

그런데 레이는 보면 볼수록 나와 기운이 너무 유사했다. 그렇다면, 만약 남이 아니라고 가정하면……

'혈육이라 쳐도, 피가 좀 섞인 걸로는 안 돼. 이 정도로 똑같으려면 거의 형제여야 될 것 같은데……?'

"정말 모르나 보네요……저런, 대체 어찌하면 자신의 혈육마저도 잊을 수 있을까."

하필 몇 시간 전에 그딴 소리를 들은 터라 자꾸만 생각이 그쪽으로 흘러갔다. 나는 미간을 찌푸리며 의식적으로 고개를 저었다. 아니, 아니다. 만약 가능성이 있다고 해도 무시해야 했다. 혹시나 정말로 피가 이어졌다 해도, 달라지는 건 없었다.

'스승님은 기억을 봉인할 때 내가 원했다고 했어.'

굳이 자신의 기억을 봉인하고 싶을 정도라면 결코 좋은 기억은 아니었을 것이다. 나는 이제 와서 그 기억들을 끄집어내고 싶지 않았다. 가족 또한 매한가지였다. 지금도 사는 데 전혀 불편함이 없었다. 잊은 것은 그냥 잊은 채로 두고 싶었다. 그것이 편했다.

그러니 레이는, 그냥 그 집에 두고 살게 하면 되는 거였다. 애초에 다른 아이들처럼 후에 이용하려고 데려온 것도 아니었으니까. 그저 이 아이는 나와 필요 이상으로 비슷하다는 직감에 이상하다 생각해 데려온 것뿐이었으니, 만일을 대비해 데리고만 있어도 괜찮을 터였다.

그럴 확률은 낮지만, 혹시나 나와 혈육일 가능성이 확인되었을 때 COAD에서 위협이나 납치를 할 가능성도 없지 않았다. 그러니까 그냥 보호만. 괜히 성가신 일이 발생하지 않도록 보호만 해야되겠다.

약점을 만들면 안 되니까. 정은 주지 말고. 지금 저 별장에 있는 아이들처럼 만들지 말고. 그냥 그렇게, 보호만 하는 거다.

『아무리 가없이 좋은 사람을 마주한다 해도,
그 사람이 네 눈길을 끈다 해도,
인연의 실을 철저히 끊어버리거라.
너만은, 그 누구와도 붉은 실을 엮어선 안 된다.』

여전히 귓가를 맴도는 스승님의 말을. 지금껏 지켜온 나의 신념을 지키기 위해.

그들의 밤

[루시안]

나는 기지로 들어가는 레이첼을 멀리서 조용히 바라보았다. 그 모습이 시야에서 완전히 없어지고 나서야 수호자께 말씀드려 그분의 공간으로 돌아왔다. 순간 찬연한 황금빛이 시야를 뒤덮더니 이내 걷히고 공간이 바뀌었다. 빛이 걷혔으나 눈에 들어오는 건 여전히 빛이었다. 나는 고개를 돌려 유난히 빛이 산란하는 곳을 향해 허리를 숙였다.

"안녕하십니까, 수호자님."

『그래..』

원래라면, 그 이상의 대화는 오가지 않았을 것이다. 서로 적의는 없으나 그렇게까지 살가운 관계도 아니기 때문이다. 그러나 오늘은 달랐다.

몇 번 입술을 달싹이던 나는 마침내 물음을 꺼내었다.

"레아는…… 찾으셨습니까?"

『아니. 다만 죽은 건 아니라더군. 영혼 세계에 없다고 하니.』

끈이 탁 풀리듯 긴장이 풀렸다. 다행이었다. 또다시 내가 막을 새도 없이 죽어버린 것은 아니라서.

"수호자님."

나는 최대한 조심스럽게 수호자를 불렀다. 지금 내가 하고픈 말이 그의 심기를 건드릴 것을 알기 때문이었다.

"……레아는, 놔주시면 안 되겠습니까?"

『뭐?』

그의 목소리에 어처구니없음이 옅게 배어났다.

『그게 무슨 소리냐.』

희미한 노기가 스민 말투에 긴장하면서도 나는 말을 멈추지 않았다.

"저 또한 이곳에 있고, 레이첼까지도 기어코 손에 넣지 않으셨습니까. 레아는, 딱 하나는…… 놔주셔도 되지 않겠습니까."

나의 간절한 청에, 그는 우습다는 듯 낮게 웃었다.

『네 눈엔 그 아해가 내 손안에 있는 걸로 보이더냐. 그것참 우스운 일이구나. 저리 제멋대로인 아해가 내 손안에 있는 게라니. 정녕 그리 믿는 것이냐?』

나는 잠시 입술을 사리물었다 떼어내며 말했다.

"어차피 수호자님께서 명령하시면 레이첼은 거부할 수 없습니다. 그게 손안에 있는 것이 아니면 무엇이란 말입니까."

형체가 보이지 않는 이에게서 바람 빠지는 소리가 났다.

『너는 그 아해가 날 봐주고 있는 것이 보이지 않나 보구나.』

나는 미세하게 미간을 찌푸렸다. 레이첼이 수호자를 봐준다? 그다지 동의하기 힘든 말이었다. 지금까지 수호자와 레이첼 사이에 갈등이랄 건 없었지만 그래도 관계의 우위에 있는 건 수호자였다. 수호자가 명령을 내리고 레이첼이 따른다. 이 명제에서 벗어난 적은 단 한 번도 없었다.

『동의하지도 않는 모양이고.』

"……외람되게도, 그렇습니다."

수호자가 낮게 웃었다. 그다지 유쾌하게 들리진 않는 웃음이었다.

『그 아해는 말이다, 마음만 먹으면 죽는 한이 있어도 내게 반항할 녀석이다. 봐주고 있다는 말은 과할 수 있지. 하나 따르지 않을 수 있음에도 순순히 따르고 있다는 것은 진실이란다.』

아.

나는 입 안쪽 여린 살을 아주 살짝 물었다. 그렇구나. 무슨 말인지 알겠다.

레이첼이 수호자에게 반하고도 멀쩡할 만큼 강하다거나 하는 소리가 아니었다. 그녀가 할 수 있는 건 딱 '반하는 것'뿐이다. 그것은 시도할 수는 있으나 성공할 수는 없었다. 하지만 일말의 타격은 줄 수 있을지도 모른다. 계란이 아무리 바위를 쳐봤자 깨지는 건 계란이다. 그러나 바위를 계란 범벅으로 만들어 더럽혀 버릴 순 있었다. 레이첼은 그것이라도 할 수 있었다. 의지만 있다면 말이다.

『그리고 레아는…… 내가 놓을 수 없다는 걸 너도 잘 알지 않으냐.』

"아무리 이능을 가졌다 해도, 반드시 세상에 해를 끼치는 건 아닙니다. 그냥 지켜보는 것만으로도 충분하지 않습니까?"

수호자는 대답하지 않았다. 나 또한 심장이 평소와 다른 박동으로 두근거렸다.

내 말에 오류가 있다는 건, 그 말을 내뱉은 나조차 알고 있었다. 그러나 이런 그릇된 근거를 들어서까지 떼를 쓸 수밖에 없었다.

그때는 지키지 못했으니, 지금이라도 지켜야 했다.

레아도, 그리고 레이첼도.

『이능을 가진 이는, 존재만으로도 세상을 어지럽힌다. 그것을 몰라서 그리 말하는 건 아닐 테고. 그렇게 말도 안 되는 억지를 부려서까지 지키고 싶은 게냐.』

억겁의 세월을 살아오며 수많은 인간군상을 봐온 수호자는 대번에 나의 속을 꿰뚫어 보았다. 그러나 나는 대답할 수 없었다. 마음속의 결심은 확고하나 수호자 앞에서 당당히 말할 것은 못 되기 때문이었다.

물론 알고 있다. 이능은 이 세상에 맞지 않는 힘이고, 그 힘이 세상을 어지럽히는 것을 막기 위해서는 수호자가 곁에서 힘을 눌러줘야 한다는 것을. 그러나 수호자가 이능을 가진 이에게 비정상적일 만큼 집착한다는 것도 알고 있었다. 지금 레이첼이 당하고 있는 것처럼 말이다.

그 진득한 늪에 레아까지 밀어 넣고 싶지는 않았다. 이미 발을 들인 지 오래인 레이첼도 도와주고 싶어 '맹약'을 청했었다. 비록 바로 퇴짜 맞고 계약만 맺었지만.

기실 레이첼에게 맹약자가 있을 거라고 상상치도 못한 것은 맞았다. 수호자가 10살짜리의 어린 레이첼을 데려왔을 때부터 쭉 봐왔지만, 누군가와 맹약을 맺는 것은 보지 못했다. 그러나 그녀가 직접 맹약자가 있다고 말한 것을 들은 이상, 짐작 가는 이는 있었다.

'아마 수호자겠지.'

나보다 먼저 레이첼을 찾아낸 이. 무슨 생각인지 도통 알 수 없지만, 허튼 일은 저지르지 않는 그라면 레이첼과 맹약을 맺었다고 해도 이상하지 않았다. 레이첼을 단순히 이능을 가진 이 이상으로 보는 것 같았으니 말이다.

이를테면, 자신의 후임이라든지.

'그것만은 절대 안 돼.'

'수호자'라는 자리가 얼마나 무거운지는 현 수호자의 곁에서 억겁을 봐온 내가 가장 잘 안다. 금제에 발이 묶인 상태에서도 세상의 균형추를 맞추고 무너지지 않게 유지하는 일은, 영겁의 시간이 지나도 죽지 못하는 생은 절대로 할 만한 것이 아니었다.

수호자가 이런 생각을 하는 걸 레이첼은 모르는 듯 보였다. 그리고 앞으로도 몰랐으면 하는 것이 나의 바람이었다. 알 필요가 없게 만들어 주고 싶었다.

'그리고 레아는.'

죽지 않았다고 하니…… 어딘가에서 별 탈 없이 지내고 있기를 바랄 뿐이었다. 차원을 가로막는 장벽의 방해 없이 온 세상을 볼 수 있는 수호자의 눈에 띄지 않는다는 건 이상하지만, 그렇게라도 살고 있다면 그걸로 됐다. 나조차 찾지 못한다고 해도 상관없었다. 그 또한, 그렇게라도 살아 있으면 된 거다.

이번에는 반드시, 세상에 단 둘뿐인 친우를 지켜내야만 했다.

[네이브]

나는 시간을 확인하며 COAD 복도를 걷고 있었다. 자정이 넘은 늦은 시각. 그러나 나의 하루는 아직도 끝나지 않았다.

나는 나의 집무실을 향해 가는 중이었다. 아무리 처리해도 화수분처럼 뿜어져 나오는 서류를 마저 처리해야 하기 때문이었다.

가끔 오가는 사람을 마주칠 뿐 전체적으로 썰렁한 복도를 걷는 도중, 곧게 뻗은 복도 저 멀리 장미처럼 화려한 붉음이 다가오는 것이 보였다.

그녀 또한 나를 발견하고, 순식간에 거리를 좁혀온 R이 사근사근한 눈웃음을 지으며 말했다.

"안녕, 오빠."

마스터의 후계자인 것치고 지나치게 친근한 호칭에 나는 찡그려지려는 미간을 익숙하게 참고 그림 같은 미소를 지어 보였다.

"안녕. R."

"오빠 어딜 가는 길이야?"

인사만 하고 지나치려고 했으나 어림도 없었다. 그녀는 '지나치게 친근한 호칭'을 계속 붙여가며 내게 말을 걸었다.

"집무실로 가는 중이야."

"아, 그래? 그렇구나. 그런데 오빠 밖에 나갔다 왔나 봐? 오빠한테서 바깥 냄새가 나."

그녀는 자연스럽게 상체를 숙여 가볍게 숨을 들이쉬었다. 올려다보는 장밋빛 눈에 천진한 말투와 맞지 않은 것이 섞여 있어서…… 역했다.

은근한 구역감을 내리누르며 자꾸만 거리를 좁혀오는 R의 어깨를 부드럽게 밀었다. 무례하지 않으나 단호한 손길이었다. 여전히 입가의 미소는 변치 않은 채였다.

"응. 일이 있어서 나갔다 왔어."

"흐으응. 그래?"

레이첼의 것과는 느낌이 확연히 다른 붉은 눈동자가 똑같은 색채의 속눈썹 아래로 반쯤 숨어들었다. 그녀의 입가에 의미 모를 미소가 피어났다. 그녀는 아예 내 어깨에 자기 손을 얹고 나와 같은 방향으로 걷기 시작했다. 적당히 말을 섞어주다 지나치려 했던 계획이 무참히 박살 나는 순간이었다.

"오빠, 누구 만나고 왔어?"

묘한 의도가 담긴 질문에 나는 R을 향해 고개를 돌렸다. 잠시 그녀와 눈을 마주친 나는 이내 앞을 바라보며 대꾸했다.

"업무 때문에 나갔다 왔으니까, 업무 상대를 만나고 왔지."

"그래?"

무언가 알고 묻는 것 같은 기색에 조금 초조해졌다. 얘가 왜 이러지. 설마 내가 레이첼을 만난 걸 알고 있는 건 아니겠지…… 물론 겉으로는 평온한 낯을 가장한 채 하는 생각이었다.

그 순간 어깨에 올려져 있던 R의 손이 점차 아래로 내려가더니 슬그머니 내 팔과 자신의 팔을 엮어 팔짱을 끼며 몸을 바짝 붙였다.

분명한 의도가 드러나는 행동에 나는 얼굴을 딱딱하게 굳혔다. 기실 얼굴은 노력하면 굳히지 않을 수 있었으나 불쾌함을 표현하기 위해 일부러 그런 것이었다. 나는 팔짱을 끼지 않은 손으로 그녀의 팔을 떼어내어 팔짱을 풀었다.

R은 입꼬리만 간신히 위를 향한 채 다소 굳은 얼굴로 나와 눈을 마주쳤다. 나는 천진한 표정은 온데간데없이 서늘한 어른의 표정을 하고 있는 그녀에게 상체를 숙여 귀에 낮게 속삭였다.

"선 넘지 마."

그녀는 차가운 표정을 지은 채 붉게 타오르는 눈으로 나를 올려다보았다. 그녀가 작게 하, 하고 조소를 내뱉으며 말했다.

"내가 왜 이러는지 몰라?"

"알아."

보나 마나 이번에 나온 비공식 테스트 결과 때문이겠지. 안 봐도 뻔했다.

그녀가 낮은 목소리로 쏘아붙였다.

"피차 다 알면서 왜 이래? 너도 결과 봤잖아. D가 1등을 한 게 벌써 몇 번쨴 줄 알아? 넌 위기감도 못 느껴? 걔 혼자 치고 나가고 있다고. 균형이 안 맞잖아."

웃기지도 않은 '오빠' 소리는 집어치워서 다행이라 해야 할지. 자신보다 한참 나이가 많은 D를 '걔'라고 칭하는 대담함에 감탄해야 할지. 나는 한순간에 떠오르는 많은 감상을 속으로 삼켰다.

물론 나도 눈이 있고 귀가 있으니 알고 있었다. COAD에 속한 매지시스 전원이 보는 '공식 테스트'에서는 정치적인 이유로 제대로 된 실력 발휘를 할 수 없는 마스터의 후계자들이 따로 보는 '비공식 테스트'에서, 최근 D가 연속으로 1위를 차지하고 있다는 것쯤은. 마스터와 마찬가지로 그들의 후계자들도 서로 격차가 있으면 안 되기에 1위 또한 번갈아 나오는 것이 보통인데 D가 연달아 1위를 차지하자 나머지 후계자와 그들의 마스터들이 초조해하고 있는 상황이었다.

"각개전투가 안 맞으면 동맹해야지. 왜, 네 생각은 달라? 혼자서도 이길 수 있을 것 같든?"

그러니까, 그녀는 지금 나에게 D를 견제하기 위해 동맹하자고 제안하는 것이었다. 다만 동맹이라는 사안의 중대함도 중대함이지만, 내가 이 제안을 꺼리는 이유는 그게 아니었다.

그녀가 내게 제안한 동맹의 형태가 '연인 행세'라는 것이 문제였다. 물론 마스터와 그들의 후계자들의 행동은 대부분 개인적인 사감이 아닌 그 세력 자체의 의견을 투영한다는 건 알지만, 그 행위 자체로도 나는 상당히 불편했다. 아니, 이것도 엄격한 교육 탓에 무의식적으로 순화시킨 표현이지, 솔직히 말하자면 불쾌했다.

그러나 이런 생각을 입 밖으로 낼 순 없었다. COAD에서 여러 이유로 상호 합의하에 연인 행세를 하는 것은 그리 드문 일이 아니었고, 마스터와 그들의 후계자의 경우 정치적인 계략으로 이용하는 일도 많았다. 그래서 본인에게 해가 되지 않는데도 연인 행세를 거절하면 R이 내 속내를 의심할 확률이 컸다. 혹은 자기가 그렇게까지 이성으로서 매력이 없냐고 화를 내거나.

"그런 게 아니야."

"그럼 뭔데?"

"동맹이란 게 그렇게 쉽게 결정할 사안이 아니잖아. 하물며 긴박한 상황에서도 그래야 하는데 지금은 격차가 그리 크게 나는 것도 아니고. 그러니까 지금 상태에서는 이대로 개인 단련만 열심히 하면……."

"격차가 그리 크지 않다고 했어, 지금?"

우선 흥분한 그녀를 진정시키려고 시도했으나 되레 불을 키우고 말았다. 날카로운 눈을 한 R이 은밀하게 주변에 방음 경계를 쳤다. 도청될 염려 없이 제대로 이야기를 하자는 의미였다. 원래 COAD 안에서는 마법을 자유로이 쓰지 못하지만 마스터의 후계자는 공격

마법과 그 외 몇 가지 위험성이 있는 마법들을 제하고는 비밀리에 사용이 가능했다. 평소에는 꽤 유용했던 사실이 지금은 성가신 걸림돌이 되었다.

"격차가 있는 것 자체가 문제야. 격차가 커? 작아? 그런 걸 따질 수 있다는 사실만으로도 말이 안 되는 거라고. 그리고 이런 사태가 현실이 된 이상 우리가 동맹하는 게 제일 현실적인 대응책이라는 거 너도 알잖아. 아니면 동맹을 하면 안 되는 다른 이유라도 있어?"

순간 정곡을 찔렸으나 티는 내지 않았다. 나는 형식적인 미소를 머금으며 고개를 저었다.

"그럴 리가, 그저 동맹이라는 것 자체가 너무 큰 사안이라 그래. COAD의 세 기둥 중 두 개가 합쳐지는 거잖아. 그리고 1과 1.1, 1.2가 있는 상황에서 1.2를 경계하겠다고 1과 1.1이 합치면 전체적으로 2.1 대 1.2가 돼버려. 그건 또 그거대로 균형이 안 맞잖아. 안 그래?"

내가 단순한 숫자에 무엇을 비유한 것인지 바로 알아들은 R의 눈매가 짜증스레 찌푸려졌다. 그 순간 R의 속내를 읽은 나는 무겁게 내려앉으려는 입가를 의식적으로 끌어올렸다.

역시나. 그녀에게 중요한 것은 세 세력 간의 균형이 아니었다. 그저 D가 좀 더 앞서나가는 이 상황을 핑계 삼아 나의 세력을 흡수하고 싶을 뿐이었다. 그로 인해 균형이 깨지든 말든 그녀는 신경 쓰지 않았다. 오히려 그것을 노리고 있는 것일지도 몰랐다.

그러니까, R은 나와 연인 행세를 해서 친분을 과시하고 자신과 나의 세력을 합쳐 강한 힘을 가지고 있는 D를 누르려는 거였다.

속에서 미약한 화가 일렁였다. 나를 이용하려 한 것은 너무 흔한 일이므로 아무렇지 않았으나 역대 모든 마스터들이 지켜왔던 '균형'의 암묵적 의무를 깨려 했다는 것은 용납할 수 없는 행위였다. 그러나 물증 없이 심증만 있는 상황에서 그에 대해 추궁할 수는 없었기에 입가에 가면처럼 붙은 형식적인 미소만 지으며 R을 바라보았다.

그녀는 어느새 어린 여자아이가 짜증 섞인 투정 부리는 듯한 표정을 짓고 있었다. 논쟁을 벌이는 사이 잠깐 튀어나왔던 냉정한 어른의 모습은 감춰진 지 오래였다. 그 철저한 가면에 옅은 어처구니없음을 느끼며 발걸음을 빠르게 놀려 그녀와 거리를 벌렸다.

"이제 용건이 없다면 난 이만. 아, 그리고."

나는 고개를 돌려 몇 걸음 뒤에 서 있는 R을 바라보며 입꼬리를 올렸다.

"다음엔 꼭 존대를 해주길 바라. 우린 오빠 동생 사이가 아니라 서로 존중해야 할 마스터 후계자니까."

[로즈]

나는 텅 빈 복도 끝으로 사라지는 민트빛 하늘색 머리통을 끝까지 쳐다보았다. 그리고 마침내 그가 내 시야에서 완전히 사라질 쯤에야 걸음을 옮기기 시작했다.

나는 마스터 S의 후계자 R, 로즈였다. 물론 '로즈'라는 이름은 아명이라 불리지 않은 지 오래이나 개인적으로 상당히 마음에 드는 이름이었다. 발음도 좋고, 무엇보다 그토록 화려하고 아름다운 '장미'라는 의미이지 않은가. 찬란한 태양 볕 아래에서도 선명한 붉은빛을 잃지 않는 장미는 그 자체로도 황홀하지만, 꽃봉오리에서 떨어져 허공에 흩날리는 꽃잎은 흐트러지는 핏물을 닮아 가장 아름다웠다.

나는 곧바로 내 집무실로 가 문을 닫았다. 그리고 억지로 무표정을 유지하던 얼굴을 맘껏 구겼다.

하여간 네이브 그 사람은 눈치가 너무 빠르다. 그가 단순한 숫자에 이 형국을 비유할 때, 비록 말로 하진 않았지만 그의 눈은 이렇게 말하고 있었다.

너도 우리가 동맹하면 균형이 깨질 거 알고 있었잖아? 알면서도 내게 제안한 거지? 그렇지?

내가 꽤 그럴듯한 근거를 들어 그를 설득했음에도, D가 연이어 1등을 차지하는 상황을 이용해 그의 초조함을 자극했음에도 그는 대번에 내 계략을 꿰뚫었다. 그리고 그 즉시 나의 제안을 거절해 버렸다.

'칫. 이래서 눈치 빠른 것들은 싫다니까. 멍청한 놈들은 자기들이 내 손안에 있는 줄도 모르고 제멋대로 굴다 망하는 꼴이 재미있

는데.'

 아쉽게도 마스터 C의 후계자인 네이브는 그런 '멍청한' 부류에 전혀 속하지 않았다. 기본적으로 덜 자란 소년처럼 장난기가 있으면서도 COAD에 관련된 일이라면 누구보다 진지해지고, 뛰어난 무위, 명석한 두뇌에 재빠른 두뇌 회전까지 갖춘 완벽한 예비 마스터의 정석이었다.

 그리고 조금 짜증이 날 만큼 원칙주의자이기도 했다.

 평소엔 융통성 있게 잘 처신하면서, COAD와 관련되기만 하면 정말 짜증스럽게 행동했다. 마스터 간의 '균형'도 그중 하나였다.

 네이브는 마스터 간의 '균형'에 거의 집착하다시피 했다. 그깟 균형. 셋이 둘이 되고 둘이 하나가 되면 뭐 어떻다는 건가? 독재가 힘들다면 허수아비라도 몇 앉히면 될 일이다. 뛰어난 재능을 이용해서 명예와 권력을 쟁취하는 일이 대관절 왜 안 된다는 것인지, 나는 이해가 되지 않았다. 균형을 깨는 일이 금기시된다고 해도 마스터나 마스터 후계자 둘 정도만 뭉치면 쉬이 깨지고도 남을 것인데, 그 쉬운 일을 왜 안 하겠다고 버티고 있는지. 그의 입장에서는 신념일 수도 있겠으나 내가 보기엔 한심한 아집에 불과했다. 그런 이의 손을 빌려야만 D를 누를 수 있다는 사실을 깨닫자 또다시 짜증이 났다.

 '네이브가 제안을 거절했으니 다른 방법을 찾아야 하는데…… 내 힘만으로 D를 누르는 게 가능할까?'

 고민이 깊어진 나는 입술을 불만스럽게 내밀었다. 그러다가 한 가지 방안을 떠올렸다.

'마스터께 가봐야지. 그분의 산하 조직 중에 종합연구소가 있으니 거기서 더 강해질 수 있는 방법이 있는지 알아봐야겠어.'

물론 여기서 말하는 마스터는 당연히 나의 담당자인 마스터 S였다.

마스터 간의 우위를 나누는 기준 중 가장 비중이 큰 것은 단연 순수 무력이었다. 지지 세력, 맡고 있는 지부 등 여러 부가 요소에서 뒤떨어지더라도 순수 무력이 강하다면 다른 마스터들을 누를 수 있었다. 그러니 D의 세력을 누르고 싶다면 D보다 강해지는 것이 제일 효율적이었다.

'정말, 그 자식은 왜 그리도 강해서는. 겨우 한 번 이겨 먹기가 이렇게 힘든 게 말이 돼?'

나는 속으로 투덜거리며 집무실 의자에 풀썩 주저앉았다. 책상 위에 쌓인 서류를 건성으로 뒤적거리던 중, 굵은 글씨의 한 글이 눈에 띄었다.

보충 인력 후보 소개서

지난번 연회에서 있었던 소이어와 아브란테의 도주 소동으로 그들의 업무와 부상당한 이들의 것을 포함한 빈 인력을 보충할 사람들에 대한 소개서였다.

'소이어…… 그래, 소이어도 뭔가 있는 것 같았는데.'

소이어와 아브란테가 도주한 이후, COAD에서는 그들을 끈질기게 추격했다. 이미 완전히 놓쳐버렸다 해도 방법은 있었다.

포탈을 생성하기 위해 매지시스의 몸에 심는 칩은, 사실 감시용이나 다름없었다. 위치 추적 기능이 포함되어 있어 누가 어디에 있는지 정도는 단박에 알 수 있기 때문이었다. 하나 감시당하고 있다는 것을 기꺼워할 이는 없기에 이 기능을 알고 있는 이는 매지시스 중에서도 몇 되지 않았다.

물론 위치 추적 기능이 있다고 해서 모든 매지시스를 동시에 감시하는 것은 아니었다. 의심이 가거나 이미 혐의가 있는 이들만 추적, 감시하는 편이었다.

하지만 어째서인지 도주한 소이어와 아브란테의 위치를 추적할 수 없어 그들이 이 사실을 알고 칩을 파훼한 것으로 의견이 좁혀지던 차에, 소이어의 칩 위치가 감지되어 내가 파견을 나갔던 것이었다.

그 당시, 나는 위치를 파악하며 소이어를 향해 빠르게 다가갔다. 마침 그곳에 기묘하게 짙은 안개까지 끼어 있어 찾기도 쉬웠다. 안개의 지척에 다다를수록 안개 중에 퍼져 있는 마력을 느끼곤 그 안개를 부리는 이가 네이브라는 걸 알았고 칼부림 소리가 들리기에 네이브와 소이어가 전투 중인 것으로 짐작했다. 여전히 안개 때문에 앞이 보이지 않는 채였다.

네이브가 왜 이곳에 있는지는 모르겠으나, 생각은 나중에 하고 일단 네이브를 도와 소이어를 압박할 생각으로 다가갔다. 그러나 채 도착하기 전에 위치 추적기에 비치는 소이어의 움직임이 급격히 바뀌었다. 나는 소이어가 도망치는 것으로 생각하고 방향을 바꿔 그녀의 뒤를 쫓았다. 네이브야 뭐, 어련히도 혼자 잘하겠지라는 생각으로.

그렇게 안개를 벗어나 한참을 추격하는데, 도중 갑자기 소이어가 멈췄다. 고개를 돌리지 않았으나 주변을 살피고 있다는 것이 여실히 느껴졌다. 강하다고 하더니만, 설마 마스터급 실력을 가진 이의 미행도 눈치챌 정도일 줄이야. 왜 마스터께서 경계하라고 했는지 알 것 같았다. 나는 별수 없이 아무렇지 않게 웃으며 모습을 드러냈다. 우연히 마주친 표정을 가장하는 것은 기본이었다.

나는 소이어를 추격하려는 내게 마스터 S께서 내리신 명을 따랐다. 가족을 찾아줄 수 있다며 그녀를 슬쩍 떠본 것이다.

기실 마스터께서도 내게 많은 것을 공유해 주지 않으셨다. 알려 준 사실은, 소이어에게 '진짜' 가족이 있는 듯하고, 잘하면 이용할 수 있을 법하다는 것 정도. 그러니 네가 직접 그녀를 만나 알아보라는 명이었다. 그녀의 가족이 인질로서 이용 가치가 있는지, 없는지를.

그녀를 직접 대면한 바로서는 후자인 듯했다. 아예 관심이 없어 보이지는 않지만, 그건 혈육에 대한 끈적한 정이 아니었다. 잘 쳐줘 봐야 옅은 호기심 정도나 될까. 만약 내 추측이 틀렸다면 그녀는 연기대상을 받아야 했다. 내 눈을 속일 수 있을 정도의 태연함이란 말이 안 되는 것이니 말이다. 따라서 COAD로 돌아온 나는 내가 본 것을 그대로 마스터께 고했다. 그녀의 가족은 이용 가치가 없을 거라고.

    그러나 기이한 찜찜함이 나를 붙잡고 놔주질 않았다. 뭘까. 그녀가 자신의 혈육에 대해 미련이 없고, 그리하여 그녀의 가족이 이용 가치가 없는 패라는 걸 알았으면 됐지 또 뭐가 있다고 이렇게 거슬리냔 말이다.

    그녀가 생각보다 실력자라는 걸 실감해서? 그런 사람이 COAD를 등지고 반역자가 되었다는 게 거슬려서? 아니, 후자는 절대로 아니었다. 그녀가 얼마나 강하든 반역에 성공할 수는 없었다. 그건 강함과는 상관없는 거였다. COAD가 수백 년 동안 쌓아온 굳건함은 한 개인이 무너뜨릴 수 있는 것이 아니었다. 하늘 끝까지 치솟은 탑을 개미는 오를 수도, 붕괴시킬 수도 없었다. 해가 동쪽에서 뜨고 물이 아래로 흐르는 것과 같은 이치였다. 그 예로 지금껏 수없이 일어났던 크고 작은 반란들이 COAD에 의해 모조리 진압당하지 않았나. 단 한 번도 COAD에 유의미한 타격을 입히지 못했다. 이번에도 별다를 것 없을 터였다.

    COAD는 영원할 것이다. 이는 절대로 깨지지 않을 명제였다.

[레이첼]

    나는 기지의 내 방으로 들어와 샤워를 한 뒤 잘 준비를 했다. 보통 사람들의 취침 시간으로는 늦지만 내게는 익숙한 시간대였다.

그렇게 침대에 눕고, 잠이 들었다.

……그런데 눈을 떴다.

살짝 흐릿한 기분으로 눈을 떴다. 몸이 가벼웠다. 주위를 둘러봐도 온통 빛뿐인 것을 보니 스승님의 공간인 모양이었다.

나름 익숙한 상황에 소리 없이 한숨을 쉬었다. 또, 꿈인가 보다.

나는 꿈을 자주 꾸는 편이었다. 심지어 그냥 꿈도 아니고, 과거 기억을 기반으로 한 꿈을.

별로 달갑진 않았다. 상당히 강렬한 기억이어야 꿈에 나오는 모양인지 꿈을 꾸는 족족 거지 같은 기억들만 골라 나왔으니 말이다.

그리고 지금은……

'이게 언제였더라?'

주변을 찬찬히 살펴보니 눈부신 빛으로 가득한 공간에, 눈에 거슬리는 검은 형체가 있었다. 눈을 가늘게 뜨고 자세히 보니 한 사람이었다. 아니, 작은 아이였다. 검은 머리를 길게 기르고 고통에 몸부림치는 듯한 아이였다.

아.

알겠다. 지금이 언제인지.

나는 그 아이에게서 눈을 돌렸다. 아이를 바라볼 수가 없었다.

과거의 나와 지금의 나에겐 공통점이 많지 않았다. 밤하늘을 닮은 검은 머리칼에 붉은 루비빛 눈동자를 가진 것 외에는 당장 떠오르는 게 없을 만큼 달랐다. 그러나 한 번에 알아볼 수 있었다.

나는 눈을 돌린 것도 모자라 귀까지 막고 싶어졌다. 스스로의 약한 부분을 마주하는 것은 힘겨운 일이었다. 자꾸만 나 자신이 한심해지고, 내게 저런 시절이 있었다는 것을 인정하고 싶지 않았다.

지금은, 내 원래 시간으로부터 15년 전, 나의 기억이 시작되는 첫 페이지였다.

나의 첫 기억은 너무 흐렸다. 은유가 아니라 정말로 흐릿하고 제대로 기억나지 않았다. 비눗방울처럼 간간이 떠오르는 순간순간들이 전부였다. 다만 한 가지 확실한 것은 있었다.

고통에 겨운 몸부림을 그치고 간신히 뜬 붉은 눈에 처음 비친 이는, 지금의 스승님이었다는 것.

아이에게서 시선을 돌리고 눈을 감아 감각을 차단한 지 얼마나 지났을까. 잔혹하게도 귀를 파고들던 끔찍한 비명과 중간중간 쉼표처럼 섞이던 헐떡이는 숨소리가 멎었다. 그쪽으로 고개를 돌렸다. 시야가 흐렸다.

눈물이 차오른 것처럼 눈앞이 뿌옜다. 귀도 물속에 들어온 것 마냥 먹먹히 젖어 들었다. 그것은 눈물이 아니었다. 정말로 감각이 흐린 것이었다. 이유는 알 수 없었다. 그저 너무 단단히 잠겨 잊혔던 기억이라 그런가 보다 하고 짐작할 뿐이었다.

그때, 한 목소리가 들려왔다.

『작은 아해야. 너무 작아 내 눈에도 띄지 않던 아해야. 이제 괜찮으냐.』

아지랑이처럼 번진 검은 인영은 움직이지 않았다. 고개를 끄덕이지도 않았다. 괜찮지 않고, 그 작은 움직임조차 버겁기 때문이었다. 그러나 스승님은 대답이 돌아오지 않는 이에게 또 한 번 말을 걸었다.

『경계하지 말거라. 나는 수호자란다. 세상의 모든 곳을 보고, 세계가 무너지지 않도록 지키는 이지. 너 또한 내가 굽어살피는 피조물이니 걱정 말거라. 해치지 않으마. 내 약조하겠다.』

아이보다 조금 높은 곳에서 반짝이던 빛이 아래로 내려앉았다. 나의 경험으로 미루어 보아 저 행동은 사람이 허리를 숙여 눈높이를 맞춘 것과 비슷한 행위였다.

『괴롭느냐?』

이번에는 작은 아이의 머리 부분으로 추측되는 곳이 약간 움직였다. 내 기억에도 저 때는 고개를 끄덕였던 것 같다.

『괴롭지 않기를 원하느냐?』

이번에도 아이의 고개가 끄덕여졌다.

『그렇다면 이건 어떠하겠느냐.』

조금씩 소리가 멀어진다. 음성이 점점 뭉개지는 것이 느껴졌다.

『……잊게 해줄 테니…… 맹약……』

이제는 소리마저 흐리다. 스승님이 뭐라 말하는 듯 귓가가 웅웅대기는 했지만 발음을 구별할 수 있을 정도는 아니었다. 겨우 들려온 몇 마디는 내 기억 속에 남아 있는 단어들이기에 알아들을 수 있는 것일 터였다.

이제 시야도 너무 아득해져서 아이의 표정은 고사하고 몸짓마저도 잘 보이지 않았다. 움직인다, 안 움직인다 정도만 간신히 판별

할 수 있는 정도였다.

그래도 웅웅대는 음성이 들리는 것으로 보아 스승님이 뭐라 말하고 있는 듯했고, 아이는 때때로 조금씩 움직였다. 눈대중으로 보아 고개를 움직이는 것 같긴 한데 가끔 손 같은 것을 움직일 때도 있었다. 대화를 나누는 모양인지 그 상태로 약간의 시간이 지난 후, 스승님의 환한 빛무리가 아이에게로 뻗어나갔다. 신의 축복을 받는다면 저런 느낌일까. 순백의 하얀빛이 검은 아이에게 가닿는 장면은, 지금은 터만 남은, 500년도 더 되었을 성당 유적지에 그려져 있어야 할 것만 같았다.

그리고 얼마 지나지 않아 전구가 꺼지듯 눈앞이 점멸되었다. 기억으로는, 저 때가 내가 스승님의 제안을 받아들이고 스승님이 나의 기억을 봉하려는 순간이었던 것 같다. 그리고 정신을 잃었었지.

몇 번 눈을 깜박여 보았다. 기실 꿈속이라 그리 의미 있는 행동은 아니었지만 지금 이곳이 완전한 암흑이라는 것을 새삼스레 실감할 수 있다는 정도의 소득은 있었다.

어둠. 너무 익숙하나 두려운 어둠이다. 익숙한 건 내 몸에 흐르는 뱀파이어의 피 때문이고, 두려움은 이유를 모른다. 나는 약하게 돋아나는 소름을 느끼며 가만히 있었다. 어차피 꿈속에서는 뭘 해도 소용이 없다는 것을 경험으로 깨달은 지 오래였다.

그리 긴 시간이 지나지 않아 불이 켜지듯 다시 주위가 환해졌다. 이번에도 아이는 바닥에 쓰러져 있었지만, 고통 따윈 느끼지 않는 듯 미동 없이 누워 있기만 했다.

아아, 그래. 여기서부터 문제였다.

내 기억과 깨어난 후 스승님이 해준 말을 종합해 보면, 스승님과 나는 맹약을 맺었다. 스승님은 내가 괴로워하는 과거의 기억을 통째로 지워주고, 나는 그의 종이 되는 조건이었다.

기실 내가 괴로운 기억이 있었는지 없었는지 나는 모른다. 다만 스승님이 그렇다 하고, 내가 고통에 힘겨워하는 나를 기억하기도 하고, 그냥 덮고 살면 머리 아플 일이 없을 테니 아무 말 없이 믿는 것뿐이었다. 알량한 궁금증은 고이 죽여놓으면 그만이었다.

그런데 스승님이 나의 기억을 지우는 과정에서 한 가지 문제가 생겼다. 금제 때문에 스승님의 능력이 온전히 먹히지 않아 기억을 봉하긴 했는데, 봉해진 기억 속에서 만났던 인물을 다시 만나면 그 인물에 대한 기억의 봉인이 풀려버리는 것이다.

네이브도 그런 유형이었다. 그와 비밀스럽게 만나 놀았던 것은 스승님을 만나기 전이었고, 따라서 그도 잊어버렸었다. 그러다 우연히 다시 마주쳤을 때, 거센 파도를 막던 둑이 무너지듯 기억이 쏟아져 들어왔다. 가론 또한 마찬가지였다.

이것을 처음 깨달은 것은 스승님이 나의 기억을 봉한 뒤 내가 깨어났을 때였다.

그래, 바로 지금.

여태까지 평온히 누워 있던 아이가 순간 흠칫하더니 벌떡 일어났다. 이번에는 시야가 한치의 흐림 없이 또렷해 주변을 선명히 볼 수 있었다. 검은 머리카락을 허리 아래까지 기른 아이의 붉은 눈동자가 혼란으로 요동쳤다. 아이는 다소 비틀거리며 일어섰다. 아이가 고개를 휙휙 돌리며 주변을 살펴보았다.

저 때 내가 무슨 생각을 했더라. 뻔하게도 '여긴 어디지?'라는 생각을 했었던 것 같다.

자신의 상황을 이해하려는 아이 앞에 다시 환하게 빛나는 스승님이 나타났다. 아이가 갑자기 밝아진 빛에 놀라 고개를 돌리다 눈을 찌르는 광원에 눈살을 찌푸렸다.

『아해야. 내가 누군지 아느냐?』

스승님 입장에서는 이 아해의 기억이 잘 봉인되었다는 것을 확인하기 위한 물음이었을 것이다. 그리고 당연히 부정의 대답이 돌아올 거라 예상했을 터였다. 그러나 아이의 답은 정확히 그 반대였다.

"응."

『……뭐라?』

아이는 무표정한 얼굴로 고개를 끄덕이며 다시 말했다.

"'응.'이라고 했어."

스승님도 이때 뭔가 잘못되었다는 것을 깨달았다. 그는 이내 감정을 가라앉히고 차분한 어투로 돌아와 말했다.

『그래. 알면 말해보거라. 내가 누구냐?』

"수호자라고 하지 않았어?"

스승님이 다시 한번 말문이 막힌 틈을 타 아이가 미간을 찌푸리더니 고개를 기울이며 눈을 가늘게 떴다.

"근데, 자기가 누군지도 까먹은 건가? 너 바보야?"

……저 때 내가 좀, 겁을 상실했었나 보다.

'저 정도는 아니었던 것 같은데……'

조금 생경하고 머쓱한 기분으로 어린 나를 바라보았다. 아무리 3인칭 시점으로 본 자신의 모습이 다르다고 해도, 이렇게 보니 정말 묘한 기분이었다.

세 번째로 말문이 막힌 스승님은 정말 할 말을 잃어버린 듯했다. 그렇겠지. 그 어디서도 이런 취급은 안 받아봤을 텐데.

『……어디까지 기억하느냐?』

"어디까지란 게 뭔데?"

아이는 스승님의 질문 자체를 이해 못 하는 표정이었다. 당연한 반응이었다. 저 때의 나는 딱 스승님을 만난 기억만 돌아왔을 테니까. 열만 아는 아이에게 백 중에 열을 말하라고 하면 뭔 소린가 싶을 것이다.

『기억나는 걸 다 말해보거라.』

"다?"

『그래. 다.』

아이는 내내 어딘가 나사가 빠진 듯 멍해 보이는 표정이었다. 지금의 리트와 조금 비슷한 것 같기도 했다.

"눈을 떴고, 널 봤고, 네가 뭐라고 말한 다음 정신을 잃었어."

스승님은 아이가 계속 반말을 하는 것에는 반쯤 포기한 듯 보였다.

『그것 말고는? 기억나는 건 더 없느냐?』

"있어야 해?"

무구한 말투로 되묻는 아이의 눈이 공허했다. 기억을 잃어서일까. 들어 있는 것 없이 텅 빈 그릇처럼 아무 열의 없는 눈을 하고 있었다. 나조차도 이질감 느껴지는데 다른 이가 봤으면 실로 소름 끼칠 만했다.

『……됐다. 없으면 없는 것이지.』

피식자, 포식자의 개념을 나눌 필요조차 없이 최상위 먹이사슬에 있는 스승님조차 기묘한 서늘함을 느꼈는지 말 사이에 틈이 생겼다. 스승님은 이내 다른 이의 이름을 불렀다.

『루시안, 게 있느냐.』

"부르셨습니까."

루시안이 처음부터 있었던 것인지, 아니면 이 순간에야 스승님이 순간이동을 시킨 것인지는 지금까지도 모른다. 물어본 적이 없기 때문이었다. 어쨌든 내가 목소리가 들리는 곳으로 눈을 돌렸을 때 그는 그곳에 있었다. 샛별을 닮은 눈을 사정없이 떨며 검은 아이를 바라보면서, 꼼짝도 못 하고 서 있었다.

『진명(眞名)의 거울을 가져오거라.』

"……아, 알겠습니다."

그는 황금빛과 섞여 잠시 사라지더니, 곧 다시 나타났다. 그의 손에는 성인 키만큼 커다란 거울이 들려 있었다.

『아해야. 저 거울을 한번 봐보겠느냐?』

아이는 멍한 눈을 돌려 거울을 바라보았다. 그리고 그리 빠르지 않은 걸음으로 걸으며 거울 바로 앞에 다다랐다.

아이의 전신이 먼지 하나 없이 깨끗한 거울에 비쳤다. 아이라기보다는 소녀와 여자의 경계에 있는, 인간 나이로 대략 17살 정도 되어 보이는 외형이었다. 그러나 그것은 인간의 기준일 뿐, 뱀파이어는 인간과 달리 태어난 지 채 1년도 되지 않아 인간의 10살쯤 되는 어린아이의 모습을 갖추고 이후로는 뱀의 탈피처럼 '성장'을 할 때마다 급격히 자라는 성장 패턴을 가지고 있으므로 외형과 달리 아이가 실제 살아온 시간은 겨우 10년에 불과했다.

고통에 겨운 몸부림을 친 뒤로 정리하지 않아 여전히 헝클어진 채인 검은 머리카락을 허리 아래까지 늘어뜨리고, 루비를 닮은 붉은 한 쌍의 눈동자는 공허하기만 했다. 아이가 멍하니 거울 속 자신을 바라보자 거울의 윗부분이 물을 휘저은 것처럼 일그러지더니 피를 닮은 붉은 기가 돌기 시작했다. 이내 얼마 지나지 않아 그 붉은 무언가가 거울 위쪽에 '10'이라는 숫자를 이루었다.

『이 세상에 난지 꼭 열 해째구나…… 어쩐지 종족이 섞인 것 같더라니, 성장 속도가 독특하구나.』

아이는 그 말에 반응하지 않았다. 그저 미동 없이 거울을 바라보고 있을 뿐이었다. 아니, 거울을 보고 있는지조차 확실하지 않았다. '내'가 저 때 무슨 생각을 하고 있었는지 궁금증이 일긴 했으나 안타깝게도 기억나지 않았다. 저 아이가 과거의 나이긴 하지만 15년 전의 일이라 사소한 것까지 기억하지는 못했다.

거울은 멈추지 않았다. '10' 아래에서 똑같은 현상이 일어나더니 이번엔 글자를 쓰기 시작했다.

'레이첼'

저 순간이었다. 나의 이름이 지어진 때가.

정확히는, 정해졌다고 해야 할까.

뭐라 표현해야 명확할지 알 수 없었다. 저 거울은 '진명의 거울'이라 불리는, 일반 물건은 가질 수 없는 특별한 힘을 가진 물건이었다. 지난번에 COAD에서 썼던 구슬과 비슷했다.

'진명의 거울'의 힘은 거울에 비친 이의 진명과 실제 나이를 비추어 주는 것이었다. 그곳에 비친 이름은 지금까지 사용했던 이름일 수도 있지만, 아닐 수도 있었다. 그 기준은 명확히 알 수 없지만 어쨌거나 그 이름이 본인에게 묘하게 어울린다는 건 맞았다. '어울린다.'라는 건 주관적인 감상이라 증명할 수는 없으나 적어도 그 이름을 듣고 '안 어울린다.'라고 생각하는 사람은 없었다.

나 같은 경우에는 원래 이름을 기억하지 못하니 이 이름이 원래 이름인지 아닌지 알 수가 없지만 적당히 만족했다. 솔직히 어떻게 불리든 크게 상관없었다.

"*오로라! 여기 물고기가 엄청 많다! 이리 와봐!*"
"*어딜 다녀오는 거니 제나야?*"
"*레이첼 소이어. 다음 달 둘째 주 화요일에 시간 있으신가요? 예정 인원 중 한 분이 임무를 나갔다 큰 부상을 당하셔서 자리가 비어요.*"

……어떻게 불리든.

거울에 그 이름이 비친 순간부터 나는 '레이첼'로 불렸다. '소이어'라는 성은 후에 COAD에 들어가기 위해 족보를 위조할 때 양부모의 성을 딴 것이었다. 그래서 COAD를 나온 때부턴 성은 떼버려도 되었으나 어느새 적당히 익숙해져서 그냥 내버려두었다. 죽은 양부모에게 딱히 유감이 없어서이기도 했다.

하여튼 저 순간 스승님을 처음 만났을 때부터 10년간 나의 세상엔 스승님과 루시안뿐이었다. 그 10년 동안 스승님은 내게 세상의 거의 모든 것을 가르쳤다.

온갖 무기류를 다루는 법은 기본이고 이 세상에 대한 것들-예컨대 이 세상이 여러 차원으로 이루어져 있다든지-, 학문, 예술, 심지어 인생사까지 가르쳤으니 말 다 했지.

인생사를 대체 어떻게 가르치나 싶었으나 그게 가능하더랬다. 온 세상을 볼 수 있는 스승님께서 내게 한 개인의 인생을 파노라마처럼 짧게 보여준 것이다. 마치 영화를 보는 것과 비슷한 느낌이었으나 다른 점이라면 그것은 실제였고 감정이 동화되어 내가 그 사람이 된 듯한 느낌이 난다는 것이었다. 그곳에서 경험하는 것들은 실제로 일어난 일이었으며 이 세상 어딘가에 존재했고 존재하는 누군가의 삶이었다. 나는 그런 삶들을 간접적으로 살아본 거나 마찬가지였다. 짧게 명멸하는 빛처럼 환하게 빛나다 허무하게 스러지는 생을. 그런 경험을 너무 많이 하다 보니 본인의 삶은 25년밖에 안 살아본 주제에 산전수전 다 겪어본 애늙은이가 되고 말았다.

스승님과 루시안과 함께 살면서 10세부터 20세까지 10년 동안을 거의 공부만 하며 지냈다. 공부하고, 무위를 익히고, 어쩌다 시간 나면 가끔씩 루시안과 시간을 보내기도 했다. 바쁜 스승님 대신 루시안이 선생님 역할을 할 때도 많았으므로 그는 훌륭한 스승이자 친우였다. COAD에 있던 5년 동안 자주 만나지 않아 조금 어색해지기는 했지만.

그렇게 강산도 한 번은 족히 바뀔 세월을 보낸 어느 날, 스승님이 나를 불러 말했다.

『이제 너를 세상으로 내보낼 때가 되었지.』

그는 그러면서 설명을 이어갔다.

자신이 이전에 겪었던 과거를 이야기하며, 태초에 주어진 힘을 너무나 강대하게 키워내 세상의 질서를 어지럽힌 이들을 제자리로 돌려보내야 한다고 했다. 자신도 이제껏 노력해 봤지만 금제 때문에 한계가 있었다는 말도 덧붙였다.

『그러니 네가 해야 한다. 할 수 있겠느냐, 레이첼?』

그 물음에, 나는 고저 없는 목소리로 그저 네, 하고 대답했던 것 같다. 어차피 맹약을 할 때부터 이렇게 될 줄 뻔히 알고 있었다. 지금껏 기다리던 순간이 지금 찾아온 것뿐이었다. 솔직히 별 특별한 감성은 들지 않았다.

그 후 세상에 나갔고, 정보도 캐고 적응도 할 겸 이곳저곳 적당히 떠돌아다니다가 네이브를 만나 COAD에 들어갔다.

눈앞에 보이는 장면의 미래를 떠올리던 나는 순식간에 바뀌는 주변 광경에 퍼뜩 정신을 차렸다. 가없이 밝았던 주변이 검게 물들었다가 한순간에 폭발하듯 붉은 물이 들었다. 이게 무슨 상황인가, 상황 파악을 못 하던 나는 곧 꿈속의 장면이 전환된 것이라는 사실을 깨달았다. 그리고 두 번째로 깨달은 사실은, 이곳에 내가 제일 피하고 싶어 하는 끔찍한 악몽이라는 것이었다.

머리 위에는 별 하나 빛나지 않아 검디검은 밤하늘이 세상을 짓누르고, 눈앞에서는 본래 하얬을 건물이 화마에 맹렬한 기세에 못 이겨 거멓게 죽어가고 있었다. 검은 연기를 두른 새빨간 화마가 게걸스럽게 주변 모든 것들을 먹어 치웠다. 건물, 나무, 그리고……

"아아아아악!"

"살려주세요! 살려주세요-!"

"아아앙! 선생님! 선생니임!"

사람까지.

귀를 찌르는 비명이 맨 밑바닥에 깔리고 그 위에 어린아이의 울음과 절박한 구조 요청이 덧씌워졌다. 네모나게 뚫린 창문으로 검은 형체가 움직이다 그나마 푹신해 보이는 것을 몸에 두르고 종잇장처럼 추락하는 모습도 종종 보였다. 그러나 땅에서는 움직이는 검은 형체를 볼 수 없었다.

피부에 와 닿는 열기가 뜨거워 숨이 잘 쉬어지지 않았다. 밭은 숨을 쉴 때마다 시커먼 탄내가 진동했다.

귀를 막고 싶었다. 눈을 감고 싶었다. 그러나 제 몸 하나 마음대로 움직이지 못하는 꿈속이라 어찌할 수가 없었다. 간신히 진정하려 노력하며 이 시간이 지나가길 기다렸다. 이곳에서 벗어나는 방법은 꿈에서 깰 때까지 버티는 수밖에 없었다. 가슴을 아프게 때려오는 심장박동을 신경 쓰지 않으려 애썼다.

악몽에서 깨어나길 기다렸다. 지나치게 생생한 감각들을 참으며 눈앞에 보이는 장면을 지켜보았다. 눈처럼 새하얗던 건물이 본연의 모습은 찾아볼 수 없을 만큼 검게 그을릴 때까지, 꿈은 깨지 않았다.

순간 누군가 뒤에서 내 손을 붙잡고 잡아당기는 느낌이 들었다. 워낙 순식간이라 그랬는지 꿈속이라 어찌할 수 없던 것인지는 몰라도 그대로 몸이 뒤로 확 당겨지는 순간, 몸이 움찔하는 감각과 함께 퍼뜩 눈이 떠졌다.

시야에 들어오는 건, 길지 않은 시간 동안 적당히 익숙해진 천장. 본래 흰색이었겠으나 불이 꺼져 있어 내 눈에 비치는 색은 회색빛이었다. 그곳에 검은 하늘 아래 붉게 불타는 건물이 겹쳐 보였다. 눈을 깜박일 때마다 점점 옅어지던 잔상은, 눈을 깜박인 횟수가 두 자리가 되기 전에 완전히 사라졌다.

꿈을 꾸는 사이 조금 가빠진 숨을 다스리던 나는 약간 몸을 뒤

척였다. 그제야 식은땀에 젖어 찝찝해진 이불과 잠옷, 침구가 느껴졌다. 잠시 얼굴을 구기며 짜증스러운 한숨을 내쉰 나는, 종아리와 그 아래만 겨우 덮고 있는 이불을 걷어차고 몸을 일으켰다. 가슴께의 옷깃을 잡고 펄럭이며 바람으로 땀을 날려 보내다, 머릿속을 떠나지 않는 시뻘건 불길의 잔상에 볼 안쪽 여린 살을 짓씹었다.

기실 과거 기억을 기반으로 한 꿈을 꾸는 것을 꺼리는 연유가 바로 그것이었다. 초반에는 그나마 평범한 장면이다가 마지막쯤에서는 꼭 그런 '악몽'으로 이어졌다. 딱 정해진 장면이 몇 가지 있었다.

방금 꾼 건물에 화재가 나는 꿈. 어떤 방 안에서 공격당한 듯 쓰러져 있는 나를 누군가 문가에서 지켜보는 꿈. 그리고 처음 것과 비슷하지만, 한 복도 안에서 내가 어떤 아이를 안고 불길에 휩싸이는 꿈. 그렇게 세 가지였다.

이 몸뚱이는 왜 이렇게 끔찍한 일을 많이 겪은 건지 모르겠다. 가끔 이전의 나는 왜 기억을 봉해주겠다는 스승님의 제안을 받아들였을까, 하고 궁금한 때가 있었는데 이 정도면 충분히 이해가 되었다. 꿈으로만 겪어도 이렇게 버겁도록 가슴을 짓누르는데 이걸 현실에서 겪었다면 대체 무슨 기분이었을까. 알 수는 없었으나 알게 되는 일도 없기를 바랐다.

옷깃을 펄럭이던 손이 점차 느려지더니 이내 툭 떨어졌다. 옷깃 스치는 소리조차 들리지 않는 방이 적막했다. 어둠 속에서도 선연히 빛나는 붉은 유리알이 낮게 내리깔렸다. 하필 이럴 때 전에 들은 헛소리가 겹친 탓이었다.

"정말 모르나 보네요…… 저런, 대체 어찌하면 자신의 혈육마저도 잊을 수 있을까."

……정말 잊고만 싶었을까?

나는 가족이 있었을까? 대체 족보가 어떻게 되먹으면 뱀파이어의 피를 가지고 있으면서 마법을 쓸 수가 있는 거지?

'뱀파이어랑 매지시스랑 세기의 로맨스라도 찍었나.'

저잣거리에서나 볼 법한 소설을 써 내려가며 속으로 비웃었다. 딱히 악감정이 있는 건 아니었다. 가족에 대해 궁금증을 가진다 하여 없던 그리움이 생기는 것도 아니었다. 다만……

'있었다면, 나는 어떻게 자랐을까 싶어서……'

사랑받고 자랄 수 있었으리란 낙관적인 생각만을 하는 게 아니었다. 가족이 되레 족쇄가 되어 벗어나지 못하는 삶도 충분히 보았다. 가족이 축복이 아니라 저주가 되는 인생은 지금 바로 옆방에도 존재했다.

하나 그럼에도 불구하고, 가족이 있었다면 내가 살아갔을 미래와 지금 나의 현재를 자꾸만 저울질하게 되었다.

가족이 있는 게 더 나았을 거라면, 나는 조금 후회할지도 모른다.

가족이 없는 게 더 나았을 거라면, 나는 조금 안심할지도 모른다.

그러나 나는 결국 후회할 수도 안심할 수도 없을 것이었다. 어느 쪽이건 확신할 수 없을 테니까.

……아.

그 답을 알지도 모르는 이가, 단 한 명 존재했다.

"스승님."

그 순간 그를 부른 것은, 그저 악몽 탓에 판단력이 흐려진 정신이, 별이 앙증맞게 떠 있는 깊은 밤이 일으킨 한순간의 충동이었다.

어차피 그의 스승님은 누가 어디서 말하든 모두 들을 수 있으니 물리적인 문제가 없기도 했다. 그는 '수호자'니까.

『왜 그러느냐.』

머릿속으로 스승님의 전언이 곧바로 날아왔다. 그러나 옆 방에 있는 이들에게 들릴 걱정은 하지 않아도 될 것이다. 스승님은 나를 포함한 모두의 목소리를 들을 수 있지만, 스승님의 전언은 그의 맹약자인 나만이 들을 수 있었다. 유일한 예외인 루시안을 제외하면 그랬다.

"제게 가족이 있었습니까?"

『……』

대답이 없었다.

"왜 말씀이 없으십니까?"

여태껏 가족에 대해 관심을 가지지 않던 내가 이런 물음을 하는 게 당황스러운 걸까, 아니면 무언가 숨기는 게 있는 걸까.

왜인지 답은 후자인 것만 같은 직감이 들었다.

『……궁금해하지 말거라.』

한참 만에 돌아온 대답은, 이런 것이었다.

답을 회피하는 발언에 어처구니가 없어 눈꼬리가 위로 올라갔다. 조금은, 화가 나기도 했다.

"이유가 뭡니까? 제가 알면 안 되는 겁니까?"

『가족 없이도 지금까지 잘 지내지 않았느냐. 기억도 나지 않아 그리움도 없고 하니 그냥 이대로 지내도 나쁘지 않을 게다.』

이상했다. 처음 물어볼 때까지만 해도 그저 무겁지 않은 궁금증에 불과했는데, 스승님이 자꾸만 대답을 피하니 없던 의심이 피어났다.

왜 답을 해주지 않지? 혹시 가족이 이미 죽어서, 내가 상처받을까 봐 이럴…… 리는 없지.

일단 스승님도 그리 상냥한 성정이 아닐뿐더러 나 또한 생판 모르는 혈육이 죽었다고 크게 상심할 위인이 아니었다. 그도 내 성격을 아니 그 가능성은 매우 낮았다.

제일 의심이 가는 건, 역시 무언가 숨기고 있다는 것.

나는 회색 바닥에 시선을 두며 눈을 느리게 깜박였다. 어찌할까. 이번에도, 그냥 바보천치인 척, 아무것도 모르는 척 넘길까? 그럼 편하니까?

사실 진작에 알고 있었다. 내 기억은 전에 만났던 상대를 만나자마자 또렷하게 돌아오는데, 스승님과의 첫 만남은 이상하게도 뒷부분이 흐릿했다. 아마 스승님이 그때의 기억을 특별히 굳게 봉했기 때문일 것이다.

그럼, 왜 굳이 그 기억만 굳게 봉했느냔 말이다. 분명 수상한 구석이 있는 부분이었으나 의식적으로 무시했다. 그 사실을 깨달았을 때에 나의 세상엔 스승님과 루시안이 전부였고, 나는 세상의 절반을 도려내고 싶지 않았다. 도려낼 것까진 아니더라도 껄끄러움을 일으킬 위험을 감수하면서까지 캐물을 의지가 없기도 했다. 나에겐 기억도 나지 않는 과거보다 현재가 중요했다.

그럼 이번에도 그렇게 넘기면 되나. 그쪽으로 기울려던 마음이 순간 반딧불이가 반짝하듯 떠오른 생각에 멈칫했다.

'그런데, 이렇게 계속 귀와 눈을 막으며 넘기기만 하면.'

언제까지 넘길 수 있지?

언제까지 모른 척할 수 있지?

……영원히 모르고 살 수 있을까?

만약 영영 외면할 수 없다면 언젠가는 마주해야 할 텐데. 그렇다면 그 순간이 가장 늦게 찾아오길 빌며 기다리는 게 나을까, 아니면 그 순간이 오기 전에 내가 먼저 부딪치는 게 나을까.

고개가 더욱 밑으로 떨어졌다. 휑한 회색 바닥에서 내려간 시야에 단정하게 모아져 있는 두 발이 보였다.

내가 먼저 부딪치기엔 용기가 없다. 내가 여태껏 과거를 외면해 온 가장 큰 이유 중에 하나였다. 악몽으로만 겪어도 숨이 막히는 기억을 더 생생히 떠올리고 싶지 않았다.

그러나 가슴을 졸이며 과거에 대해 알게 되지 않기를 바라는 것도 내키지 않았다. 그건 어느 면으로 보나 너무 불확실했다.

나는 한숨 같은 조소를 뱉었다. 고작 두려움 때문에 어느 것도 선택할 수 없는 나 자신이 너무 한심했다.

결국, 또다시 선택을 미룰 수밖에 없었다.

나는 고소공포증이 있는 사람이 높은 곳에서 차마 아래를 똑바로 보지 못하고 빠르게 일별하고 말듯, 이것만이라도 알자는 심정으로 입을 열었다.

"이것만은 똑바로 알려주십시오, 스승님. 알려주지 못하는 겁니까, 알려주지 않으시는 겁니까."

『……』

내가 말을 했음에도 침묵이 계속 이어져 순간 연결이 끊어졌나 싶던 그때서야, 스승님의 답이 돌아왔다.

『알려주지 못하는 것이다.』

그 말을 끝으로 웅웅대던 팔찌의 진동이 멎었다. 정말 연결이 끊긴 것이다.

연결이 끊긴 뒤로도 한참을 멍하니 있던 나는 짜증스러운 숨을 뱉으며 앞머리를 헝클어뜨렸다. 내 입으로 '똑바로' 알려달라고 하여 대답을 들었는데도 그 답을 완벽히 신뢰하지 못하는 상황이 짜증스러웠다.

나는 침대에서 벌떡 일어나 성큼성큼 걸어 방문을 열어젖혔다. 아무래도 오늘 밤 다시 잠들기는 그른 듯했다.

레이첼 소이어 2
COAD의 기원

초판 1쇄 발행 2024. 12. 25.

지은이 맹서현
펴낸이 김병호
펴낸곳 주식회사 바른북스

편집진행 김재영
디자인 이강선

등록 2019년 4월 3일 제2019-000040호
주소 서울시 성동구 연무장5길 9-16, 301호 (성수동2가, 블루스톤타워)
대표전화 070-7857-9719 | **경영지원** 02-3409-9719 | **팩스** 070-7610-9820

•바른북스는 여러분의 다양한 아이디어와 원고 투고를 설레는 마음으로 기다리고 있습니다.
이메일 barunbooks21@naver.com | **원고투고** barunbooks21@naver.com
홈페이지 www.barunbooks.com | **공식 블로그** blog.naver.com/barunbooks7
공식 포스트 post.naver.com/barunbooks7 | **페이스북** facebook.com/barunbooks7

ⓒ 맹서현, 2024
ISBN 979-11-7263-208-3 03810

•파본이나 잘못된 책은 구입하신 곳에서 교환해드립니다.
•이 책은 저작권법에 따라 보호를 받는 저작물이므로 무단전재 및 복제를 금지하며,
이 책 내용의 전부 및 일부를 이용하려면 반드시 저작권자와 도서출판 바른북스의 서면동의를 받아야 합니다.